소르본 철학 수업

소르본 철학 수업

세상을 바꾸기엔 벅차지만
자신을 바꾸기엔 충분한 나에게

전진 지음

나무의철학

프롤로그

"학생은 왜 철학을 공부하나요?"

"긴 얘기가 될 텐데요."

그렇게 대답하면 더는 묻지 않을 줄 알았는데…. 프랑스인 교수님 A와는 일전에 대화를 나눠본 적이 있었다. 인상을 잔뜩 구긴 채 앞줄에 앉아 있는 동양인 여학생이 어련히도 안쓰러워 보였는지 어려운 점이 있냐며 먼저 물어봐 주셨다. 불어 실력도 좋고 필기도 잘하는데 무슨 문제냐고. 순간 나는 답답함에 토하듯 소리치고 말았다. "프랑스 대학에서 철학 공부를 계속하기엔 충분하지 않단 걸 아시잖아요!"

교수님 A의 물음에 대답을 얼버무렸던 까닭은 내게도 명백하지 않은 지점이었기 때문이다. 사실 잦은 질문에 둘러

댈 간단한 대답은 충분히 있었다. 다들 마찬가지일 테다. 어떤 학과, 어떤 직업을 선택한 이유를 구구절절 쏟아낼 필요는 없으니까. 그래도 사람이 너무 단순해 보이면 안 되니 어느 정도 개연성을 집어넣는 식이다. 하지만 이 경우는 철학과 교수님이지 않은가. 내가 프랑스에 와서 이분을 만나기까지 사서 한 고생만 해도…. 말을 말자. 아무튼, 대충 대답할 수는 없었다. 차라리 솔직하게 '프랑스식 철학 공부 방법이 좋아서요'라고 말할 심산이었다. 하지만 그 방법이 무엇인지 배웠기 때문에 말할 수 없었다. 이곳에서 훈련받은 철학적 글쓰기는 질문에 대답하지 않음으로써 시작하기 때문이다. 어째서 나는 '왜 철학을 공부하느냐'는 물음에 준비된 답안을 내놓지 못했던 걸까?

　애초에 그 질문의 의도부터 미심쩍었다. 이는 내가 철학을 공부하는 이유를 알고 있을 거라는 확신을 전제로 하는 물음이었다. 물론 새로운 언어로 발견한 공부의 매력이 원동력임은 부정할 수 없었다. 그렇다면 내가 깨우친 철학의 맛은 근 3년간의 성과다. 철학 공부의 매력은 쌓아온 지식뿐 아니라 지식을 흡수하는 과정에서 더 절실히 와닿았다. 이 감각이 내가 지금 학교에 다니는 이유라면, '왜 철학 공부를 계속하고 싶은가'에 적합한 대답이 될 테다. 하지만 '철학을 선택했던 이유'라면 얘기가 다르다. 프랑스 대학의 철학과에 입학하기 전에는 이러한 학문의 즐거움을 몰랐을 테니까. 어떻게 모르고도 선택했지? 역시 무식하면 용감한 건가. 하긴 척척학사의 눈으로 돌아보니 과거의 나는 철저히 무지했다. 알고 난 후에야 예전엔 몰랐다는 사실을 깨닫는 경우가 있고, 자신의 무지를 깨닫는 일은 예나 지금이나 가장 어려운 과제였다. 2,500년 전 이미 소크라테스가 '너 자신(의 무지)을 알라'고 하지 않았나.

　아니 그러면 철학이 뭔지도 모르고 선택했단 말이야? 무엇을 모르는지도 모르면서 먼 땅에 정착하러 왔다니. 등골이 서늘해진다. 당시 고등학생이었던 내 선택은 무지에서 비롯되었으나 놀랍게도 그 무지가 원하던 곳까지 이끌었으니 천만다행일 수밖에. 그렇다면 이제 교수님 A의 질문에 제대로 답하기 위해서는 야심찬 꿈의 동기를 밝혀야만 한다. 마치 프랑스 대학 철학과에서 치는 시험처럼 모순을 찾아낸 셈이다. 하지만 이 경우는 안타깝게도 시험보다 심각하다. 내 인생이 모순덩어리였다니. '철학 공부를 해야겠다'에서 한술 더 떠 '프랑스에 가야겠다'는 두 가지 선택을 설명할 길이 없다. 무지 덕분에 떠나기로 마음먹었다면, 지금 내가 겪는 학문의 즐거움은 단순히 운이 좋았던 탓이다. 꿈꿔온 공부를 하는데 그 내용이 마음에 들기까지 한다는 건 복권 당첨 수준의 확률이라고 생각한다. 그렇다면 내 삶은 단지 의미 없는 우연의 연속이었나? 우연에 몸을 맡기고 '당첨'과 '꽝'을 오가는 순진한 얼굴이 우리네 인생이라니. 그건 좀 섬뜩하단 말이지. 그래서 대답을 찾는 방법을 바꿔보기로 했다. 삶을 연대순으로 분석하기보다는 지금, 이 순간부터 거슬러 올라가는 건 어떨까? 무지에서 시작하지 않고 현재의 앎이 드러내는 '앎이 없던 자리'를 되짚어가는 식이다. 명화 복제를 한다고 생각해보자. 그런데 눈에 보이는 그림을 따라 그리는 것이 아니라, 완성된 그림의 붓 터치를 하나하나 지워나가야 한다. 그래야 어떻게 그려졌는지 알 수 있을 테니까. 내 삶을 그렇게 이해해볼 계획이다.

수많은 개인이 각자 다른 인생을 산다면 애초에 정답이 없는 문제일 테다. 그러니 당신 또한 '왜 인생이 이 모양이지'라는 한탄을 해봤다면 정답 없는 문제의 답을 찾으러 떠나보자. '현재의 나를 만든 요소들은 무엇이고 어떤 선택을 하는 사람이 되었는가'라는 실존적 물음을 앞에 두고. 왜, 혹시 모르지. 운이 좋으면 다가올 미래도 알 수 있을 것이다. 모범 답안도 아니면서 부끄러움을 무릅쓰고 이런 고백을 하는 이유는, 답을 찾기 위한 내 방법을 시험대에 올려보고 싶은 까닭이다. 삶이 아니라, 삶을 이해하는 방법la méthode을 비교 대상으로 선보이는 작업은《고백록》을 쓰던 루소의 다짐과 닮아 있는지도 모르겠다. '내 고백은 필연적으로 많은 사람의 고백과 이어져' 있으니까.

파리에서 전 진

차례

1장

배움의 시간 :
나에게 가장 좋은 삶

명품 인간이 되고 싶나요?

모스크바에 민소매 원피스를 입고 오는 게 아니었는데. 정말이지 눈치 없는 인생이다. 떠나온 9월의 한국이 더웠던 나머지 제대로 방심했다. 방금 익혀 나온 음식을 냉동실에 넣으면 이런 느낌일까? 비행기 경유차 40분만 머무는 도시라 다행이었다. "어텐션 플리즈, 파리행 항공기 곧 보딩 마감합니다." 잠깐, 저 아직 안 탔는데요! 얼어붙은 팔뚝을 비비며 모스크바 공항을 가로질렀다. 관성 때문에 짊어진 이민 가방이 휘청댔다. 비행기에 탑승해서 내 좌석을 찾은 후에야 숨을 골랐다. 그제야 이코노미 좌석이 너무하다 싶은 러시아 남성 둘 사이에 끼어 앉아 있다는 걸 인지했다. 정신은 좀 없지만 괜찮았다. 곧 파리에 도착할 거니까. 한국에서 20년이나 살았으면 충분하다고 생각했다. 이제는 새로운 삶을 준비할 차례다. 파리라는 낯선 도시에서 나는 다시 태어날 예정이었다.

엔진 소리에 한참을 고통받다 졸음에 굴복하기로 했다. 다행히 내 몸집은 기내식 받침대에 엎드릴 수 있을 만큼 작았다. 모르는 러시아 남성의 어깨에 기대어 자는 건 사양이니까. 그런데 잠자리가 사나웠던 탓인가, 반갑지 않은 꿈을 꿨다. 반년 전이라 여전히 생생하게 기억하고 있는 고등학교 졸업식 말이다. 마지막일 교복 차림으로 줄지어 선 학생들이 보인다. 너 대학 어디 붙었어? 나는 서울로 가… 나는 부산에 남기로 했어… 친구들의 대화가 귓등에 울린다. 교장 선생님이 연단에 서자 어수선한 분위기가 느리게 사그라들었다. 그다지 좋아하지 않았던 사람이지만 카리스마 하나는 인정해야 한다. 으레 그렇듯이, 야생 사회에 방사될 학생들을 위한 훈화 말씀을 시작하신다. 끝이 아니고 시작… 어쩌구. 나의 진짜 시작은 다른 친구들보다 시간이 조금 더 흘러야 할 터였다. 철학 공부를 하러 프랑스 대학에 가기로 했으니까. 믿거나 말거나. 강당 뒤에서 꽃다발을 들고 선 부모님도 나를 정말 신뢰하는 것 같진 않다. 어느새 교장 선생님의 목소리가 점점 고조되며 내 딴생각을 가로막았다. 내 인생에서 더는 볼 일이 없을 그 사람에게 눈길을 주었다. 주먹 쥔 손을 치켜올리는 교장 선생님. 영웅적이고 비장한 목소리가 울려퍼졌다.

"여러분, 명품 인간이 되십시오!"

소낙비처럼 쏟아지는 박수 소리가 장내를 채웠다. 나는 교복 마이에 손을 꽂은 채 눈을 꿈뻑 감았다 떴다. 귀싸대 기를 맞은 듯 귀가 먹먹하고 현기증이 났다. 이게 무슨 소리 야? 명품 인간이라니. 내가 잘못 들었나? 내 앞뒤 좌우를 둘 러싼 친구들이 그새를 못 참고 잡담을 시작했다. 나는 루이 비통이 될 거야. 샤넬은 내가 할 거야. 너는 짝퉁이야. 깔깔 깔… 누가 물 한 잔만 갖다주면 좋겠다고 생각했다. 이 상황 이 이상한 건 나뿐인가? 숨을 내뱉지도 못하면서 자꾸 들이 켰다. 입술이 바싹 마르고 다리가 굽어들기 시작했다. 아무 짝에도 쓸모없는 패배자 같으니. 누가 이건 다 악몽이라고 얘기해줬음 좋겠다. 나는 물건이 되긴 싫어. 나는 결코 명품 인간이 되지 못할 거야. 그치만 싸구려가 되는 건 더 싫어….

누가 내 어깨를 흔들었다. 옆자리의 러시아인이었다. 아, 음료 서비스 시작했구나. 승무원에게 물 한 잔만 달라고 부 탁했다. 단번에 들이키고 나니 정신이 좀 들었다. 졸업식 꿈 은 원래 자주 꾸곤 했다. 그래도 한국을 떠나면 돌아오지 않 을 기억이라고 생각했는데. 유럽 대륙의 3만 피트 상공까지 따라오다니 정말 지긋지긋하다.

명품 인간이라. 졸업식 때 그 단어에서 풍기는 위험한

냄새를 맡았다. 머리를 마비시키는 인공적인 향수 냄새. 도저히 그 냄새가 나랑 어울릴 것 같지 않았다. 적어도 한국에서는. 내가 파리행을 감행한 이유였다. 앞으로 꾸려나갈 유학 생활을 생각하니 좀 통쾌한 기분도 들었다. 동창들아, 보고 있니? 나는 진짜 명품의 나라에 간다고. 미술관에 가서 유명한 그림도 많이 볼 거야. 우리가 접했던 건 조악한 파쿠리パクリ 명화였지만. 그렇게 생각하니 어쩐지 프랑스에서는 본토 명품 인간도 가능할 것 같았다. 부산 산동네에서 12년간 같은 등굣길을 걸을 땐 불가능해 보였던 럭셔리한 일상에 대한 꿈 말이다. 파리의 거리를 누비는 나를 상상했다. 모두 아름다운 도시라 그랬다. 여태 유럽 땅 한 번 밟아본 적 없었지만 뭐 어떤가. 이제 내가 정착하러 가는 곳인데.

　　제2차 세계대전 때 만들어진 러시아 항공기가 덜컹대며 착륙했다. 머리가 사방으로 흔들리니 정말 다시 태어나는 기분도 들었다. 피곤을 감추고 의기양양한 얼굴로 샤를드골 공항을 나섰다. 수채화 붓을 여러 번 헹군 물통같은 하늘. 축축한 비바람이 내 팔뚝을 때렸다. 모스크바보다 음산한 추위. 그게 내 파리의 첫인상이었고, 곧 시작된 유학 생활은 도시의 첫인상과 그리 다르지 않았다. 그래, 쿨하게 인정하자. 나는 파리에 올 때까지만 해도 명품 인간에 대한 갈망을 버리지 못했다. 하지만 이상한 단어라는 건 눈치챘다. 인간을 값나가고 유명한 물건에 비유하다니. 뭐가 잘못됐는지는 모르겠지만 일단 꺼림직했다. 샤넬이 되겠다는 동창과 나의 차이는 딱 한 가지, 그 단어에서 풍기는 쎄함을 느꼈는 지의 여부였다. 내가 평생 명품과 친한 적이 없어서 그랬을지도. 나는 촉이 좋았지만 눈치가 없었다. 눈치가 있었으면 한국에서 대학은 제대로 다녔을 텐데. 게다가 명품 인간이 되고 싶은 고졸은 백화점 입점은커녕 '싸다! 부도 정리전'에서 만날 운명이었다. 도저히 고학력·고스펙의 인재가 될 수 없을 것 같았다. 그래서 좌절된 시작을 감지하고 판을 바꿨다. 동의하지 않은 게임에 뛰어들기는 싫었기 때문이다. 그래서 온 곳이 프랑스였다.

파리에서는 소르본 대학 철학과 입학을 목표로 2년 동안 불어를 배웠다. 그 말인즉슨, 신분이 보장되지 않는 상태로 생면부지의 땅에서 2년을 버텼다는 얘기다. 동양인 소녀는 자신을 학생으로 소개하기도 약간 민망했다. 프랑스인들은 내게 뭐하는 사람이냐고 자주 물었다. 나 여기서 프랑스어 배워. 응, 진짜 그게 다야. 이렇듯 나는 사회에서 정상성을 수행하지 않기 때문에 배제된 개인이었다. 반대로 예를 들자면, 한국어를 배운다는 이유 하나만으로 서울에 정착한 외국인이 있다고 치자. 학생도 직장인도 아닌 그 외국인에게 한국적 명품 인간의 기준은 무의미할 테다. 고등학생 아이를 둔 학부모가 왜 농어촌 전형을 노리고 시골로 이사를 하는지, 대학생이 왜 전공과 상관없는 대외활동으로 밤을 새우는지 이해할 리 없다. 물론 이해를 시켜줄 필요도 없다. 자기 사정도 아닐 테니까. 경쟁에서 배제된 이방인, 그게 딱 프랑스에서의 나였다.

예상치 못했던 점은, 덕분에 기막힌 자유를 누렸다는 사실이다. 그래서 2년간 순진하고 생경한 시선으로 프랑스를 훔쳐보았다. 어찌 보면 특권이었다. 홈파티에서 각자가 사 온 와인을 비교하며 무언의 취향 과시와 자존심 싸움을 할 때 내가 고른 술은 가치판단에서 보류되었다. 게다가 파리에는 고급 취향에 대한 신앙심을 증명하기 위해 열리는 전시마다 발빠르게 다녀오는 친구들이 많았다. 나는 그런 소식을 한 발짝 늦게 접해도 용서되었다. '얘는 외국인이니까 잘 모를 수밖에 없지'라며. 내가 프랑스 명품 인간의 자격을 과시해봤자 낄 수 있는 판이 아니었다. 그래서 가끔은 다 알면서도 모른 척했다. 파리지앵들이 스시에 대한 열정을 고백할 때, 나는 아시아인으로서 그들의 세련된 코스모폴리탄적 취향에 박수를 보냈다. 그리고 감탄하는 얼굴 뒤에서 중얼거렸다. '바보들. 크림치즈 묻힌 아보카도를 밥에 싼 게 스시냐?' 아, 이걸 어쩌나. 난 정말 프랑스 명품 인간이 되기는 글러 먹었나보다.

이방인이라는 특수한 환경에서 2년간의 어학 공부를 마치고 나자 내 것이 될 수 없는 명품 인간에 대한 욕심이 어느새 사그라들었다. 그렇게 비워낸 마음으로 소르본 대학에서 철학 공부를 시작했다. 학부 과정에서 중요한 것은 단 한 가지였다. 축적된 철학적 지식은 그리 중요하지 않았다. 대신 질문을 다시 던지라고 했다. 당연해 보이는 질문에도 마음 가는 대로 대답하지 말고 스스로 탐구해볼 것. 그런데 이게 생각보다 괴로운 일이다. 광고 카피 같은 질문을 하나 예로 들어보자.

'명품 인간이 되고 싶나요?'

첫 번째 분석, 명품과 인간. 이 둘은 서로 붙여놓으면 안 되는 단어다. 나는 이 부분에서 이질감을 느꼈다. 어떻게 물건에나 해당하는 단어를 인간에게 부여한단 말인지. 사실 오늘날에는 값진 인간이 되란 말이 그리 낯설지 않다. 연봉이 높다는 건 부러움을 살 일이지 비윤리적인 일이 아니다. 값나갈 만한 학력을 가지고 값나가는 직업을 가질 것. 그 과정에는 분명 한 사람의 피땀 어린 노력이 수반될 테다. 하지만 노력이 값으로 책정되는 게 수상하다. 비쌀 만한 노력에 가격표를 붙이는 누군가가 있다는 뜻일 텐데…. 마치 에르메스의 버킨백에 높은 가격이 매겨지는 것처럼 말이다. 우리는 그 가격에 의문을 품지 않는다. 항의할 시간도 아깝다. 노오력을 해서 그 물건을 살 만한 능력을 지니기에도 바쁘다. 그래서 일단 먼저 애써야 한다. 명품의 가치에 대한 의문을 품기도 전에. 값진 물건에 그만한 돈을 지불해야 하느냐는 의

문은 여기서 논외다. 그것에는 우리가 모르는 가치가 매겨질 테고 사람들은 아무나 가질 수 없다는 이유로 카드를 긁기도 하니까. 그래서 명품은 아무나 가질 수 없는 물건인 동시에 유명해야만 한다. 값만 나가고 알아봐 주는 사람이 아무도 없으면 좀 곤란하다. 다수건 소수건 브랜드를 눈치채는 사람이 있어줘야 돈값을 하지. 그렇다면 정말 외부에서 정해진 기준인 셈이다. 남이 정해준 기준에 자신을 의탁하기. 그래서 더 수상쩍다. 왜 우리는 값비싼 명품의 사회적 가치를 인정하고 욕망할까? 어째서 의문을 품지 않은 탓에 나머지 사람에게도 명품이라는 단어를 갖다 붙이게 됐을까? 이유를 모르는 논리에 인생을 바치는 것이 억울할 법도 한데.

　　두 번째 수상한 점은 '되고 싶나요?'라는 질문이다. 철학과에선 동사도 그냥 넘어가지 않는다. 만약 '당신은 명품 인간인가요?'라고 물었다면 '네' 혹은 '아니오'에서 그치고 대부분의 사람에게 패배감을 안겨준 채 끝났을 테다. 하지만 '되고 싶나요?'라는 물음은 가능성을 자극한다. '지금의 나는 명품 인간이 아니지만 될 수도 있겠지…'라는 희망을. 마치 고등학교를 졸업하고 꿈에 부풀어 파리로 건너오던 나처럼 말이다. 사람들은 가능성 앞에서 단순해진다. 자신의 욕망이 반영된 질문 앞에서는 더 그렇다. 로또에 당첨되고 싶냐고 물어보면 당연히 '네!'라고 대답하지 '그런데 좀 이상하지 않나요? 돈을 운으로 한 방에 벌기도 하는데 이렇게 인생을 노동에 바친다는 게…'라고 대답하는 눈치 없는 인간이 드물듯이.

사실 철학의 아이콘 소크라테스가 딱 그런 인간이었다. 귀찮게 자꾸 의문을 품고 되물어보는 사람. 지지리도 눈치 없는 노인네. 어찌 보면 독배를 마시라고 선고받을 만도 했다. 고대 그리스의 웅변가인 소피스트들의 자명한 대답에 감히 질문을 던졌으니까. 플라톤의 초기 대화편인 《프로타고라스》에서도 수사학의 달인에게 대들던 소크라테스의 모습을 볼 수 있다. 프로타고라스가 '교육의 목적은 좋은 시민을 기르는 것이고 덕은 가르쳐질 수 있다'라며 옳은 소리를 했다. 그러자 소크라테스는 이렇게 말한다. '당신이 정의하는 덕이 무엇인가요? 덕에는 정의, 절제, 경건도 있는데요. 모두 하나인가요? 이걸 다 가르칠 수 있는 사람이 웅변가인 당신은 아닐 것 같은데….'

소크라테스는 사회의 젊은이들을 타락시켰다는 벌을 받아 괘씸하다. 괜히 쓸데없는 생각을 하게 만드니까. 소크라테스 때나 지금이나 마찬가지다. 시대마다 중요시하는 가치는 다르지만, 당연한 생각에 의문을 품도록 간질이는 태도는 금기나 다름없다. 그 태도를 서양에서는 '철학'이라 불렀다. 그러니 '명품 인간이 되고 싶나요?'라는 질문 앞에 망설이기 시작했다면 당신은 지금 철학하고 있는 셈이다.

하여간 명품 인간이 '될 수 있는' 거라면 좀 미심쩍다. 지금은 아닌 상태에서 바라던 모습으로 탈바꿈할 가능성을 내포하는 거니까. 마치 어린이들에게 장래 희망을 물어봤을 때 '의사가 되고 싶어요', '아이돌이 되고 싶어요'라는 대답을 듣는 것과 같은 논리로 지금의 자신이 사회에서 높이 쳐주는 값진 사람으로 바뀔 수 있다고 믿는 것이다. 하지만 물건과 가치를 비교할 수 없기에 인간 존재일 텐데. 물론 명품 인간이란 어디까지나 말장난일 테지만 값비싼 인간이 되자는 비유에 삶을 거는 이들이 너무나 많다. 어느 날 마주한 자신이 명품과 거리가 멀어 보일 때, 밀려오는 패배감은 비유가 책임져주지 않는다.

결국 명품과 인간이라는 단어는 양립할 수 없으며 인간은 물건이 될 수도 없다. 이는 우리 존재를 있는 그대로 보지 못해서 명품의 기준으로 정의하려는 속임수다. '명품 인간이 되고 싶나요?'라는 질문은 그렇기에 모순이 아닐까? 명품 인간이라는 욕망을 부추길 의도를 가진 괘씸한 질문. 하지만 모순을 들춰냈다고 해서 그리 통쾌하지만은 않다. 그래서 명품이 될 수 없는 인간은 무엇이 되어야 하느냐는 물음이 남기 때문이다. 아니, 꼭 무언가 되지 않더라도 인간다운 인간으로 살고 싶다.

이제 '명품 인간이 왜 불가능할 수밖에 없을까?'라는 새로운 물음을 던질 필요가 있다. 진짜 '나', 인간 존재가 무엇인지 알아내기 위해, 그리고 가장 인간다운 삶을 추구하기 위해. 나는 한국을 떠나 모스크바를 거쳐 파리까지 왔다. 하지만 눈치 없는 한국인 유학생의 철학적 여정은 지금 막 시작되었는지도 모를 일이다.

"세계 시민적 의미에서의 철학의 장은 다음 물음들로 펼쳐진다.

1) 나는 무엇을 알 수 있는가?
2) 나는 무엇을 행해야만 하는가?
3) 나는 무엇을 희망해도 좋은가?
4) 인간은 무엇인가?

(…) 이 모든 것들은 인간학으로 생각할 수 있을 것이다. 왜냐하면 처음 세 가지 물음은 마지막 물음에 관계하기 때문이다."

_ 임마누엘 칸트, 《논리학, 강의를 위한 교본》

내지 않은 휴학계

철학과에서 썼던 자료를 정리하다 뜻밖의 서류를 찾았다. 미리 서명까지 해둔 휴학 신청서였다. 아, 기억난다. 공부가 너무 힘든 나머지 신입생 때 가방에 넣어두고 제출할 순간을 찾던 문서였다. 어쩐지… 이게 사직서를 품고 다니는 직장인의 심정인가.

　사실 프랑스 대학에서는 건강상의 이유나 해외로 떠나는 경우를 빼고는 자유로운 휴학 신청이 드물다. 유급을 해서 같은 학년에 다시 도전해야 하는 건 어쩔 수 없지만 일반적으로 학생 신분을 포기하지 않고서는 이유 없이 학업을 쉴 수 없다. 그런데도 눈물겨운 이유를 짜내어 일찍이 휴학 신청서를 작성했던 까닭은, 도저히 학교 공부를 따라갈 수가 없어서였다. 그려온 목표를 이루고 있으면서도 기워낼 수 없는 조각난 자존심에 마음이 답답했다. 그래서 학업을 쉬며 어학에 힘을 좀 더 쏟은 후 재도전의 기회를 얻고 싶었다.

그러나 제 역할을 못다 한 서류가 내 손에 돌아왔다. 결국 2년 전의 나는 휴학계를 내지 않았구나. 어째서 끝까지 버텨보기로 마음을 고쳐먹었던 걸까? 신입생 때만 해도 수업이 끝나면 아무도 오지 않는 비상계단으로 달려가 소리 죽여 울곤 했는데 말이지. 단순히 불어로 배우는 내용이 벅찼기 때문만은 아니었다. 녹음한 강의를 수없이 반복해 듣고 받아쓰면서 내용을 외울 각오는 되어 있었다. 하지만 프랑스 철학과에서의 시험은 암기와 별개의 문제였다. 그래서 나는 수업을 들으면서도 무엇을 공부해야 하는지 쉽게 갈피를 잡지 못했다. 배우고 시험을 치는데 배운 것에서 시험을 보지 않는다니. 게다가 문제에 따른 답을 써서는 안 된다니! 이곳의 공부는 한국에서 해왔던 방식과 한참 달랐다. 학업의 고난은 부족한 어학 실력이 아니라 낯선 공부 방법을 새로 익혀야 한다는 부담감에서 비롯됐던 게 아닐까. 생각의 방향을 바꾸는 일은 언어 실력이 완벽해도 어려울 텐데 나는 두 가지를 동시에 익혀야만 이곳에서 살아남을 수 있었다.

나와 프랑스인 동기들 간의 결정적인 차이는 바칼로레아le baccalauréat 시험의 경험 유무였다. 고등학교 졸업 시험인 바칼로레아는 철학 논술 시험의 난해함으로 명성이 높다. 내 동기들이 대학에 지원하던 2017년의 철학 시험 문제를 예로 들어보자. '이성은 모든 것의 이치를 밝혀낼 수 있는가?', '알기 위해서는 관찰하는 것으로 충분한가?', '예술 작품은 반드시 아름다워야 하는가?' 등 채점 기준조차 모호한 것들이다. 같은 시기에 어학 시험을 치던 나는 예의 바른 공식적 편지 쓰기나 하고 있었는데. 주어진 질문에 4시간 동안 논설문la dissertation을 쓰는 철학 시험은 유학생인 내게 생소할 따름이었다.

청천벽력같은 소식은, 프랑스 대학 철학과에서 치는 시험도 대부분 이러한 작문 형식이라는 사실이었다. 프랑스 동기들은 고등학교에서 배운 논설문 작성 방식에 대학의 학문적 요소를 덧붙이곤 했다. 하지만 내게는 이 모든 것이 낯설었다. 한국에서 받았던 교육이란 제시된 5개의 답 중에서 하나를 고르는, 그것도 빨리 잘 골라야만 이기는 게임이었다. 그래서 프랑스 대학에서 시험을 칠 때마다 정신이 아득해졌다. 도대체 뭘 쓰란 말이지? 주어진 질문에 적절한 의견을 쓰면 되는 거 아니냐고? 하지만 그렇게 간단한 문제로 생각했다면 오산이다. 교수님들께 조언을 얻어 알게 된 프랑스식 철학 논설문의 양식이란 주어진 질문에 답하는 글이 아니기 때문이다. 이해를 돕기 위해 여기 질문이 하나 있다고 가정해보자. 일상적인 질문도 상관없다. 만약 친구가 내게 "지금 몇 시야?"라고 묻는다면 자연스럽게 '이 친구가 시간이 궁금한 모양이다'라고 생각하겠지. 따라서 질문이란 필연적으로 답을 기다리는 문장이다.

　우리가 마주하는 시험 문제도 마찬가지다. 모든 시험은 질문자가 정해놓은 답이 있기에 질문이라 불린다. 객관식 시험에서는 답이 1번이든 4번이든 5개 보기에서 절대로 벗어나지 않는다. 그래서 '질문-답'의 쌍은 시스템이 요구하는 가난한 순환이다. 주어진 질문은 이미 정해져 있는 답 찾기를 강요하고 우리의 사고는 질문을 구성한 이의 예상 범위 안에서 머문다. 하지만 이 정해진 순환을 깰 다른 접근 방식이 있다. "지금 몇 시냐"고 묻는다면 나는 이를 곱게 받아들이지 않는다. 히스테릭해지는 법을 철학과에서 배웠거든. 혹시 이 친구가 나랑 있어서 지루한가? 그래서 지금 시간을 묻는 건가? 이렇게 질문자가 기다리는 답을 예상했다면, 뒤이어 질문에 질문을 던지는 것이 내가 얻은 배움이었다. 질문이 유도하는 답을 거부하는 행위는 그 안에 숨은 모순을 찾는 일과 다름없다. 답할 수 없는 이유를 밝혀내는 움직임이 프랑스 논설문의 핵심이다. 우리 한국인들은 이미 잘 알고 있다. 이렇게 질문자의 함축된 욕망을 알아차리는 능력을 한국어로 '눈치'라고 부르지 않던가. 하지만 굳이 짚고 넘어간다는 점에서 '비판적 눈치'라고 명명할 수 있지 않을까. 질문자가 원하는 대답을 파악하되 곱게 내어주지 않는 태도. 질문에 숨은 의도를 드러내고 서문에서 되물은 뒤, 본문에서 모순의 해결을 시도한다. '질문-답'의 구조가 '모순-해결 방안'으로 탈바꿈하는 순간!

그래서 내가 프랑스 철학과에서 얻은 배움은 데카르트, 칸트, 헤겔의 이론이 전부가 아니었다. 지난 시대를 관통하는 질문을 정해진 답 안에서 고민하는 것이 아니라, 질문에 질문이라는 타격을 먹이는 혁명적 생각, 즉 이전의 세계를 깨부수는 방식이었다. 철학과에서 배우는 학자들은 이 시도를 가장 능숙하게 선보였던 이들이다. '나는 생각한다. 고로 존재한다'는 명제로 근대를 열었던 데카르트가 오늘날까지 프랑스를 대표하는 이유다. 종교에 예속된 스콜라 철학의 시대에 '내가 보고, 듣고, 느끼는 모든 것이 악마나 기만적 신의 속임수라면? 하지만 나의 존재는 내가 생각한다는 사실이 증명한다'고 선언했던 철학자니까. 따라서 프랑스식 논설문은 '되묻기'로부터 시작하며 이 행위는 내가 배운 '철학하기'의 핵심이다. 왜, 칸트도 살아생전 수업 시간에 이렇게 짚고 넘어가지 않았던가. '우리는 철학을 배울 수 없다. 철학적으로 생각하는 법을 배울 뿐이다.'

나도 되찾은 휴학계를 보고 스스로에게 질문을 던졌다. 왜 끝까지 버텨보기로 마음먹었던 걸까? 모국어가 아닌 언어로 작문하는 법을 그럭저럭 익혔기 때문에? 물론 지난 2년간 대학 수업을 따라가며 불어 실력이 급상승한 것은 사실이다. 하지만 남들 하는 만큼 따라가는 게 나의 최선이라면 어째 좀 서글프다. 대신 나의 철학적 사고가 언어의 구속을 넘어섰다고 생각해보는 건 어떨까? 미숙한 프랑스어를 넘어서는 총명함을 발견해준 은인들이 있다.

1학년 1학기 때 '유한과 무한'이라는 수업을 들었다. 두 개념이 철학사에 어떤 논의를 가져왔는지 훑어보는 수업이었다. 피할 수 없었던 중간고사는 두 시간 동안 철학적 논설문의 서문만을 쓰는 평가였다. 한 시간은 시험 문제를 노려보는 데 썼고 나머지 한 시간 동안은 서문 한 페이지를 힘겹게 작성했다. 그날의 시험 문제는 '유한(한계)은 꼭 필요한가?'였다. 얼핏 보면 이렇게 뻔한 물음도 없다. 우리가 속한 사회란 허용되지 않은 행위를 제한하는 공간이니까. 삶에서 해도 될 것과 안 될 것 사이에 선을 긋는 요소들, 즉 법이나 관습을 예로 든다면 쉽게 써낼 수 있었을 테다.

하지만 교수님이 눈에 뻔히 보이게 파놓은 함정에 빠지기 싫었던 나는 아주 원초적인 이야기를 하기 시작했다. 유한이 무한성에 질서를 주는 선긋기라면, 경계의 안에서 보는 바깥은 혼돈이나 다름없지 않을까? 곧 '만물은 어디에서 유래하고 무엇으로부터 창조되었는가'에 가닿는 생각이다. 소크라테스 이전 그리스 철학자들이 세계의 기원에 대한 신화적 해석을 거부하며 탄생한 논의랄까. '봄과 씨앗의 여신 페르세포네가 명계로 내려갔기 때문에 작물이 자라지 않는 겨울이 온다'는 신화적 설명에 마침표를 찍은 이들이 철학자였다. 탈레스는 만물의 근원이 물이라고 했고, 엠페도클레스는 물, 불, 공기, 흙이라는 4원소로 이루어졌다고 주장했다. 그러나 탈레스의 제자였던 아낙시만드로스는 만물을 이루기 이전의 무한정한 존재, 즉 그리스어로 'apeiron'이라 불리는 무한성을 들었다. 하지만 이 무한성이란 곧 질서가 없는 상태, 근원이자 혼돈이 아닐까? 이 지점이 바로 내가 찾은 질문의 모순이었다.

L 교수님은 채점한 답안지를 학생들에게 돌려주며 이런 말을 덧붙였다. "13점부터 철학 공부를 계속할 자격이 있습니다." 내 시험지를 내려다봤다. 13점! 프랑스 시험은 20점이 만점이지만 인문계열의 경우 대략 18점을 최고점으로 친다. 문법과 철자 실수로 엉망인 답안지를 낸 데다 점수를 짜게 주기로 유명한 교수님이었기에 13점은 예상도 못한 점수였다. 심지어는 한국어로 써둔 문장을 채 지우지 못하고 제출했는데도 말이다.(교수님은 내 한국어 문장에 괄호를 치고 '?'라는 메모를 해두셨다) 그분은 내가 외국인 학생으로서 가진 언어적 어려움에도 불구하고 시도했던 철학적 사고를 높게 평가해주신 게 아닐까. L 교수님은 학생들에게 답안지를 나눠준 후 쐐기를 박듯 지적하셨다.

"대부분은 '유한(한계)은 꼭 필요한가?'라는 주제를 너무 단순하게 해석했더군요. 법이 없으면 사람들이 욕구대로 행동할 것이기 때문에 한계가 필요하다거나 개인의 자유를 억제해야만 사회적 자유를 추구할 수 있다는 등 많은 학생들이 철학적 고민이 없는 서문을 써냈어요. 물론 여러분이 썼던 내용이 틀린 건 아닙니다. 하지만 주제에 알맞은 대답을 쓰는 것이 아니라 질문에 숨은 모순을 끌어내는 시도가 철학과 학생들이 배워야 할 첫 번째 태도입니다. 질문과 답을 이루는 한 쌍을 모순과 해결 방안의 쌍으로 탈바꿈시키는 훈련을 하세요."

떠듬떠듬 써낸 첫 시험에서 나의 철학적 시도를 알아봐 주신 L 교수님. '성찰의 노력이 보입니다. 하지만 논지가 혼란스럽고 흐름이 끊기는 경향이 있네요 ; 아쉽군요. 하지만 잘할 수 있을 거에요'라고 코멘트를 달아 돌려주신 답안지를 읽고 또 읽었다. 그때부터인가? 가방의 휴학 신청서를 잊기 시작한 순간이.

따지고 보면 내가 프랑스 동기들보다 잘 할 수 있는 게 바로 철학적 사고일지도 모른다. 나의 불어 실력이 앞으로 월등히 성장한다고 하더라도 모국어만큼 자연스럽게 느껴지는 날이 오려면 한참 멀었겠지. 하지만 외국인 학생이라고 프랑스인들에게 무조건 뒤처진다는 법은 없지 않은가. 언어 실력이 부족하기 때문에 절대로 그들과 견줄 수 없다는 비관적 확신에 금이 가는 소리가 들렸다.

프랑스 대학에서 평가하는 능력이란 언어로 규정할 수 없는 지성일지도 모른다. 자명해 보이는 질문과 답의 순환 고리를 끊는 불온한 지성 말이다. 요구된 정답 찾기를 거부하고 질문에 질문을 던지는 능력은 프랑스 학생이라고 전부가 갖춘 것은 아니었다. 그들이 아무리 세련된 어휘로 문장을 쓴다고 해도. 그렇다면 아직은 불어가 서툰 나에게도 희망이 있었다. 당연해 보이는 문제에 의문을 제기하는, 투박하지만 강력한 능력이 나의 무기였으니까. 눈치가 없는 게 아니라 눈치 보는 법을 몰랐던 것일지도. 남들 하는 것을 곱게 따라가지 않는 나는 문제아였다. 한국에서는 체제에 순응하지 않는 정신이 똑똑함과는 거리가 먼 것으로 치부됐는데, 운이 좋게도 이 괘씸한 능력을 총명함이라고 부르는 땅에 와 있다.

배워본 적 없는 반항적 사고를 새로운 언어로 익히는 공부가 불가능해 보였던 프랑스 대학에서의 첫 1년. 하지만 지금은 역설적이게도 번지수를 잘 찾아 왔다고 생각한다. 웬만한 비판에는 타격조차 받지 않는 나라인 덕에 사유의 주먹을 맘껏 휘두를 수 있었다.(사실 프랑스인들은 비판 때문에 분노하지 않는다. 그들을 화나게 만드는 유일한 방법은 프랑스에 대해 얘기하지 않는 것뿐이다) 마침 철학은 철학자들이 당시의 주류를 이뤘던 생각에 맞서 어떤 기발한 문제 제기를 시도했는지, 또 어떠한 모순 해결 방법을 찾았는지를 본보기로

삼는 공부다. 그래서 학문의 영역을 넘어 우리의 삶에도 접
목할 수 있다. 내가 배운 철학은 되묻기의 학문, 곧 삶과 떼
어놓을 수 없는 공부니까.

     프랑스를 찾아온 한국의 문제아는 마침내 굽었던 어깨
를 펴기 시작했다. 원하는 답을 알아차리는 한국의 '눈치'와
찾은 답을 거부하는 프랑스의 '불온함', 내가 가진 것 중에서
하나도 버릴 것이 없었다. 아니다. 버려야 할게 남았다. 더는
쓸모가 없는 나의 눈물 젖은 휴학 신청서.

"문제 제기는 단순한 포장 제거가 아니다. 그것은 발명이다. 발견, 즉 포장 제거는 실제로 혹은 잠재적으로 이미 존재하는 것과 관계 있다. (⋯) 발명은 존재에 대해 존재하지 않았던 것을 부여한다."

– 앙리 베르그손, 《사유와 운동》

낯선 언어로 다시 태어나는 법

아기가 되는 가장 탁월한 방법이 있다. 바로 새로운 언어를 배우는 일이다. 20대 초반을 고스란히 바친 불어에 만족할 걸 그랬나. 괜히 독일어를 배우기 시작해서…. 언어 초급반의 숙명, 가족 소개 타임을 피할 수 없다. Das ist meine Mutter, 이건 나의 어머니예요. 생전 처음 보는 프랑스 학생에게 엄마 사진을 보여주고 싶진 않았는데.

언어 학습의 익숙한 피로감, 바로 아기가 되는 수치심이다. 다 큰 성인이 '배고파, 목말라, 화장실 갈래'밖에 뱉어낼 수 없는 타국에 오면 필연적인 허탈함을 마주한다. 내가 정말 이지경까지 와야 하냐고. 그에 비하면 입 밖에 내지 않을 언어를 배우는 일이 뭐 별건가. 예를 들어, 3년째 배우고 있는 라틴어는 수치로부터 안전하다. 바티칸이 아니고서야 라틴어로 은행 계좌를 열 일은 없겠지.

새삼스럽게도, 프랑스에서 공부하려면 불어를 배워야 한다. 유학의 꿈을 품은 사람들이 이 나라에서의 공부를 망설이는 이유다. 어학에 같은 양의 시간을 쏟아 붓는다면 영어권 나라가 더 친숙해 보이니까. 하지만 막연한 해외 유학이 아닌 프랑스에서 철학을 공부하는 게 목적이었던 나에게는 다른 선택지가 없었다. 그래서 고등학교 3학년 때 무작정 부산 프랑스 문화원을 찾아갔다. 새로운 언어로의 첫발을 내딛게 도와주셨던 불어 선생님은 이렇게 말씀하셨다. '언어는 오래 붙잡고 가는 사람이 이기는 게임'이라고. 그리고 프랑스 학생들과 철학과에서 어깨를 겨루는 지금, 다시 한번 실감한다. 포기하지 않았기 때문에 여기까지 왔다고. 하지만 그 과정은 절대 쉽지 않았다.

한국에서 배웠던 불어는 실전과 거리가 멀었다. 그래서 프랑스에서 어학을 다시 시작해야 했다. 그렇지만 왕초보반에 배정받는 굴욕까지 맛볼 줄이야. 어찌보면 당연한 추락이었다. 그 당시에는 'Bonjour' 같은 인사말밖에 내뱉지 못했으니까. 게다가 파리에 와서도 평상시 의사 표현을 할 때는 줄곧 익숙한 영어만 썼다. 학생 비자를 연장하려면 꾸준한 어학원 출석과 좋은 점수를 증명해야 했지만 도무지 발등의 불을 끌 의욕이 생기지 않았다. 그래서 처음 몇 달간의 언어 실력은 지지부진했다. 이러고서 불어로 철학 공부를 하겠다니. 게다가 새해가 다가오던 겨울날 나에게 일어날 수 있는 최악의 사건이 터졌다. 다니던 어학원이 사라진 것이다! 학교가 하루아침에 공중분해 되는 상상을 해본 적 있는지? 파리에 도착하자마자 맞은 뒤통수가 얼얼했다. 내가 등록했던 어학원은 파리에서 가장 싼 교육 기관 중 하나였다. 어리숙한 스무 살에게 저렴함은 장점이었을 뿐 의심의 대상이 아니었다. 수상한 구석이 있는 학교라는 걸 미리 알았더라면! 신문에는 체류증 연장을 위한 서류를 중국인에게 팔아넘긴 어학원 디렉터가 체포되었다는 뉴스가 났다. 저런 게 학교라고… 잠깐, 내가 다니는 곳이잖아?

문을 닫은 어학원은 학생들에게 몇 달 치 수업료를 환불해 줄 능력이 없었다. 선생님들 월급조차 밀렸을 정도니. 다행히 그 어학원에는 다른 한국인 학생이 많았다. 그래서 프랑스의 한국 대사관은 증언을 듣기 위해 피해자들을 소집했다. 싸늘한 겨울날 대사관에 모인 동포들의 얼굴에서 절망과 불안의 흔적을 읽을 수 있었다. 체류증을 연장하려면 어학원 서류를 내야만 하는데 파리 경시청에서는 학원의 모든 학생이 사기에 가담했다고 넘겨짚었다. 대사관에선 피해자들의 울분을 말 그대로 '들어'주기만 했을 뿐 기적은 없었다. 반년의 학생 비자가 만료되던 2016년 3월, 나는 패배자의 몰골로 한국에 돌아갔다. 예전 어학원 서류가 낙인처럼 따라다녀 체류증 연장 가능성이 불투명했기 때문이었다. 하지만 나는 프랑스로부터 억울하게 내쳐지고서도 상황 파악이 제대로 안 됐던 모양이다. 새로이 시작한다면 아무런 후회가 남지 않을 만큼 노력해보고 싶었다. 아직 시도하지 못한 꿈이 외부적 재앙에 뿌리뽑혔다는 사실이 견딜 수 없어서. 그래서 파리를 다시 찾았다. 날 선 각오가 어울리지 않는 경쾌한 초여름이었다.

13구 메종 블랑쉬Maison Blanche 역의 어학원에 등록하며 멈춰선 꿈에 시동을 걸었다. 하지만 내 기막힌 팔자를 생각하니 새 출발이 무색하게 주눅이 들어 강의실에 들어서면 뒷자리에 몸을 숨겼다. 고개를 푹 숙이고서. 당시 나의 선생님은 불쾌하지 않은 시니컬함을 지닌 V였다. 그는 예순이 넘었음에도 열린 정신을 가진 프랑스인이었다. 80년대부터 카메라맨을 직업으로 삼았으나 점점 줄어드는 일거리 때문에 프랑스어를 가르친다나. 그가 가진 차별 없는 신념은 단순했던 수업 난이도에서도 눈에 띄었다. 한번은 두 아이를 프랑스 학교에 보낸 중국인 어머니가 초등학교 학부모 회의에 갔는데 주변에 히잡을 쓴 아랍인 여자들만 있어서 무서웠다는 말을 꺼냈다. 이를 귀 기울여 듣던 선생님 V가 입을 뗐다.

"다른 상황을 생각해 봅시다. 프랑스인 어머니가 비슷한 경험을 털어 놓는다면요? 학부모 회의에 참석했더니 중국인 여자들밖에 없는 거에요. 그래서 본인이 알아듣지 못하는 언어로 대화하는 상황이 꺼림직했다고 말하는 거죠.”

　V가 던져준 예시는 강의실에 정적을 가져왔다. 그가 단순히 입장을 바꾸어 제시한 이야기만으로 우리는 되돌아볼 수 있었다. 자기 검열을 거치기도 전에 튀어나오는 인종차별적 편견 말이다. 난민을 잡아먹지 못해 안달인 프랑스 극우 정당이 세력을 넓히고 있는 오늘날에도 V는 혐오를 대물림하지 않기 위해 노력하는 사람이었다. 특히나 그 연배의 제1세계 백인이 편견 없는 시선을 가진 경우는 드물다. 그래서 욕심이 났다. 이 사람과 대화해보고 싶다!

　하지만 간과한 점이 있었다. 불어로 깊이 있는 대화를 나누기엔 내 실력이 모자란다는 사실. ‘이번 프랑스 대선 토론에 대한 선생님의 의견을 묻고 싶습니다. 반자유주의신당(NPA)의 필립 푸투 후보는 목 늘어진 티셔츠를 입고 나왔던데요’라는 문장이 즉석에서 만들어질리 없었다. 그제야 공부를 해야겠단 의욕이 생겼다. 눈에 띄는 학생이 되어 대화를 나눌 만큼 가까워지고 싶었다. 그래서 다음 날 수업할 텍스트를 미리 공부하며 그의 성격에 할 법한 질문을 분석했다. 그리고 대답할 수 있는 모든 경우의 수를 준비해 적어두었다. ‘네’ 혹은 ‘아니오’로 갈라지는 심리 테스트처럼. 실전에서 로봇처럼 말하긴 싫어서 억양도 미리 연습해 갔다. 이 과정을 매일 반복했으니 불어 실력이 늘지 않을 수 없지. 게다가 수업이 끝난 후에도 도서관에 가는 길이라고 둘러대며 그를 졸졸 따라다녔다. 물론 불순한 핑계였지만 거기까지 간 김에 공부를 하기도 했다. 이후 바람처럼 V와 가까워졌다. 그렇지만 질문과 대답의 어설픈 주고받음 덕분에 친해진 건 아니었을 텐데. 나와의 대화가 마음에 들었던 걸까.

V를 1년간 쫓아다니며 나조차 기대하지 못했던 변화가 찾아왔다. 프랑스어로 대화하며 전에 없던 자아가 생겨났달까. 그에 비하면 폭발적으로 늘어난 불어 실력은 거들 뿐. 모국어가 아닌 언어를 어느 정도 능숙하게 다루는 단계가 되면 타국어를 다루는 나는 한국어로 말하는 나와 같지 않다는 사실을 실감할 수 있다. 물론 모국어보다 제한된 어휘와 표현을 쓸 수밖에 없기에 두 번째 자아는 초라해 보이기도 한다. 하지만 여기서 중요한 건, 외국어를 통해 드러나는 또 다른 정체성은 실력이 아닌 언어의 성격을 통해 구성된다는 점이다. 예를 들어, 영어는 손윗사람과 아랫사람을 모두 'you'라고 부르기 때문에 허물없는 경쾌한 어투를 가진다. 그리고 일본어 여성 화자의 언어로는 종종걸음으로 움직이는 기모노를 입은 듯이 말하게 된다. 그래서 말을 통해 자아를 드러내기 이전에 언어로 규정된 자아를 가질 수밖에 없다. 언어의 구조가 허락한 가능성을 통해 빚어낸 결과인 셈이다. 모국어가 주는 풍요로움을 누리기에도 짧은 인생이기에 우리는 가장 오래 써온 언어로 표현하는 자기 자신을 진짜

라고 믿곤 한다. 그런데 나의 한국어 자아와 프랑스어 자아 모두가 진짜라면, 두 범위를 아우르는 근본적인 무언가가 있지 않을까? 표현하고자 하는 방향이 다를 뿐, 가장 능숙하게 나를 표현하기 위한 선택적 도구랄까.

　　V는 자국의 표어인 '자유, 평등, 박애'에 취해 우쭐대는 프랑스인이 아니었다. 오히려 인류애적 가치가 무색한 현실을 부끄러워할 줄 아는 드문 사람이었다. 그래서 그의 의견을 묻고자 '빈곤화'나 '이율배반' 같이 인문과 사회를 아우르는 어휘를 먼저 익혔다. 간단한 야채 이름을 몰라 마트에서 헤메면서도. V와의 대화를 통해 프랑스 사회의 문제를 균형 있게 바라보는 시각을 가지기 시작했다. 관심 분야를 통해 언어를 배울수록 더 넓은 시야가 열렸다. 섹시한 좌파 신문 〈리베라시옹Libération〉과 부르주아지 우파 신문 〈르 피가로 Le Figaro〉를 동시에 읽을 수 있게 됐기 때문이다. 같은 사건을 바라보는 다양한 입장의 정보를 읽어낸달까. 참, 누구의 편도 들어주지 않던 V는 풍자 신문인 〈르 카나르 앙셰네Le Canard Enchaîné〉의 애독자였다.

　　이렇듯 언어는 도구 이상의 지향성이다. 특히나 나의 불어는 이상적 가치에 쏠려 있었다. 프랑스는 '인간은 자유롭고 평등하게 태어났다'는 자연권을 부르짖으며 인권선언을 써 붙였던 나라니까. 계산기를 두드리며 다수의 행복을 설파

하는 옆 나라 영국의 공리주의 정신과 다를 수밖에 없는 이
유다. 부당한 인종차별과 성 소수자의 권리, 교육과 기회의
평등을 고민하는 자아가 생겨났다. 동양계 이방인 여성으로
살아가는 입장에서 약자의 권리를 외쳐야만 나의 인간적인
삶을 보장받을 수 있었기 때문에. 프랑스어로 하고 싶은 말
이 많아질수록 한국어 자아와는 다른 표현 방식이 생겼다.
생각하는 분야는 물론 말투와 억양, 심지어는 목소리까지
바뀌었다.

　　화자로서 평등한 불어 체계 또한 내게 많은 영향을 주었
다. 대화 상대에 따라 '나는'과 '저는'을 오가는 한국어의 위
계질서가 없었던 덕일까. 프랑스어로 말하는 '나'는 언제나
'Je'로 시작한다. 물론 상대방을 친구처럼 'Tu'라고 부를지,
예의 바르게 'Vous'라고 존칭할지 고민해야한다. 하지만 말
하는 주체는 언제나 'Je'다. 그렇기에 화자는 자기 자신을 낮
추지 않고서도 상대방을 높여 부를 수 있다. 내 자리를 굳건
히 지키면서도 상대방을 존중할 수 있다는 귀한 깨달음을
얻은 것이다.

　　한국인의 프랑스 자아라니. 지킬 박사와 하이드 씨 정도
는 아니다. 대신 한국어와 프랑스어를 넘나들며 두 자아의
어설픈 자리를 보완하곤 한다. 다른 하나가 뒤늦게 생겼다
고 해서 덜 나일 리는 없다. 오히려 한 언어로부터 얻은 자극
은 다른 언어에도 영향을 미친다. 한 가지 언어를 쓸 때보다

풍요로운 자신을 발견할 기회를 얻었달까. 두 언어를 다루며 새로운 경향성을 발견하고 자아를 병합시키는 과정이라는 건 각 언어의 한계 지점에서 '가장 나다운 나'를 찾아내는 작업인 게 아닐까?

　자아란 우리 생각보다 훨씬 의존적이다. 개인을 규정하는 출신 학교 이름, 다니는 직장을 지워내기만 해도 혼란에 빠진다. 자기소개서로 개인을 요약하는 오늘날은 적어낼 공동체가 없으면 불안을 느낀다. 게다가 사회적 관계마저 지운다면 우리의 존재를 보증해주는 타인도 없는 셈이다. 누구의 친구, 누구의 자식이라고 소개할 수 없다면 '나'란 대체 누구일까? 결정적으로, 써오던 언어가 사라지면 자아란 게 정말 남기는 할까? 모국어를 쓸 수 없고 사회적 관계망이 없는 타국에서 다시 아기가 된 나. 그래서 한국어 자아와는 다른 자신을 만들 수 있었을지도. 마치 새로 태어난 것처럼 말이다. 물론 성인의 몸으로 새로운 언어를 통해 다시 태어나는 일은 쉽지 않다. 하지만 아기가 된다는 두려움은 전에 없던 자신을 만날 기회와도 같다. 그러니 좀 더 즐겁게 언어를 배워볼 필요가 있지 않을까. 힘겨운 걸음마라도 처음 만나는 자신을 가꾸는 길이니까.

"나의 언어의 한계들은 나의 세계의 한계들을 의미한다. [5.6.]
주체는 세계에 속하지 않는다. 주체는 오히려 세계의 한 한계이다. [5.632]"

_ 루트비히 비트겐슈타인, 《논리-철학 논고》

언어 학습자에게 보내는 편지

진아, 나야.

나라고 얘기하면 누군지 어떻게 아냐고? 별수 없는 걸. 2019년을 살고 있는 미래의 네가 보내는 편지니까. 거긴 2015년 가을일 테지. 파리에서 새로 시작한 삶은 마음에 드니? 참, 물어볼 필요도 없겠구나. 지난 4년의 기억은 내가 고스란히 간직하고 있으니 말이야. 예의상 그 시기가 그립다는 말이라도 하고 싶은데 안되겠다, 야. 너처럼 불확실성에 흥분하기엔 사람이 많이 약아버렸어. 20살의 너에게는 아득해 보이는 미래겠네. 그러니 안심이 될 만한 예언을 몇 가지 해줄게. 2년 후, 너는 소원대로 프랑스 대학에서 철학 공부를 시작한단다. 그리고 4년 후엔 불어 능력 시험의 마지막인 달프 C2에 합격할 거야. 믿기지 않지? 너 지금 프랑스어 왕초보잖아. 한 가지 더 귀띔하자면, 어학 최고 단계에 합격하는 순간 하늘에서 꽃가루가 내리진 않더라. 팡파르를 불며 내려오는 천사도 물론 없고 말이야. 프랑스인보다 프랑스어를 잘하는 단계라는 C2 합격에 기대할 만한 효과인데 말이지. 나도 솔직히 좀 아쉽더라고. 나중에 실망하지 말라고 미리 얘기해주는 거야. 늘지 않는 불어 실력으로 근심만 가득한 네게는 아주 먼 미래의 일처럼 느껴지겠지만.

4년 전의 나라도 믿지 않았을 합격 소식이란 걸 알아. 네겐 기적을 만들고 싶을 만큼 간절하다는 사실도. 어떻게 말해야 믿어줄까? 음… 2019년 10월, 합격증을 받으러 가던 날 얘기를 해줄게. 사실 시험을 치렀던 기관에 다시 찾아가는 길이 마냥 기쁘진 않았어. 어학 시험이 도장 깨기와 같다면, 끝판왕을 물리친 후의 엔딩이 상당히 조잡하달까. 을씨년스러운 파리 외곽의 응시장에 찾아가 심드렁한 직원에게 합격증을 건네받았단다. 한국에서는 C2를 따면 대사관 측에서 문서를 액자에 담아 서명까지 해서 준다는데. 하긴 프랑스에서 외국인이 불어 좀 잘하는 게 무슨 대수라고, 그치? 이 가냘픈 종이가 지난 시간의 결과물이구나. 혹시 마른 눈물의 냄새가 나진 않을까 냄새라도 맡아보고 싶었어. 너와 나 사이 4년의 간극은 치열한 노력의 연속이었거든. 허망한 기분에 어디든 자랑하지 않고서는 못 배기겠더라. 그래서 부모님께 보여드리려고 길거리에 멈춰서 합격증 사진을 찍는 중이었어. 그때 지나가던 흑인 청년이 이렇게 외쳤어.

"브라보!"

공을 위로 던져 올리는 듯한 경쾌한 감탄의 목소리. 흘 긋 보고서도 어떤 의미를 띄는 종이인지 알아차렸으니 분명 나와 같은 시련을 겪었던 사람일 테지. 게다가 그는 낯선 이에게 짧고 묵직한 격려를 안겨줄 줄 알았어. 내가 지난 시간의 나에게도 미처 해주지 못했던 격려 말이야. 1초도 안 되던 그 짧은 순간에 4년간 뭉친 근심이 조각나 흩어지는 마법이라니! 그가 던져 올렸던 공을 받아서 이젠 네게 띄워 보낼 거야. 시험으로 넘어야 할 고비가 더는 없지만 내 불어 실력이 완벽하다는 뜻은 아니야. 이제 막 어학을 시작한 네겐 힘 빠지는 소리지? 솔직히 얘기하자면 아직도 대학에서 철학 수업을 따라가는 데 부족함을 느껴. 하지만 최고 단계 불어 자격증을 땄으니 언어 학습의 조언 정도는 할 수 있지 않을까. 네가 꼰대 싫어하는 건 잘 알지만, 다가올 미래의 너를 위한 얘기니 한번 들어봐.

진아, 언어를 잘 한다는 게 대체 무슨 뜻일까? 당장 네게는 엄두도 안 날 C2를 통과하는 일? 한국에 돌아간다면 피할 수 없는 토익 시험에서 좋은 점수를 받는 일? 하지만 4년 후의 너는 아직도 프랑스에서 철학 공부를 하기엔 완벽하지 않다고 느끼는걸. 한국에서 '단군 이래 최고 스펙'의 또래들이 매달리는 토익 시험도 순수한 영어 실력보다는 취업을 위한 목적이 더 크다고 하더라. 이렇듯 우리는 언어 실력과 자격증 사이의 상관관계를 믿곤 해. 하지만 시험이라는 객관적 기준이 정말 언어 실력을 대변하는 걸까? 애초에 언어 실력의 객관적 기준이란 무엇이며, 누가 정해주는 걸까?

어학을 시작하는 네 눈앞에 떠오르는 건 시험이 전부일 텐데, 웬 허무맹랑한 소린가 싶지? 당장 프랑스 대학에 지원하기 위해선 델프 B2라는 자격증부터 따야 하는데 말이야. 사실 여유롭게 어학 시험을 통과한 후에 대학 공부를 시작했던 나도 수십 번 고꾸라졌어. 외국인을 위한 시험을 통과했다고 한들, 평생을 프랑스에서 살아온 학생들과 맞먹을 수 있을 리가 없잖아. 그럼 어떡하냐고? 뭐 어쩌겠어. 얘네들과 같은 기준에서 겨루며 배우는 수밖에. 사실 프랑스인 동기들에게도 철학 공부가 어려운 건 마찬가지였어. 그러나 내 문제는, '소크라테스는 중상모략을 당해 죽었다'라는 문장에서 '중상모략'이라는 불어 단어조차 몰랐다는 거더라.(기왕 얘기 꺼냈으니 사전에서 찾아봐) 남들은 철학을 배우는데, 같은 강의실에서 나만 죽 쑨 얼굴로 단어의 뜻부터 추측해야 했던 거지. 그리고 과제를 할 때면 기본적인 관사 용법에서 가로막히곤 했어. 시험지 답안을 빼곡히 채우는 와중에 옆자리 외국인 학생은 조사 '은/는', '이/가'를 고민하고 있다고 상상해봐. 나는 대학에서 프랑스 학생들과 같은 수업을 들을 게 아니라 너처럼 어학원에 가서 다시 기초부터 다지고 와야 했던 거지.

그래서 언제든 낼 수 있는 휴학계를 가방에 품고 학교에 다녔단다. 하지만 한 가지는 확실했어. 울면서 들어간 수업 또한 배움의 장이라는 사실을. 철학뿐 아니라 언어를 익히는 실전 경기랄까. 앞선 준비는 부족했지만 실전에서 룰을 익힌 셈이야. 내일 수업만 듣고 포기하자는 마음으로 버티다 보니 가방의 휴학계를 어느 순간 잊을 수 있었어. 언어를 위한 언어 학습은 결국 한계를 마주할 수밖에 없지. 언어를 수단으로 삼아 목적을 달성할 때 자격증이라는 객관적 기준을 넘어설 수 있다는 걸 명심해줘. 도대체 어떻게 하라는 거냐고? 나는 네가 머리가 아닌 몸으로 언어를 배웠으면 좋겠어. 최대한 즐겁게. 왜 있잖아, 춤은 몸으로 익히잖아? 언어 학습도 똑같아. 네가 불어를 통해 만들고 싶은 너를 네 몸에 직접 새기는 거야. 너는 항상 입에서 굴리는 듯한 몽글몽글한 프랑스어 발음을 동경했었지. 하지만 한국어로 할 수 있는 말을 프랑스어로 배끼려 하지는 마. 모국어가 아닌 언어로 할 수 있는 말을 만들자. 한국에서 살아온 지난 20년이 하지 못할 이야기를 시작하는 거야.

사람들은 가장 정확한 번역기가 되는 과정을 언어 학습이라 생각하곤 해. 이미 만들어진 말을 고스란히 옮겨내는 능력이 다라면, 문법과 단어만 외우면 되지 뭐가 더 필요하겠니? 그러니 끝을 알 수 없는 공부가 필요해. 네가 한국어를 문제없이 쓴다고 해서 네 자아가 완벽하다고 생각하진 않잖아. 의미 있는 이야기를 할 수 있는지, 기발한 작문이 가능한지, 인상 깊은 목소리와 제스처로 말할 수 있는지는 자격증 시험으로 절대 잴 수 없어. 눈앞에 닥친 어려움은 네가 배우는 새로운 언어로 두 번째의 너를 만드는 과정인 거야.

언어를 몸으로 익힌다는 게 무슨 말일까? 너, 한국어 필기를 손으로 할 때랑 타자로 칠 때 나타나는 글자가 같은 언어라고 생각하니? 물론 나오는 결과는 같은 문장의 연속이지. 하지만 같은 소리를 들었을 때 종이에 손으로 옮겨 적는 감각과는 다르게 자판 위에서는 모음과 자음의 위치를 알기 때문에 가능한 거잖아? 신기하지 않니? 같은 내용을 듣긴 했지만 도구가 다른데 어떻게 펜을 쥔 손과 자판 위에 올려진 손은 같은 내용을 옮겨낼 수 있는 걸까. 어떻게 '적는지'와 '치는지'를 구별해서 아는 것은 몸이야. 언어는 머리에서 머물지 않고 몸을 통해서 들어오고 나가는 무의식적 습관이라고 생각해. 말하는 입, 쓰는 손, 듣는 귀, 모두 몸의 작용인 셈이지. 네가 관심 가졌던 몸과 살의 철학자 메를로-퐁티가 들었던 타자기의 예시야. 언어가 꼭 너의 육체를 통해야만 한다면 머리로 외우는 단어만으론 충분하진 않아. 그래서 어떡해야 하냐고? 습관을 들여보자. 네가 직접 선택한 일에 익숙해지는 거야.

　　모국어인 한국어의 습관은 네가 선택해서 배우진 않았을 테지. 선택하기도 전에 엄마, 아빠의 입을 따라 하면서 익혔고 학교의 가르침을 고스란히 받아들였을 뿐인걸. 그랬던 네게 새로운 가능성이 열린다면? 네가 원하는 대로 너를 빚어낼 가능성. 프랑스 영화배우가 독백하듯 말하는 방식이 아름답다고 느꼈다면 그 문장을 같은 톤으로 따라 해보자. 그리고 좋아하는 문체의 글을 필사해보자. 그러다 보면 어느 순간 알아차리게 돼. 네가 그렇게 말하고 쓸 뿐 아니라 '생각'하고 있다는 걸. 굉장하지 않니? 다른 언어를 통해 네가 몰랐던 너를 만든다는 사실이? 단지 말하는 방식이 달라진 게 아니라 모국어로 하지 못했던 생각까지 피어오르지. 마치 익숙했던 몸에 낯선 영혼이 깃드는 것처럼 말이야.

　　불어를 통해 만들어낸 인류애적 신념을 생각하니 떠오르는 얘기가 있어. 어학원 선생님 V가 같은 반 학생인 중국인 어머니에게 한마디 했던 것 기억나? 인종차별적 발언을 지적했던 그 일. 너도 선생님이 멋있다고 생각했겠지. 언젠가 한번 V와 술을 마실 기회가 있었어. 그때 선생님이 멋있어 보였다고 털어놓으니 V가 뭐라고 했는지 알아? 사실 본인이 그 중국인 어머니였다면 똑같이 생각했을 거래. 그래도 어떤 대답이 옳은지 아니까 인종차별적 발언에 태클을 걸었던 거라고 하더라. 하긴, 너와 나 그리고 V, 다 마찬가지야. 결함 많은 인간이니 숨기는 미덕을 가졌을 뿐. 배운 언어를 기반으로 옳은 생각을 만들어냈다면 성실하게 믿는 노력도 필요하지. 그래도 그렇게 하다 보면 네가 원하는 모습에 더 가까워지지 않겠어?

새로운 언어의 또 다른 자아가 몸에 깃든다고 해서 모국어가 분리되는 건 아니란다. 가장 놀라운 일은, 두 언어가 같은 몸에서 서로 영향을 주고받으며 발전한다는 사실이야. 물론 프랑스어를 할 때의 제스처가 한국어의 몸에 영 어색할 때가 있겠지. 한국어로 아는 감정, 예를 들어 '찌질하다', '느낌이 쎄하다' 같은 말을 다른 언어로 고스란히 옮기기 힘든 것처럼 말이야. 하지만 네가 번역 불가능한 감정과 제스처를 다른 언어로 녹여낼 때 다른 문화를 풍족하게 만들 수 있지 않을까. 없는 물건을 사들여와서 소개하는 상인같이.

마음 같아선 4년간 배웠던 모든 깨달음을 털어 놓고 싶구나. 그래도 스포일러는 하지 않을래. 너는 절대 책을 중간부터 펴든 적이 없었잖아. 늘 머리말부터 풀어나가는 실타래를 꼭 붙잡곤 했으니까. 앞으로의 경험은 너의 몫이겠지만 이거 하나만 기억해주렴. 언어 학습은 여태껏 쌓아온 자아에 새로운 걸 덧붙여 올리는 작업이 아니야. 때로는 쌓아 올린 것을 부숴서 토대를 다지고 넓혀야만 할 테지. 기대보다 더 찬란한 건물을 짓는 과정이니까. 생각을 표현하는 언어가 바뀌는 것이 아니라, 너를 생각하게 만드는 언어가 바뀌는 일인 거야. 생각과 관심사, 어투 그리고 심지어는 걸음걸이까지 바뀌는 너를 발견하게 될 거란다.

어떤 변화일지 아직 몰라도 상관없어. 중요한 것은 선택을 통해 변화할 수 있으리란 가능성이니까. 새로운 언어를 배우지 않더라도 얼마나 귀한 깨달음이니? 지금까지 만들어진 자아는 선택과 환경에 따라 충분히 바뀔 수 있다는 사실. 그리고 '스스로가 규정한 나'란 자기 손으로 직접 채우는 족쇄와도 같다는 얘기를 하고 싶었어. 세상의 빛을 본 후로 선택할 여지도 없이 죽음까지 짊어지고 가는 게 삶이라면 그게 주민등록번호지 어떻게 한 사람의 일생이겠니? 정체성이란 우리를 둘러싼 환경에서 결정되지만, 그 환경을 직접 선택할 자유 또한 주어져 있다고 믿어. 그래서 나는 너의 노력이 아름답고 자랑스러워. 앞으로 어떤 사건이 일어날지도 모른 채, 자유를 시험하고 있으니까.

아득해 보이는 목표를 마주한 네 한숨 소리를 듣고 찾아와 봤어. 짧은 격려만 건넬 생각이었는데 얘기가 길어졌구나. 미래에서 온 편지에 로또 번호가 없다고 실망하진 않았으면 좋겠네. 불안한 4년 전의 나라면 복권 당첨보다 이 조언이 더 필요할 것 같아서. 2015년의 너에게도 세월이 지나 지금 이 순간을 사는 날이 온다면, 같은 편지를 과거의 너에게 써주렴. 나도 4년이 지난 미래에서 다시 한 번 네 안부를 물을 테니. 아, 답장은 안 해도 괜찮아. 따로 기다리는 게 있거든. 훗날의 나라면 지금 가진 고민을 쓰다듬어 줄 여유를 갖추지 않을까 싶어서 미래에서 올 나의 편지를 기다리는 중이야.

"§ 22. 하나의 단순실체의 현재 상태가 이전에
지나간 상태의 자연스러운 귀결이듯이 현재는
그러한 방식으로 미래를 잉태한다.
《변신론》§ 360)"

_ G. W. 라이프니츠, 《모나드론 외》

돈 없으면 배움도 없다?

프랑스 68혁명이 일어난 지 꼭 반세기가 지난 2018년, 유럽 출신이 아닌 외국인 학생을 대상으로 대학 등록금을 16배 올린다는 소식이 들렸다. 유급 없이 고된 첫해를 보냈던 나는 맥이 탁 풀렸다. 어학의 어려움과 파리의 비싼 물가를 버티며 여기까지 왔는데! 게다가 2배, 4배도 아닌 16배 인상이라니. 어떻게 나온 배수인 건지 멱살을 잡고 묻고 싶었다.

사실 인상된 학비도 한국이나 영미권 대학에 비하면 여전히 합리적인 금액이긴 했다. 프랑스 국립대학의 등록금은 1년에 170유로(약 22만 원)이고 16배가 오르더라도 학사는 연간 2,800유로(약 360만 원) 정도다. 누군가는 유학 비용으로 이 금액이면 거저 아니냐고 생각할지도 모른다. 하지만 타국의 대학보다 저렴하다는 이유로 수긍한다면 등록금 인상의 주범이 파놓은 덫에 걸리는 게 아닐까? 68혁명의 불길이 번져나갈 때, 프랑스 대학생들은 모두에게 열린교육의 기회를 주장했다. 대학의 위계질서를 없애고 수평적 구도로 만드는 것이 그들의 목적이었다. 게다가 프랑스 학생들은 고등학교 졸업 시험인 바칼로레아를 통과하기만 하면 어느 국립 대학이든 지원할 수 있다. 엘리트 양성기관과 같은 그랑제꼴을 제외하고는 입학생을 선별하는 과정조차 추첨으로 이루어지기 때문이다. 어학 점수를 제출해야 합격할 수 있는 외국인 학생의 경우를 제외하면 프랑스의 국립 대학은 기회의 평등에 기반한 시스템이다.

내가 5년 전 유학을 마음먹을 때 프랑스에 반했던 이유가 바로 '모두에게 열린교육'이었다. 대학에 가는 것이 문제가 아니라 어떤 대학을 가는지가 중요한 한국인의 입장에서는 좀 낯선 이야기인가? 사실 우리가 아는 화려한 프랑스는 450년에 가까운 식민 지배를 했던 나라다. 그만큼 구식민지 출신의 이방인들이 많았기에 오늘날 이들 또한 자국민으로 받아들이는 인종의 용광로가 되었다. 하지만 부르주아 가문 출신의 백인과 이민자 부모님을 둔 유색인종 프랑스인의 삶은 같은 땅에서 살아간다는 사실이 믿기 힘들 정도로 다르다. 따라서 고등교육을 받을 기회는 개인의 능력으로 선택하기 힘든 게 현실이다. 부모의 교육·소득 수준이 자녀의 앞날을 예견한다고나 할까. 그래서 60년대 젊은 프랑스인들은 뿌리가 아득히 깊은 불평등을 끊어보고자 했다. 되물림되는 삶을 거부하면서 새로운 꿈을 펼칠 기회는 교육만이 허락할 테니까. 그래서 68혁명 이후 교육은 사회 계급과 자본으로부터 분리된 영역으로 여겨졌다. 배움의 가능성을 희망으로 여기는 나라에서 취직을 위한 졸업장은 부수적인 것일지도 모른다. 대학은 우선 배움이 있는 장소이고, 공부의 결과가 아닌 과정을 통해 삶을 바꿀 수 있으리란 믿음이 있었다.

이러한 이유로 교육이 제 기능을 하는 프랑스에 오고 싶었다. 서열화된 대학, 장삿속이 아닌 학교에서 공부하는 미래를 꿈꾸며. 하지만 프랑스에서 배움을 얻기 시작하는 순간 운명의 장난처럼 허탈한 변화가 찾아왔다. 가는 날이 장날이라고, 공부를 시작하자마자 학비를 올린다니! EU 국가 출신이 아닌 외국인 학생들에게 등록금을 더 받겠다는 말은 곧 아프리카 출신 학생들을 겨냥한 정책이었다. 유학생의 대부분을 차지하는 구식민지 출신들의 발길을 끊어버리겠다는 선포랄까. 하지만 이민자를 향한 프랑스의 냉담한 시선은 책임 회피로밖에 보이지 않는다. 식민 지배를 통해 부를 축적해온 파렴치한 나라가 이제 와서 피해자를 모른 척하겠다는 심보가 아닌가. 이것의 연장으로 프랑스는 오늘날 자본의 논리로 교육을 다루기 시작했다. 평등했던 교육의 기회가 '돈 없으면 배움도 없다'는 태도로 등을 돌리는 셈이다.

　　나는 분을 못 이겨 등록금 인상 소식을 계기로 열린 파리 제1대학 학생 총회에 참가했다. 16배 오른 학비가 억울해서가 아닌, 프랑스한테 속았다는 분노가 발걸음을 이끌었다. 총회에서는 원하는 학생이라면 누구나 짧은 연설을 할 수 있었다. 항상 토론을 지켜보기만 했던 나였지만, 이번만큼은 외국인 학생으로서 발언권을 갖기로 마음먹었다. 그래서 수백 명이 모인 강당의 연단으로 나가 떨리는 손으로 마이크를 잡았다.

　　"외… 외국인 학생들에게 16배의 등록금을 부과하겠다는 정책은 여러분의 말대로 인종차별적입니다. 하지만 저는 이 변화가 누구를 겨냥하느냐보다는 프랑스에 어떤 변화를 가져오는지 이야기하고 싶습니다. 제가 프랑스에 왔던 이유는, 그 이유는…. 교육의 가치가 자본과 분리된 거의 유일한 나라였기 때문입니다. 배움을 얻을 기회는 돈으로 환산될 수 없다고 생각합니다. 학비 인상에 타격을 받을 학생인 저는, 프랑스가 평등을 실현할 때만 가능한 교육의 가치를 잊지 않았으면 좋겠습니다."

　　그날 이후로 부지런히 학생 집회에 참석하기 시작했다. 내 앞날과 프랑스 교육이 마주한 미래를 걱정하는 마음에서. 놀랍게도 시위에 모인 엄청난 인파의 학생들은 외국인으로만 구성되어 있지 않았다. 오히려 등록금 인상과 관련이 없을 프랑스인들도 나서서 불합리한 정책에 맞서 싸우기를 주저하지 않았다. 마침 레퓌블릭République 광장까지 행진하는 시위대의 인파 속에서 철학과 동기 무리를 마주쳤다. 동기들 또한 학비 인상은 딴 나라 얘기일 프랑스인이기에 나는 의아한 얼굴로 물었다.

"너네가 왜 여기 있어?"

"부당한 일엔 맞서 싸워야지. 지금 당장은 내 일이 아니더라도 말이야. 이 칼날이 언젠가는 나한테 돌아올지도 모르잖아?"

내 질문이 새삼스럽다는 듯한 동기의 대답이었다. 이 싸움은 혼자만의 투쟁이 아니었다. 내 권리에 흠이 가고서야 무거운 엉덩이를 끌고 나왔던 스스로가 새삼 부끄러웠다. 내게도 타인의 권리를 지키기 위해 거리로 나올 용기가 있었나? 역설적이게도, 고통받는 타인을 모른 척하지 않을 때 자신의 권리를 지킬 수 있다. 칼퇴근이 새삼스럽지 않은 프랑스의 노동 조건도 마찬가지다. 일찍 문을 닫는 상점과 관공서가 불편한데도 갑질이 없는 이유는, 상대방의 노동을 존중할 때 내 노동의 권리가 보장된다는 사실을 서로 알기 때문이다. 최근 들어 프랑스도 노동과 교육의 가치가 자본의 대찬 바람에 휘청댔지만, 이곳의 국민성이란 그리 쉽게 바뀌는 것이 아니었다. 1년이 넘게 이어지는 노란 조끼 시위, 지난여름이 유난히 더웠다는 이유로 들고 일어난 환경 보호 시

위, 바뀌는 입시 제도를 막기 위한 학생 시위 등 프랑스 사회
는 바람 잘 날이 없어 보였다. 하긴 새삼스러울 게 있나. 대혁
명의 이름으로 국왕의 목까지 쳤던 나라의 국민들이 아니던
가. 이곳에서 반항 정신을 몸에 새겨 나갈수록 궁금해진다.
프랑스 사람들은 대체 왜 이렇게 불만이 많을까?

대혁명 이후의 프랑스 정치철학자 알렉시 드 토크빌의
지적이 힌트랄까. 그는 《앙시엥 레짐과 프랑스혁명》에서 왕
정 시대에 살던 프랑스인들이 그리 불행한 국민은 아니었다
는 사실에 주목한다. 훨씬 비참하게 살던 다른 나라의 민중
들이 있었지만 정작 귀족들을 단두대로 보낸 건 프랑스인들
이었다. 그러니 혁명의 조건은 단지 불행한 삶이 아니었다는
얘기다. 여기서 또 다른 궁금증이 생긴다. 그렇다면 제일 비
참한 국민은 아니었던 프랑스인들이 대혁명의 불을 지폈던
이유는 무엇일까?

토크빌은 왕정 시대의 민중들이 구체제를 지긋지긋하
게 여겼다는 것을 혁명의 이유로 짚어낸다. 고된 삶이 부채
질한 혁명이 아니라, 불합리한 구체제를 참을 수 없다는 '정
치적 감수성' 때문이었던 것이다. 그들이 왕정국가를 부조리
한 것으로 여기게 되는 건 이미 18세기에 예견되었다. 대혁
명이라는 클라이막스에 다다르기 위해서 계몽주의라는 전
주가 흐르고 있었달까. 당시는 《사회계약론》에서 '사람은 자
유롭게 태어났지만 어디에서나 사슬에 매여있다'라며 복종

을 강요당하는 상황이 인간 본성과 맞지 않는다고 했던 루소의 시대였다. 그리고 삼권분립을 주장했던 몽테스키외와 문학의 이름으로 봉건제도를 신랄하게 비판했던 볼테르도 있었다.

프랑스 시민들의 눈에는 베르사유에서 사치를 일삼는 왕과 귀족들이 아니꼬워 보였을 테다. 그뿐 아니라 동시대 사상가들의 영향을 받은 민중은 왕정을 '옳지 않다'고 생각했다. 그들은 혁명이 일어나기도 전에 세상이 어떻게 바뀌어야 할지 알고 있었다. 그래서 프랑스 대혁명은 먹고 살기 힘든 민중의 충동적 봉기가 아니라, 계몽주의 철학에서 비롯된 정신의 혁명이었다. 합리적이지 않은 현실을 이성적으로 증명해 내는 것이 철학자들의 일이었다면, 그 덕에 시민들이 정의롭지 않은 현실에 화를 낼 수 있었다고나 할까. 인권 선언을 써 붙인 나라답게, 오늘날의 프랑스에서도 유서 깊은 국민성을 확인할 수 있다. '세상이 이래서 되겠냐'는 확신으로 똘똘 뭉친 시위대처럼.

하지만 프랑스 뽕에 취하기에는 혁명이 불러온 과오도 무시할 수 없다. 대혁명이 몰아쳤던 자리의 혼란과 왕정복고 또한 이 나라의 비릿한 역사이기 때문이다. 프랑스 현 정권이 시도하는 외국인 등록금 인상과 해고가 쉬운 근로법 개정도 마크롱 대통령 말마따나 어쩔 수 없는 변화일지도 모른다. 바른말 하는 사람은 많아도 막상 사회 문제를 해결할 방안을 내놓는 정치인이 없었던 것은 프랑스의 고질병이었다. 그럼에도 나는 저항하는 프랑스의 편을 들어주고 싶다. 수많은 지식인이 시대의 변화에 흔들리지 않는 가치를 고민했고, 시민들은 방구석에서 나와 힘을 합칠 때 권리를 지킬 수 있다는 걸 몸소 살아냈으므로. 그만큼 분노한 시민 앞에서 눈도 꿈쩍 않는 요즘 프랑스지만 철학과 유학생인 나의 입장에서는 아직 배울 점이 많다. 철학의 쓸모를 계몽으로 증명했을 뿐 아니라 자유와 평등이라는 인권의 가치를 세계인의 머릿속에 심어둔 나라이기 때문이다. 이 순간 내가 마주하는 현실도 마찬가지다. 외국인 학생의 권리를 지켜주는 학교, 그리고 목소리를 함께 높여줄 동기들이 있어 든든하다. 그래서 프랑스에서 공부를 이어가는 게 단지 내 능력 덕분이라고 생각하지 않는다.

등록금 인상 정책이 처음 발의된 2019년 당시, 실제로 학비를 올리겠다고 발표한 프랑스 국립 대학은 74곳 중 7곳뿐이었다. 하지만 가슴을 쓸어내리기엔 너무 일렀나. 입학 신청이 본격적으로 시작되는 2020년 7월, 프랑스 헌법재판소는 유학생 등록금 16배 인상이 정당하다는 판결을 내렸다. 프랑스 국민이 아닌 외국인들에게 돈을 더 받더라도 무상교육의 일반 원칙을 규정하는 헌법 조항에 어긋나지 않는다는 판단이었다.

　꾸준히 학생 시위를 벌여온 파리 제1대학은 다행히도 내 편이었다. 이번 결정도 학교 측에서 거부하고 기존 등록금을 유지한다고 밝혔으니 말이다. 역시 깽판도 장기전으로 쳐야 말을 듣는다. 반면에 타 대학 유학생들과 어학 과정을 밟는 이들의 통곡과 당혹감이 전해졌다. 단언컨대, 소외된 자들의 절망은 점점 몸집을 불려 나갈 것이다. 외국인을 배제하며 프랑스 자국민들은 안전할 거라 생각한다면 또 속아넘어가는 꼴이다. 소수를 배제하며 견고해진 집단 안에는 또다시 눈엣가시가 보일 수밖에 없으니까. 눈엣가시 보존의 법칙이랄까. 이렇듯 약자에게 허락된 일말의 가능성을 쳐내기 시작한 프랑스. 나는 어찌 보면 평등교육의 마지막 수혜자였던 셈이다. 그래서 이번 정책은 이보 전진을 위한 일보 후퇴로 생각하려 한다. 더 많이 배우다 보면 그들도 잊은 가치를 다시 제시할 날이 오지 않을까. 계급사회의 열차에서 꼬리 칸 사람들만 기억하는 가치 말이다.

"우리는 권력le pouvoir을 원하지 않는다. '할 수 있기pouvoir'를 원한다!"

_ 2018년 대입제도 개편 항의 시위 당시
파리 제1대학 벽에 쓰인 글귀

좋은 삶을 공부로 배울 수 있나요?

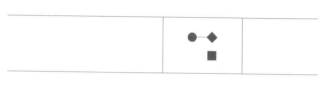

고등학교를 졸업할 즈음 부지런히 사고를 쳤던 것 같다. 그날도 성인에게만 허락된 쾌락을 즐기고 돌아오는 참이었다. 마지막 열차가 지나간 시각, 적막한 지하철 플랫폼에서 친구의 전화를 받았다.

"너 인생 그따구로 살면 안 된다."

통화를 자주 하는 애가 아닌데. 마음의 준비를 해둘걸. 내 삶이 '그따구'란다. 걱정스러운 충고라기보다 화가 난 말투였다. 나 어지간히도 주변 사람들을 분노하게 만드는 삶을 살았구나. 이제 와서 반성한다고 말하기엔 시간도 많이 흘렀고 지리적으로도 좀 멀리 와버린 듯하다. 그때 그 친구한테 물어볼걸 그랬다. '그따구'가 어떤 삶을 말하는 거냐고.

지난 과오를 돌이켜보자니 굳이 묻지 않아도 조금 알

것 같긴 하다. 프랑스에서 철학 공부를 하겠다는 허무맹랑
한 계획으로 똘똘 뭉쳐 있었으니. 게다가 대학 진학을 거부
하고 주말 밤마다 번화가의 불빛만 좇던 불나방이 곱게 보
일 리 없었겠지. 술을 들이붓다 해가 뜨고서야 돌아오던 일
상과 육체적 쾌락이라면 마다치 않고 시도하던 나니까. 그따
구로 살다 보니 타인에게 해를 입힌 적이 없는데도 도덕성을
의심받았다. 누구는 '아, 전진 걔~ 프랑스 남자랑 엄청 놀아
난다던 애?'라고 그러더라. 그건 내가 모르는 전진인데⋯. 좀
더 분발해야겠다고 다짐했다. 아무튼 지금은 공부에 치여서
놀러 나갈 시간이 없을 뿐 성격은 예나 지금이나 달라진 게
없는 것 같다. 물론 예전처럼 싱싱한 간만 믿었다가 주차장
에서 눈을 뜨는 경우는 다신 없으리라 다짐한다. 지금 사지
멀쩡히 해외에서 공부하는 게 새삼 경이롭다. 성공해서 망
나니 시절 뒤치다꺼리 해준 친구들에게 보답을 해야 할 텐
데. 철학 공부로 잘될 수는 있을까. 미안하게도 확신은 못 주
겠다, 얘들아.

　　그때나 지금이나 삶의 태도에 있어서는 달라진 게 없다
고 얘기하면 누가 믿어줄까? 나는 한결같은 열정맨인데. 단
지 열정을 쏟는 대상이 매번 달라졌을 뿐이다. 술자리에 가
면 육신의 허락을 받기도 전에 잔을 비웠고, 춤을 추러 가면
사정거리를 넓혀가며 몸을 흔들었다. 대학에 입학한 이후

내 한계를 마주하고 떨군 눈물도 공부에 대한 열정을 꺼트리지는 못했다. 그래서 오늘날 나에 대한 주변 사람들의 평가를 듣고 있자면 좀 의아하다. 술 마시듯 불어를 배웠고 춤추듯 공부했을 뿐인데 예전의 나는 '그따구'였고 오늘의 나는 '걔 좀 봐라'는 평가를 듣다니. 그저 열정의 대상이 바뀌었기 때문일까? 내 생각엔 망나니적 삶과 학구열이 불타는 삶 사이에 태도의 차이가 있는 것 같지는 않다. 매번 나를 가장 기쁘게 만드는 일만을 선택했으니.

그러한 대상의 우열은 누가 정하는 걸까? 부모님의 선호나 사회적 기준이 따로 있기 때문에 다들 어마어마한 경쟁을 감수하는 듯하다. 좋은 게 좋은 거니까. 하지만 나의 치명적 결점은 바로 남들 말을 지지리도 안 들었다는 사실이다. 하기 싫은 건 피했고 철저히 즐거워 보이는 일만 골랐다. 어른들 말 중엔 들어서 나쁜 것 없는 진리도 있는데 말이다. 누가 '바닷물은 짜니까 먹지 마라'고 하면 그 말이 진짜인지 먹어보지 않고는 못 배기는 성격이었다. 그래서 남들 안 하는 실수를 반복하며 다치고 나서야 알았다. 정말 짜네…, 바닷물. 하여간 고통을 피하며 즐거움을 추구해야 쾌락주의자라는 이름이라도 따낼 텐데. 사리 분별이 안 됐던 나를 보고 에피쿠로스마저 고개를 내저었겠지.

공부를 통한 자아실현과 거리가 멀다고 해도 이상하지 않을 성격. 하지만 놀랍게도 학문의 길을 진득하게 밟는 중이다. 남의 얘기를 귀담아들었기 때문에 프랑스로 와서 철학 공부를 하는 건 분명 아닐 텐데. 그렇다면 '내게 정말 좋은 것'을 선택하게 만든 동력은 무엇이었을까? 연애와 술만 좋은 게 아니라 강의 녹음본을 반복해 듣는 것도 짜릿한 나는 어떻게 만들어진 걸까? 마르지 않는 열정에 '그따구'가 아닌 '그 이상'을 위한 알맞은 길로 이끌어주는 힘이 있었다고 믿는다. 아무도 내게 권유하지 않은 철학 공부를 선택했던 이유가 궁금했다. 앎이 주는 즐거움을 향해 발을 틀었던 계기 말이다.

플라톤은 《고르기아스》에서 쾌락주의자와 마주한 소크라테스를 그려낸다. 그는 칼리클레스에게 묻는다. 쾌락만을 찾는 삶은 물이 새는 항아리와도 같지 않겠느냐고. 아무리 채우려 해도 채워지지 않으니 말이다. 하지만 2,500년의 세월이 무색하게 칼리클레스의 대답이 꽤 설득력 있다. 쾌락은 채워지지 않기 때문에 좋다고! 그는 인간의 행복이 완전하지 않은 쾌락을 추구하는 과정에 있기 때문에 길바닥의 돌보다 나은 삶이라고 말한다. 목이 마르면 물을 마시는 순간 행복하고 곧이어 배가 고프면 먹을 수 있기 때문에 행복하다는 칼리클레스는 지속적 쾌락을 추구하는 인물이다. 오늘날 자본주의 사회에서의 삶도 크게 다르지 않다. 소비의 짜릿함을 누가 모를까? 돈을 쓰고 나면 또 사고 싶은 게 생기는 현대인의 모습이 그려지는 대목이다.

프랑스에 정착한 직후에는 채울 수 없는 쾌락이 마카롱보다 더 달콤해 보였다. 나처럼 육체적 쾌락을 뒤쫓는 사람은 위험 요소가 많은 나라에 오면 안 된다는 것을 미리 알았어야 했다. 이곳엔 어찌나 짜릿한 게 많은지, 견문을 넓힌다는 핑계로 권하지 않은 것들마저 나서서 시도했다. 무아지경으로 이끄는 음악과 살갑게 다가오는 사람들이 좋았다. 언어를 배우지 않아도 날마다 즐거웠기에 해가 뜨면 다시 올 밤을 기다렸다. 프랑스에 도착하고 얼마 되지 않았을 즈음에는 파리 외곽 동네의 예술가 레지던시에 부지런히 드나들었다. 쓰지 않는 건물을 불법 점거한 예술가들이 아틀리에와 공연장을 겸해서 쓰던 장소였다. 부랑자, 난민이라 불리는 사람들이 모인 그곳에서 술병을 비워내며 잔혹한 현실을 함께 잊곤 했다. 나뿐만 아니라 그들도 꿈이 있던 사람들이었다. 하지만 목표로서의 꿈 대신에, 약 기운을 입은 환상을 뜬 눈으로 꿨다. 그 세계를 회피와 절망이라고 부르기도 한다는 사실을 뒤늦게 알았다. 파리에서 첫 집을 구한 나는 예술가 레지던시의 친구들을 종종 초대했다. 술을 마시고 음악을 듣다 나도 모르게 잠들어버리는 밤이 이어졌다. 웅성거리는 소리에 깬 어느 새벽, 내 친구와 낯선 사람이 부엌에 있단 걸 알아차렸다. 겁에 질린 나는 조심스레 엿보며 상황 파악을 했다. 그들은 마약 거래를 하고 있었다. 때가 낀 손에서 손으로 정체불명의 봉투와 지폐가 오고가는 현장을 보았다. 섬뜩한 불안감이 척추를 타고 흘렀다. 내 집에서 약을 사고 팔다니. 이보다 더 나락으로 떨어질 수 있을까. 나, 진짜 끝장났구나.

그 일을 계기로 밑 빠진 독에 부지런히 쾌락을 들이붓던 바쁜 손을 멈췄다. 즐거운 삶을 원했던 것은 맞지만 언제까지나 쾌락을 주는 대상에 의존할 수는 없었다. 게다가 술과 마약으로 찌든 삶의 최후를 주변에서 익히 봐왔다. 일시적 즐거움이 떠나고 긴 고통으로 헐떡이던 친구들. 즐거움 뒤의 고통은 소크라테스의 논쟁 상대인 쾌락주의자들도 잘 알고 있던 맹점이었다. 그래서 지금 당장의 쾌락보다 후에 찾아올 고통이 크다면 포기할 것, 그리고 당장의 고통보다 미래의 쾌락이 크다면 참아낼 것을 강조했다. 하지만 즐거움을 계산할 때 좋은 삶을 끌어낼 수 있다고 믿는다면 소크라테스가 나를 붙잡고 놓아주지 않을 테다. 그래서 《프로타고라스》의 대화를 재구성해본다.

"쾌락이 고통의 상대가 되지 못한다면 고통보다 큰 쾌락의 양과 질을 계산했기 때문이지요?"라고 소크라테스가 물었다.

"선생님 말이 옳습니다. 한쪽이 다른 쪽보다 더 큰가 더 작은가, 또는 더 강렬한가 덜 강렬한가의 문제지요." 내가 대답했다.

"그렇다면 나의 질문에 대답해주시오. 같은 크기라도 가까이서 보면 커 보이고 멀리서 보면 작아 보이지요? 그리고 같은 크기의 소리도 가까이에서는 더 요란하고 멀리서는 희미하게 들리지요? 만약 우리의 행복이 규모가 큰 것을 취하고 작은 것을 피한다면, 판단의 기준은 무엇인가요?"

"제 마음을 동요하게 만드는 현상이 아니라 보이는 것들의 진리를 밝혀내는 측량술이라고 생각합니다."

"좋아요. 우리를 구제하는 것은 측량술, 즉 서로 간의 지나침과 모자람을 알려주는 지식이겠지요. 그렇다면 쾌락과 고통을 잘못 선택하는 일은 무지의 소치라고 할 수 있겠지요? 크고 작아 보이는 현상을 통해 쾌락을 택하는 일도 운이 좋을 뿐인 무지가 아닐까요? 결국 '좋음'이란 쾌락에 있는 것이 아니라 그것을 정확히 판단하도록 돕는 지식이라고 해야 마땅하겠지요. 지식이 없는 이상 우리는 실수를 반복할 위험이 있으니까요."

"배… 백번 옳은 말씀입니다, 소크라테스." 내가 답했다.

행복한 삶은 단순히 즐거운 삶이 아니었다. 즐거움과 좋음이 같지 않다면, 쾌락 중에는 해로운 즐거움도 포함되어 있기 때문일 테다. 마찬가지로 당장 쓴 약처럼 이로운 고통도 있다. 그래서 우리는 쾌락과 고통을 좋은 삶의 기준으로 여길 수 없다. 소크라테스가 논증했듯이, 현상이 아닌 지식을 통해 쾌락을 얻는 삶이야말로 추구할 만한 것이 아닐까? 그는 지식이 이로운 쾌락을 가려내는 데 도움이 된다는 사실에서 멈추지 않는다. 지식을 적용하기 이전에, 배움이라는 행위가 주는 쾌락을 이야기한다. 플라톤 피셜이지만, 이는 앎과 지혜philo를 향한 사랑sophia 즉 철학을 가리킨다.

　하지만 앎이 주는 즐거움을 누리는 삶이 곧 좋은 삶이라니, 영 어색하게 느껴진다. 초·중·고를 거치며 했던 공부란 쾌락과는 거리가 멀었다. 공부를 잘하는 것은 곧 시험을 잘보는 일이었고 급기야는 점수를 제일 중요하게 여겼기 때문이다. 벼락치기로 공부를 해서 시험을 본 뒤 배운 걸 말끔히 잊어도 상관없다. 우선 점수만 잘 받으면 되니까. 좋은 결과를 얻고 난 뒤라면 마땅히 잊을 권리를 주는 환경에서 자랐다. 내게 공부란 목적이 아닌 수단이었다. 그래서 프랑스 철학과에서 공부를 시작하면서는 적잖이 충격을 받았다. 1학년 1학기 때 들었던 윤리학 수업의 주제는 '좋은 삶이란 무엇인가'였다. 좋은 삶을 논의하는 고대 철학자들의 글을 읽고 있자니 기분이 이상했다. 단지 외우고 시험지에 써내는 것만으로 끝나지 않는 공부였기 때문이다. 분명히 고등학교 때 배웠던 스토아, 에피쿠로스학파에 대한 내용인데 전혀 다르게 다가왔다. 익숙하지 않았던 나는 수업의 어색함을 견딜 수 없어 교수님께 질문해버렸다.

"좋은 삶이란 걸 공부로 배울 수 있나요?"

"좋은 삶은, 공부로써만 배울 수 있어요."

우문현답이었다. 그도 그럴 것이, 소크라테스의 입을 빌려 플라톤이 말하는 행복한 삶, 즉 좋은 삶이란 배움에서 비롯되기 때문이다. 공부가 우리를 최고의 행복으로 이끄는 이유는, (대학원생이 아닌 이상) 고통이 없는 유일한 쾌락이기 때문이다. 재산을 쌓는 쾌락은 재산을 잃는 고통을 암시한다. 약물을 통한 쾌락은 복용을 멈출 경우 끔찍한 고통이 기다린다. 하지만 배움이란 무지에서 벗어나는 과정이자 자신을 매 순간 고양하는 수련과 다름없다. 물론 이해하는 과정에서 오는 어려움이 있다. 하지만 다른 목적을 위한 배움이 아니라 앎 자체를 목적으로 삼을 때, 조금씩 앎을 얻어가는 희열은 무엇에도 견줄 수 없다. 이제 나는 좋은 삶을 공부로써만 실현할 수 있다는 교수님의 말을 이해하기 시작했다. 타인을 돕는 태도, 편견 없는 시선 등 선한 행동이란 그것이 '좋음'이라는 앎으로부터 시작되기 때문이다.

내가 단순한 즐거움에 집착했던 이유도 어떤 고통이 쾌락에 뒤따라올지 몰랐던 탓이라고 생각한다. 하지만 몸과 정신을 거칠게 다루며 열정적으로 놀았던 시절을 비난하고 싶지는 않다. 철학자가 나라를 다스려야 한다는 플라톤의 철인 정치론을 믿기는 어렵지만, 한 가지 눈여겨볼 만한 근거가 있다. 철학자가 대중을 끌어안을 수 있는 이유는 그가 재산에 대한 집착이나 육체적 욕구에서 해방되었기 때문이 아니다. 철학자 또한 쾌락을 향한 열정을 알고 있다. 그럼에도 앎을 최고의 쾌락, 흔들리지 않는 가치로 여긴다는 점이 그를 구분짓게 한다. 그래서 먼 길을 돌아와 공부를 하는 지금 이 순간이 마음에 든다. 좋은 삶을 북극성처럼 바라보는 나는 '그따구'로 살았기 때문에 '그 이상'을 꿈꿀 수 있다고 믿는다.

"지혜가 있다면 지혜를 추구하지 않지요. 그런데 무지한 자들도 지혜를 사랑하지 않으며 지혜로운 자가 되기를 원하지 않습니다. 무지란 본래 전혀 아름답지도 훌륭하지도 않으며 총명하지도 않은 자가 스스로 충분하다고 만족하게 만드는 사악한 것입니다. 자기가 부족하다고 느끼지 않는 걸 누가 욕구할 수 있겠어요?"

_ 플라톤, 《향연》

내게는 너무 서글펐던 집

집을 구하려면 은행 계좌가 필요한데 은행 계좌를 만들려면 집 주소가 필요하다고? 프랑스, 나랑 싸우자는 건가?

경제적 여건상 유학원을 통하지 않고 이 나라에 발을 들였다. 그래서 당시 사귀던 남자친구 M의 집에 머무르며 보금자리를 찾기로 했다. 거주지 등록이 필요했는데 M은 내 이름을 서류에 올리기 힘든 상황이었다. 차선책으로 그의 친구에게 나를 동거인으로 등록해달라고 부탁했다. 모르는 집에 서류상으로 살게 된 셈. 게다가 삼고초려가 아닌 십고초려의 은행 업무를 거친 후에야 계좌를 열 수 있었다. 행정이 얼마나 느리던지… 하지만 하염없이 기다리는 일 정도는 고생도 아니었다. 진짜 삽질은 막 시작되었을 뿐이니.

불어도 못 하면서 현지 부동산과 약속을 잡는 건 희망

고문이나 다름없었다. 프랑스인도 실패하는 파리에서의 집 구하기를 체류 날짜도 명확하지 않은 외국인이 성공하려면 믿는 구석이라도 있어야지. 돈으로 밀어붙이거나 가능성이 희박한 운을 기대하거나, 둘 중 하나다. 마침 어학원의 친한 언니가 다른 집을 구한 덕에 행운의 주인공이 될 수 있었다. 패션 공부를 하던 한국인 언니의 이사를 도우며 마네킹을 함께 날랐고 그녀의 옛집은 나의 첫 보금자리가 되었다. 파리 20구와 11구에 걸친 집, 《몬테크리스토 백작》의 저자인 알렉상드르 뒤마의 이름을 딴 길이었다. 철학책을 한 아름 안겨준 사려 깊은 한국인 집주인 덕분에 2년 반 동안 지친 마음을 누일 수 있었다.

집 구하기라. 이토록 피할 수 없고 고생이 묻어나는 일이 또 있을까? 특히나 살던 도시와 나라를 등진 입장이라면 말 다했다. 한 걸음씩 나아가려면 쉬어 갈 자기만의 방이 필요할 텐데 그런 공간을 구하기조차 까다로우니. 게다가 어렵게 계약한 집이 마음에 들지는 또 다른 문제다. 지금 사는 곳에 완벽하게 만족하고 사는 청춘이 세상에 몇이나 될까? 취향에 맞는 공간을 실현하기 보다는, 이미 존재하는 주거 환경에 자신을 끼워 맞춰야만 한다. 좁고, 해가 안 들고, 습하고, 있어야 할 게 없고, 안전하지 않은 동네의 서글픈 집들. '내가 여건만 되면 여길 뜬다'는 마음가짐으로 귀가하는 그런 장소는 우리를 더 주눅 들게 만드는 것 같다. 작은 원룸에 애착이 가기는커녕 수치스러울 뿐. 작은 평수가 마치 자아의 한심한 면적처럼 여겨지기도 한다. 프랑스에 오기 전 부산을 떠나 서울에 정착했을 때 지내던 고시원이 딱 그랬다. 쪼그라든 공간만큼 나도 구겨졌다. 한 줌의 햇빛도 건지기 힘든 고시원 방에 누워 있자면 빠지지 않는 습기만큼 서글펐다. 이걸 과연 집이라 불러야 하나. 이 모습을 '산다'고 할 수 있을까.

　한국어로 '산다'는 말은 두 가지 의미를 지닌다. 넓은 의미로 '삶을 사는 것'을 뜻하면서 동시에 '거주한다'는 의미도 포함한다. 영어의 'Live'가 사는 곳과 삶을 동시에 일컫는 것처럼. 반대로 불어에선 삶과 거주를 분리한다는 사실에 새삼 놀랐다. 동사 'Vivre(살다)'와 'Habiter(거주하다)'의 차이랄까. '나는 파리에 살고 있어요'가 아니라 '나는 파리에 거주하고 있어요'가 프랑스어로 알맞은 셈이다. 'Habiter'라는 동사가 사는 공간에 대한 현재성을 더 드러내는 느낌이다. 그래서 현재성은 얼마든지 장소에 따라 바뀔 수 있다. 마치 내가 20년간 부산에 거주했고 지금은 파리에 주소지를 두듯이. 하지만 그곳이 어디든 삶은 단절된 적 없이 이어져 왔다. 언제든지 바뀔 수 있는 생활의 공간에서 지속적인 삶을 떼어 내 부른다면 열악한 집의 설움이 조금 가실지도 모른다. 지금의 내 집은 작고 초라할지라도 살아가는 내가 초라하지는 않다고. 마치 새가 날갯짓을 쉬며 내려앉는 것처럼 나는 이곳에 잠시 머물다 갈 뿐이다. 비행의 피로를 던져두는 땅을 경멸하며 다시 날아오를 순간만을 고대할 수도 있다. 하지만 머무는 곳을 삶에서 지워낸다는 게 가능할까? 게다가 기억으로만 남은 예전 집이 불러내는 애틋함도 있다. 그렇다면 집이란 단순히 '거주'했던 장소가 아닐지도 모른다. 지난 것을 붙잡고 울고 싶은 기분은 내가 그곳에 '살았다'는 증거가 아닐까.

부모님이 계신 부산 집을 자주 떠올린다. 12시간의 비행에다 서울에서 부산까지 지상의 길을 달려야만 도착하는 장소. 집이라는 말이 무색하게 아득한 거리지만 나를 기다린다고 믿는 집이다. 그래서 두 공간을 집으로 두는 셈이다. 파리의 작은 스튜디오 그리고 인생의 삼 분의 일을 보냈던 부산 집. 부모님과 함께 살던 공간의 냄새와 소음을 그리워하면서도 막상 그곳에 가 있는 동안에는 파리의 집으로 돌아갈 날만을 기다린다. 이곳에 있으면 저곳에 가고 싶고 저곳이 현재가 되는 순간 예전의 이곳이 그립다. 역시 집을 괜히 두 개씩 마음에 품고 살 필요는 없다.

프랑스 누벨바그 영화의 회의적 로맨티스트, 에릭 로메르의 영화가 떠오르는 경험이다. 1984년작 〈보름달이 뜨는 밤〉은 샹파뉴 지방의 격언(이라고 로메르가 거짓말했던)을 보여주며 이야기를 시작한다. '두 여자를 가진 자는 영혼을 잃고, 두 집을 가진 자는 이성을 잃는다.' 이 문장은 여주인공 루이즈의 실패로 돌아간 두 집 계획을 암시한다. 파리 외곽에서 남자친구와 지내는 집뿐만 아니라 시내에서 혼자 사는 스튜디오를 마련하고 싶었던 루이즈의 욕심이 발칙하지만 이해가 간다. 이곳이 주는 저곳에 대한 욕망은 장소가 바뀔 뿐 해소되지 않는 갈증이 아닐까. 혼자 머무는 장소를 마련한 그녀는 생각지도 못한 결말을 맞고 자신을 되돌아본다. 더는 이곳도 저곳도 갈 수가 없는 현실이라니. 욕심이 화를 불렀다고 루이즈를 조롱하진 말자. 돌아올 장소가 있기에 떠나는 법. 우리는 안정을 주는 방을 떠나 일터, 학교 등 외부 공간의 긴장 사이를 오가야만 한다. 루이즈는 그런 이분법의 반복이 굳어지지 않게끔 조치를 취했던 것뿐이다. 하지만 두 곳의 집을 가지며 이성을 잃는 일 없이 어디서나 평온할 수는 없을까. 집이 거주의 공간을 넘어선다면 말이다.

집은 분명 단순한 장소가 아니다. 그렇다고 삶을 공간에 빗대자니 지내는 곳이 영 성에 안 찬다. 짧게는 몇 달, 길게는 몇 년 스쳐 가듯 점유했던 자리에 의미 부여를 하는 게 자존심 상한다. 어차피 내가 살기 전에 이전 세입자가 지냈을 것이고 내가 가면 누군가가 또 들어올 텐데. 공간과 시간을 물려주다니 지구인은 어찌나 알뜰살뜰한지. 게다가 외국에 나와 싸온 짐을 겨우 풀어놓을 수 있는 한심한 크기의 방에서 숨 쉬기 위해 월정액으로 돈까지 낸다니 통탄스러울 따름이다. 시간, 장소, 휴식, 일상, 거주 증명 그리고 은행 계좌. 아! 집이 너무 어렵다. 어릴 땐 이렇게까지 심각하게 생각하진 않았던 것 같은데.

흔들리는 유치를 뽑아내던 시절에는 집 만들기 놀이를 좋아했다. 맞벌이하시는 부모님을 기다리던 늦은 오후엔 혼자 남겨진 집이 모두 내 차지인데도 굳이 '나만의 집'을 짓곤 했다. 의자로 기둥을 만들고 그 위에 이불을 덮으면 완성. 그러고는 중앙이 옴폭 들어간 이불이 흐트러지지 않도록 살금살금 기어들어가 자리를 잡는다. 바깥세상과 완벽히 차단된 작은 텐트 안, 그 공간에서 배를 깔고 엎드려 책을 읽곤 했다. 나를 찾는 엄마 아빠의 목소리가 들릴 때까지. 조용한 숨으로 금방 공기를 데울 수 있었던 협소한 공간은 내게 전혀 작지 않았다. 들일 수 있는 가구가 없어도 괜찮다. 내가 가진 재산은 자리를 차지하지 않았으니까. 높이도 면적도 잴수 없는 나의 상상력. 비좁은 이불집에서 눈을 감고 그려낸 상상은 억만장자의 저택보다 광대하고 아름다웠다. 꿈을 꿀수 있다면 그곳은 이미 우주일 테니. 그래서 작은 공간에 단련된 나는 어디서든 상상의 세계에 잠길 수 있었다. 이불 텐트와 눅눅한 고시원, 파리의 첫 스튜디오와 하늘이 보이지 않는 지금의 방까지, 하나같이 부족하고 애잔한 장소였지만 나는 무한히 큰 곳에 사는 법을 이미 알고 있었다.

　작은 집에 부지런히 책을 들여다 놓는 것도 비슷한 이유일 것이다. 거주의 불안에 시달리는 외국인의 입장에서 이사할 때 제일 번거로운 물품이 책인데도 말이다. 그렇지만 이는 공간을 가장 넓게 점유할 수 있는 방법이지 않을까? 활자 너머의 아득한 세계에 비하면 종이의 두께와 면적이 차지하는 자리는 거저나 다름없어 보인다. 측량할 길 없는 세계로 가는 입장권을 모셔두고 좁은 집에서 우주를 탐험하는 일은 나의 가장 오래된 습관이다. 상상력이 머무는 공간, 그곳을 나는 집이라고 부르곤 했다. 그러니 공간으로 환원되지 않는 상상력을 지닌 이들이여, 작은 방을 채우는 긴 한숨을 멈추자. 고향을 떠나 한 몸 갈 곳 없는 현실에 쪼그라들지 않기를. '내 우주가 무한히 넓은 탓에 그것까지 끌어안을 방이 지상엔 없나 보다'라고 생각해버리자. 당신의 고유한 상상력마저 집 구하기의 우연적 요소에 휘둘린다면 억울하다. 대신 지금의 거주지는 우연의 소행이었으나 내 꿈은 어디든 거처로 삼을 수 있다는 확신은 어떨까.

　나는 이 집에 오기 전, 울며 겨자 먹기로 보러 간 파리의 초라한 방마저 다른 지원자가 있다는 이유로 거절당한 적이 있다. 우연적 세계에서 절망이 무엇이냐고 묻는다면 이렇게 답하리라. 반지하에 화장실도 없는 집마저 퇴짜맞는 일이라고. 하지만 우연적 세계의 희망을 묻는대도 똑같이 대답할 수 있다. 나를 거절했던 집주인이 더 나은 곳을 제안했다고.

반지하가 아닌 지층, 무려 화장실도 있는 공간에서 생활을 꾸려가는 나의 현재는 우연의 변덕이나 다름없다. 하지만 오지 않을 수도 있었던 행운을 내 집의 조건으로 삼기는 싫다. 내게 꿈꿀 수 있는 곳이 주어졌을 때, 거주의 예측 불가능성은 거들 뿐이다. 그러니 지상 어느 곳이든 보금자리로 만들 수 있는 고귀한 능력을 생각하자. 세상을 품어낼 발칙한 상상이 함께한다면, 현실로 다가올 꿈을 준비했던 그 공간이 바로 당신의 집이다.

"완전한 행복이란 무엇에 의해 결정되는지 간단하게 보여 주겠다. 너에게 너 자신보다 소중한 것이 있느냐고 묻는다면 없다고 대답할 것이다. 그러므로 만일 네가 너 자신을 소유하고 있다면 너는 네가 결코 잃고 싶지 않은 어떤 것, 운명의 여신이 결코 빼앗아갈 수 없는 어떤 것을 소유하고 있는 셈이다."

_A. 보에티우스, 《철학의 위안》

바뀐 이름을 걸고서

다들 웬만해선 이름에 만족하고 산다는 사실이 놀랍다. 솔직히 말해보자. 출생 신고와 함께 결정 난 성명이 마음에 들지 않았던 적이 있었는지. 이미 익숙해진 걸 어쩌겠냐고? 당신의 너그러움에 박수를 보낸다. 그 관용이 모두에게 주어진 능력이 아니라는 점을 개명한 나를 통해 알 수 있다. 민지라는 흔한 이름에 대한 불만 이전에, 주어진 것으로 만족할 수 있는 덜 피곤한 성격을 타고났어야 했나보다.

성은 '전', 이름은 '진'. 성인이 된 이후로 나는 '전진'이라 불린다. 한국의 모 연예인이나 후진의 반대말을 떠올리기 전에 한마디 덧붙인다. 이건 내가 직접 개명한 이름이다. 놀랍게도 세상엔 그런 사람이 있다. 전민지라는 오해의 소지가 없는 이름을 두고 전진으로 개명하는 사람이. 다행히 내

가 사는 프랑스에는 'Jin Jeon'이라는 이름으로 괘씸한 상상
력을 발휘하는 이가 없다. 그나저나 왜 이름을 바꾸고 싶었
냐고? 'minji'라는 단어는 영어로 여성의 성기를 뜻하는 말
'minge'와 발음이 비슷하다길래. 믿기 힘들겠지만, 정말 개
명 사유서에 썼던 내용이다. 그러고서 바뀌는 이름이 '전진'
임을 법원에서 간과한 듯싶다. 개명 신청이 통과되었다고 문
자를 받은 날 아침 머리를 스친 한마디. '아, X 됐다. 진짜 될
줄은 몰랐는데.'

　　해외로 나와보니 다행히 '진'이라는 발음에 어려움을 겪
는 사람은 없었다. '청바지 진jean! 칵테일 진 토닉gin tonic 할 때
진!'이라고 외쳐주면 다들 쉽게 알아듣는 것 같다. 가끔 한
국 사람들을 만나서 자기소개를 할 때, 상대방의 얼굴에 피
어오르는 은근한 웃음에도 익숙해졌다. 웃을 일도 없는 요
즘 시대에 자기소개만 해도 미소를 띠게 만들 수 있다니 보
람찬 일이 아닐 수 없다. 나중에서야 안 사실인데, 바꾼 이름
의 이니셜 JJ는 중국어 은어로 남성의 성기를 뜻한다고 한다.
염병할. 여성의 것이든 남성의 것이든 성기에서 벗어나지 못
한 셈이다. 하여간 전진이라는 공식적 이름으로 살아가게 됐
다고 해서 민지의 과거로부터 등을 돌리지는 않았다. 개명
사유가 팔자소관八字所關이 아니었던 만큼, 민지가 익숙한 이
들에게는 예전 이름으로 불러 달라고 부탁한다. 그래서 가
족과 학창 시절 친구들은 나를 민지라 부른다. 지난 이름이

그들과 함께했던 과거를 불러냈으면 하는 바람에서.

　20년 동안 익숙했던 '나=전민지'의 등식이 깨지고 난 후, 전진이라는 이름에 익숙해져야만 했다. 새 버전으로의 업그레이드 시간은 그리 오래 걸리지 않았다. 특히나 예전의 나를 아는 이가 아무도 없는 나라에 왔기에 빠르게 새 이름에 길이 들었다. 내가 생각보다 전진에 무리없이 적응했다는 사실이 새삼스러웠다. 가장 가까웠던 '민지'라는 단어가 사라지는 게 이리도 이렇게 간단했나? 자주 접하는 사물의 이름이 바뀌어도 적응하려면 시간이 걸릴 테다. 세상에 나를 있게 만들었던 단어가 사라지는 순간에는 당황할 수밖에 없을 텐데. 자고 일어나니 모두가 당신을 다른 이름으로 부른다고 상상해보자. 물론 금방 적응할 테고 사람이 달라진 건 아니지만, 나처럼 한 가지 의문이 들 것이다. 이름이 정말 각자의 정체성을 나타내긴 하는걸까?

　우리는 말을 배우기도 전에 주어진 이름으로 살기를 약속 당했다. 마치 꽃마다 불리는 이름이 꽃의 동의를 구하고 지은 건 아닌 것처럼. 나는 동의한 적 없는 '민지'의 삶이 못마땅했다. 부모님은 왜 그 많고 많은 예쁜 이름 중에 민지를 골라서 같은 반의 다른 민지가 불릴 때 소리가 난 쪽을 향해 고개를 돌리게 만들었나 싶었다. 총명하라는 바람이 담긴 고마운 한자어지만 내 총명함은 방향을 잘못 잡았던 것 같다. 내 이름이 왜 민지인지 자문하는 학창 시절을 보냈으니 말이다. 중학생 때, 하굣길을 함께하던 친구들에게 장난처럼 물었다. 개명하고 싶은데 뭐가 좋겠냐고. 친구들은 내 성씨인 '전'으로 시작하는 단어를 던지기 시작했다.

"전씨라… 전두엽 어때?"

"외자 이름으로 가자. 전설 좋은데?"

"전진 웃기지 않냐? 전진 추천한다."

친구들은 내 미래를 암시했던 평범한 하굣길을 기억이나 할까? 수많은 제안 중에서 '진'이라는 단어의 울림이 마음에 들었던 것 같다. 그들이 지어준 이름으로 살아가는 오늘, 쾌활한 중학생들의 창의적 농담에 경의를 표한다. 누군가는 내 개명 사유를 듣고 노발대발할지도 모른다. 중학생 때의 농담으로 이름을 바꾸다니 인생이 장난이냐고. 하지만 삶을 가소롭게 봤다면 프랑스에 와서 철학을 공부하겠다며 울면서 버티진 않았을 테다. 민지로 살며 시도 때도 없이 피어오르는 호기심을 시험대에 올리고 싶었을 뿐이다. 그러고 보니 좀 이상하다. 왜 모든 것엔 이름과 기준이 정해져 있는 걸까? 시간은 왜 초, 분, 시로 흐르며 온도계는 왜 0도에서 100도로 나뉘는지 궁금했다. 내가 보는 현실은 과연 태초부터 정해진 진리였을까? 나는 왜 민지라는 이름의 개인으로 존재하며 꼭 민지가 아니면 안 되었던 걸까?

오늘날 우리가 살아가는 사회가 이름 짓기와 기준 정하기의 결과라면, 타인이 정해놓은 것을 벗어났을 때 과연 세상이 무너지는지 알고 싶었다. 하지만 나같이 곱게 수긍하지 않는 사람이 넘쳐나 지구가 돈다는 사실조차 받아들이지 않는다면 사회가 유지되고 과학이 발전하기는 힘들 테다. 그래서 한국뿐 아니라 모든 나라의 의무교육은 기초 지식을 주입하는 것이 목적이다. '불은 물질이 산소와 결합하며 에너지를 방출하는 과정이다'라는 과학적 명제가 있다면 학교에서는 문장을 외워 실생활에 써먹기를 권한다. 하지만 산소가 왜 산소라는 이름을 얻었는지는 되물은 적이 없다. 사실, 사물의 이름과 명제가 불변하는 진리라고 믿었던 순진한 현대인이 나뿐만은 아닐 테다.

O2라고도 불리는 산소에 이름을 붙여준 이는 18세기의 프랑스 과학자 라부아지에이다. 그런데 산소를 발견한 사람은 라부아지에가 아니었다. 그 이전에 연소 반응을 설명하기 위해 다루어진 원소는 지금은 사라진 '플로지스톤'이었다. 물질이 타오르며 내재해 있던 플로지스톤이 빠져나가 질량이 감소한다고 설명했다고. 연소에 필요한 원소는 산소라고 아는 현대인으로서는 허무맹랑한 단어처럼 들릴지도 모른다. 하지만 플로지스톤 설이 설명하는 원리란 1783년 라부아지에의 산소 이론과 밀접하게 닿아있다. '물질을 타게 만드는 무언가'의 존재를 옛날 사람들도 알고 있었던 것이다. 단

지 산소라고 이름 붙여진 원소가 더 간결하고 유용할 뿐이다. 호흡을 이루는 기체의 이름을 '탈 플로지스톤 공기'라고 부르는 것보다 산소로 설명하는 게 훨씬 편하지 않은가. 산소라고 불리게 된 이후에 그의 역할이 물질의 연소만이 아니라는 사실도 알게 됐고 말이다. 그러니 라부아지에를 근대 화학의 아버지라 부르는 것은 산소의 최초 발견자여서가 아니라 산소의 최초 명명자이기 때문인 것이다. 게다가 산소라는 이름 덕분에 이 원소의 영향력을 모든 이론에서 유용하게 쓸 수 있으니 신의 한 수였던 셈이다.

　프랑스에서 배운 과학 철학은 나를 두 번 놀라게 만들었다. 첫 번째는 자국의 위대한 과학자로 칭송해도 부족할 라부아지에를 '산소를 발견한 화학의 아버지'라고 치켜세우기는커녕 그의 작명 센스에 박수를 치는 정도로 그쳤다는 사실. 그리고 두 번째는 우리가 변하지 않을 과학적 진리를 찾아나간다는 환상을 깼다는 점이다. 산소의 예처럼, 사물의 이름은 진리가 아니라 인간의 입맛대로 만들어졌다. '겨울'이라는 단어는 그저 '추운 날들의 연속'에 우리 멋대로 이름을 붙인 게 아닌가. 하지만 산소나 겨울이 거짓이라는 말은 아니다. 인간이 믿는 진실이란 필요에 의한 창조물이라는 얘기를 하고 싶다. 아주 단순한 예로 돌아와서, 민지가 진이라고 불린다고 해서 나라는 사람의 정체성이 바뀌거나 사라지는 게 아니듯이.

민지가 진이 되어버린 사건을 플로지스톤이 산소가 된 흐름에서 따져보자. 물질을 연소하게 만드는 원소는 항상 있어왔으나 라부아지에를 통해 새로운 이름이 붙었다. 그리고 민지라고 불리던 사람은 지금 진으로서 삶을 이어나간다. 새로운 이름이 만드는 전과 후가 무의미하지 않으려면 실용적 변화가 있어야 한다. 마치 플로지스톤을 산소로 부르며 연소뿐만 아닌 다른 화학 작용을 설명할 수 있게 되었듯이. 부끄러움을 무릅쓰고 속삭이자면, 진이라는 개명 이후의 변화는 아직 확인하는 중이다.

대신 나의 세 번째 이름이 불러낸 실용적인 영향력을 설명할 수도 있겠다. 나는 랜선 세계에서 쓰는 이름이 따로 있다. 다름 아닌 '시롱새'다. 이 닉네임을 가진 지 10년이 지났으니 활동명 변경이 쉽고 잦은 인터넷 세계치곤 나름 유구한 역사를 자랑한다. 그래서 시롱새가 무슨 뜻이냐고? 미안하지만 별다른 뜻은 없었다. 그래도 사용하게 된 계기는 기억한다. 중학교 1학년 때 집에 들였던 눈처럼 하얀 고양이의 이름이 '시로'였다. 짱구네 집 강아지의 이름이 '흰둥이'인 것처럼, '하얗다'는 뜻의 일본어를 따 시로가 되었다. 그런데 어느 날 엄마가 시로를 노래하듯 부르기 시작했다. 시로야, 시로야, 시롱, 시롱, 시롱새야….

'시롱새'는 엄마가 노래를 부르다 우연히 튀어나온 추임

새였을 뿐이었다. 그런데 그 소리가 당시 블로그 닉네임으로 쓸 고유명사를 찾던 나의 귀에 걸러들었다. 아무런 뜻이 없는 '시롱새'라니! 새로운 단어를 내 마음대로 쓸 수 있다라, 굉장하네. 아주 우연한 계기로 세상에 태어난 단어인 데다 직접 길러낼 수 있으니까. 그래서 한국도 프랑스도 아닌 인터넷이란 세상에서 시롱새를 만들어나갔다. 글과 사진을 통해 보여주고 싶었던 나, 즐겁고 유쾌한 시롱새. 민지와 진은 내가 매 순간 안고 가야만 하는 존재의 무거운 짐이지만. 결국 보여지는 나의 관점에서 스스로를 되돌아보게 됐으니 시롱새는 나이자 타자의 시선인 셈이다.

　　지난 10년간 민지나 진으로 살면서도 시롱새의 눈으로 나를 들여다봤다. 사물이나 사람의 이름에 진리란 없고 실용적 측면만 깃들어 있다면 시롱새는 내게 가장 유용한 단어였다. 꾸준히 인터넷에 글을 쓰게 만들고 이 순간 책으로 당신을 만나게 도왔으니. 나 자신의 변화를 부르는 주문처럼 와닿는다. 엄마가 '시롱, 시롱, 시롱새'라고 주문을 걸듯 노래 불렀던 것처럼. 하나같이 우연의 바다에서 솟아오른 나의 세 이름은 수많은 변화를 낳았다. 그래서 이름에서 진리를 찾지 않기로 했다. 플로지스톤이나 산소보다 자의적인 것이 우리의 이름이고 진과 시롱새는 철저한 우연의 산물이기도 하다. 하지만 중요한 건, 그 이름으로 무엇을 기대할 수 있느냐다. 우리가 몸으로 살아내야 하는 단어이기에 외적인 성과는 철저히 부수적이다. 각자에게 가장 실용적인 변화는 오늘 하루가 즐겁고 내일이 기대되는 마음일 테니. 그러니 이름값을 해보자. 규정되지 않은 단어의 의미를 직접 만들 수 있다면 그야말로 이름을 걸어봄직하지 않을까.

"자신으로부터 생각을 깨워낼 수 있기 위해선 하나의 자의적 언어 기호 signe arbitraire로 충분하다. (…) 우리의 관심을 지배하기 위해 한 기호가 우리에게 주는 권력은 최소한이다. 비록 보잘것없을지라도, 그것은 우리가 더 많은 기호들을 인식할 수 있도록 만들어준다."

— 콩디약, 《인간 지성 기원론》

건포도빵의 교훈

개인의 취향을 파악하기에 프랑스 빵집만 한 장소가 없다. 나의 한결같은 관심은 흰쌀밥 격인 바게트도, 휘황찬란한 디저트도 아닌 그 중간쯤의 간식거리였다. 단팥빵, 꽈배기, 소보로 등 출출할 때 적격인 한국 빵이 있다면, 프랑스에는 크루아상, 빵 오 쇼콜라 등의 비에누아즈리la viennoiserie 가 있다. 하지만 버터 냄새가 피어오르는 크루아상과 빵 오 쇼콜라 봉투를 안고 가는 프랑스인은 어쩐지 진부하다. 내 관심의 대상은 곁다리나 다름없는 빵, 달팽이 모양으로 돌돌 말린 페이스트리에 커스터드 크림과 촉촉한 건포도가 박혀있는 빵 오 헤장le pain aux raisins이다.

눈길조차 받지 못하는 빵 오 헤장은 서글프다. 대체로 사람들은 건포도빵을 끔찍이 싫어하거나, 각별히 좋아하지도 싫어하지 않는 두 부류로 나뉘기 때문이다. 그러나 내게는 고작 4유로 샌드위치도 부담스러웠던 불우한 어학원 시절부터 허기를 달래준 고마운 빵이다. 그런데도 그 매력에 관해 충분한 논의가 이루어지지 않고 있음을 깨닫고 몇 자 덧붙인다.

　　나처럼 빵 오 헤장에 미쳐 있는 사람을 찾기란 쉽지 않다. 보통 크루아상이나 빵 오 쇼콜라를 고르는 비중이 압도적으로 높고 빵 오 헤장은 의외의 선택지로 남는다. 나로서는 사람들이 이 빵이 지닌 다양성과 맛의 기준을 몰라주는 게 억울할 따름이다. 다년간 프랑스의 각 도시를 방문하며 빵 오 헤장을 찾아다녔던 바로는 이만큼 까다로운 척도를 자랑하는 빵이 없다고 생각한다. 겉모습으로 맛을 가늠하기 힘든 다른 빵과는 다르게, 면적과 찌그러지지 않은 원형은 맛을 암시하는 미학적 기준이 된다. 건포도는 균형적으로 분포되어 있어야 하며 커스터드 크림의 비율 또한 간과할 수 없는 중요성을 띈다. 그리고 빵 오 헤장의 예송논쟁은 페이스트리파와 브리오슈파로 나뉘는데, '바삭'이냐 '푹신'이냐는 탕수육 찍먹파와 부먹파의 상충할 수 없는 간극이나 다름없다. 그래서 나는 겉은 바삭하되 속은 촉촉한 페이스트리와 브리오슈 중간쯤을 선호한다. 겉에 발린 시럽 덕에 윤기 흐르는 자태를 뽐내는 것도 나쁘지 않지만, 외형에 치중

한 나머지 속의 건포도가 균일하게 퍼져있지 않고 덩어리째 붙어있다면 감점이다. 커스터드 크림을 따라 촉촉한 건포도가 조화롭게 박힌 빵 오 헤장이야말로 기본 중의 기본이기 때문이다. 게다가 빵집 전체의 기준으로 작용하는 측면도 있다. 그 말인즉슨, 빵 오 헤장에 유난히 공을 쏟는 빵집일수록 빵의 전체적인 퀄리티를 신뢰할 수 있다는 뜻이다. 사람들이 찾지 않는 빵조차 소홀히 하지 않는다는 점에서 장인정신이 엿보인달까. 모양과 맛이 빵집마다 천차만별이기에 내 열정은 식을 줄을 몰랐다. 오랜 시간 정통파 빵 오 헤장을 고집했던 나지만, 아이싱 된 개량형을 맛보고 독단의 잠에서 깨었던 날이 떠오른다.

빵 오 헤장에게 바치는 나의 세레나데를 SNS 계정에 올린 적이 있다. 부끄럽게도, 맹목적인 사랑은 치명적인 말실수를 낳았다. 건포도빵의 옆자리를 차지하는 사과잼빵, 쇼쏭 오 뽐le chausson aux pommes을 찾는 이와는 친해질 수 없을 것 같다고 선포했던 것이다. 사과잼을 온전히 감싼 형태로 안에 든 것을 내비치지 않는 빵을 어떻게 신뢰할 수 있겠냐는 게 요지였다. 게다가 손으로 뜯어먹기가 어려워 입부터 갖다 대야 하는데, 파삭 페이스트리는 먹고 난 자리 또한 지저분하다며 기만을 서슴지 않았다. 결정적으로 '첫입은 빵뿐이고 중간은 잼뿐이니 빵 오 헤장과는 다르게 균형에 대한 모독'이라며 전쟁을 선포했다.

SNS 친구 중 '쇼쏭파'가 반을 이룬다는 사실을 미리 알았더라면! '헤장파'와 '쇼쏭파'로 나뉘어 서로에게 '혐오스러운 건포도', '끔찍하게 단 사과잼'과 같은 비난을 날렸다. 애초부터 논의에서 빼버린 '크루아상파'는 설 자리를 잃을 정도였다. 다들 장난처럼 밝히는 빵 취향이었지만, 떡밥을 던졌던 나는 등골이 서늘해졌다. 이게 농담 같은 빵 취향이 아니었다면? 환경 문제나 성 소수자를 주제로 삼았더라도 나는 파시즘적인 입장을 고수했을까? 빵 오 헤장에게 그랬던 것처럼 내 의견에 눈이 멀어 다른 사람들의 주장을 묵살하지는 않았을까? 편견 없는 시선을 가지려는 공부가 무색하게 내 안에 숨은 배타적인 본성을 발견한 순간이었다.

다음 날 빵집을 찾아가 오랜 시간 선택에서 배제 해왔던 쇼쏭 오 뽐을 사 왔다. 맹목적 취향은 편견에 지나지 않음을 뒤늦게 깨우친 어리석은 중생이여! 설탕에 절인 사과의 맛은 신랄한 비난이 무색하게 너그러웠다. 나는 경건해진 마음으로 지난 과오를 돌아보았다. 취향이란 게 섬뜩한 면이 있지 않던가. 이게 좋은 나와 저게 좋은 너는 마치 상충할 수 없다는 듯이 갈라버리니까. 게다가 종교 전쟁만 봐도 알 수 있듯이 인류의 역사는 각자가 선호하는 것을 지키기 위한 기나긴 싸움이기도 했다. 하지만 누구 편이 옳다는 얘기는 미뤄두려 한다. '무엇이 좋은 취향인가'라는 질문은 끝나지 않는 논쟁을 불러올 테니까. 그보다는 '우리는 왜 특정 취향을 가지려고 할까?'라는 물음을 던지고 싶다.

취향이란 개인을 대변하는 기능이 있다. 성격을 묘사하려면 한두 문장으로 끝나지 않을 테니 자기소개서의 취미란은 간단히 적어낼 것을 요구한다. 취미로 '독서'를 적어낸 이는 '스포츠'를 쓴 누군가와 성격이 다르리라는 인상을 주듯이. 새로운 사람을 만날 때 의례적으로 던지는 질문도 마찬가지다. '음악 뭐 들으세요, 음식은 뭐 좋아하세요, 아 그러시구나, 저는 파스타보다는 밥이 좋아요'처럼. 상대방이 나와 잘 어울릴지 또는 상극일지를 판단하는 기준은 분명히 배타적인 개념이다. 이것보다는 저것이 좋은 사람이 되어가는 과정에서 수많은 선택지를 제쳐둘 수밖에 없으니 말이다. 아무렴 '저는 다 좋아요'라는 대답보다는 진부하지 않을 테다. 평범하고 무난한 취향을 가진 사람은 마치 아무 옷이나 걸친 사람이라는 인상을 준다. 그래서 우리는 취미를 갈고닦는 데 부단히 애를 쓰는 건지도 모른다. 음악을 예로 든다면 록, 재즈, 일렉트로닉, 클래식으로 나뉘는 데서 끝나지 않고 특정 그룹이나 시대를 선호하는 것처럼. 그렇게 자신을 돋보이게 할 옷들을 몸에 걸치다 보면 남들과 구별 지어질 수 있을 것만 같다. 반대로 벗은 몸이 민망하듯이, 취향이 없는 삶이란 공허하리라는 두려움에서.

취향이란 몸에 걸치는 옷 나부랭이가 아니라 내면에서

부터 드러나는 성질이라고 반박할지도 모른다. 물론 우리가 특정 대상을 좋아하는 이유는 단순히 과시하기 위한 목적이 아니라는 데 동의한다. 하지만 내면에서 솟아오르는 듯한 취향 선택도 배타적이란 사실은 변하지 않는다. 특정한 무언가를 좋아한다는 사실은 그 외의 다른 것들에 관심을 덜 둔다는 증거이니 말이다. 아무리 광대한 취향이더라도 배제되는 요소는 있기 마련이다. 하나를 좋아하기 위해선 하나를 덜 좋아할 수밖에 없으니. 취향 선택이란 마치 뭉툭한 대리석 덩어리를 깎아내는 조각가처럼 명확한 형태를 새겨넣으려는 의도같다. 하지만 수많은 선택지 중에서도 무언가를 선호하고 더 깊이 파고들기 위해 수고를 아끼지 않는 이유가 궁금하다. 하나를 선택하면 나머지는 뒷전으로 둔다는 걸 알면서도.

이는 누구도 정해준 적 없는 개인의 본질을 스스로 정의하려는 움직임과도 같지 않을까. 20세기 프랑스 철학자 사르트르는 '실존은 본질에 앞선다'고 주장했다. 그에 의하면 인간은 주변의 사물처럼 존재 목적을 가지고 탄생하지 않았다. 의자는 앉는 데 쓰려고 만들었고 책은 읽기 위해 활자를 종이에 펼쳐놓았지만, 인간은 정해진 본질 이전에 먼저 세상에 던져진 셈이다. 하지만 실존의 자유라는 게 평생 안고 가기엔 섬뜩하리만치 광대하다. 그래서 우리는 개인이 떠맡은 주어에 구구절절한 술어를 갖다 붙이는 게 아닐까.

'나, 전진은 한국인이고 프랑스 철학에 관심을 가지며 빵 오 헤장이 죽도록 좋다'처럼.

사르트르에 따르면 인간은 대자 존재l'être-pour-soi다. 여기서 'pour'란 '…을 위한'을 뜻하는 전치사인데, 인간은 그야말로 정해진 본질이 없이 자기 자신의 실존을 우선한다는 의미 다. 반대로 우리 주변의 사물은 정해진 목적을 가지고 세상 에 태어난다. 존재 안에 본질을 품은 것들이 즉자 존재l'être-en-soi다. 그가 《존재와 무》에서 밝혔던 문제는 바로 우리 대자 들이 즉자를 따라 하려는 경향이었다. 사르트르는 즉자 존 재를 향한 인간의 욕망을 카페 종업원의 기계적 움직임에서 발견한다. 민첩한 발걸음과 과장된 정중함, 지나친 제스쳐 등 카페 종업원은 마치 자신의 역할을 연기하는 것처럼 보 인다. 하지만 그는 절대로 손에 든 쟁반과 커피잔처럼 규정 된 본질을 가질 수 없다. 손님들이 그를 종업원으로 대상화 할지라도 의식은 스스로의 자유를 인정하고 있기 때문이다. 선고받은 자유에 대한 두려움이 자신에게 본질을 부여한다 면, 우리는 타자를 마주하며 개인의 정체성을 더 견고히 다 진다. 타인의 시선 속에서 대상으로 전락하는 우리는 본질 을 가진 즉자인 척하고 살아갈 수밖에 없다. 성별뿐 아니라 출신 학교와 직장, 취미와 취향을 두르고서 주어진 자유에 눈을 감아버리는 것이다. 자기 자신을 초월할 기회와 존재의 가능성은 오늘날 너무 어려운 이야기가 되어버렸다.

하지만 특정 대상을 선호하면서도 배제된 나머지를 긍정한다면 어떨까? 취향으로 나를 규정하기 이전에 우리가 필연적으로 떠맡아야 했던 자유를 먼저 받아들여 보자. 내가 다른 성 지향성을 가질 수도 있었다거나, 지금은 프랑스에 있지만 다른 나라에서 성장한 나도 괜찮을지 모른다고 생각한다. 그렇다면 고르지 않은 취향에 맞서 싸울 이유도 없지 않은가. 물론 모든 것에 똑같은 관심을 두는 자세는 웬만한 자애심이 아닌 이상 힘들어 보인다. 그래서 하나를 좋아하더라도 다른 선택의 가능성도 염두에 두련다. 나는 사르트르가 말했듯 인간이 세상에 던져지자마자 주어진 본질은 없다고 믿는 편이다. 정해진 성격도 취향도 없다면, 나에게 갖다 붙일 술어를 평생에 걸쳐 만들어갈 뿐이다. 내 것이 될 수도, 되지 않을 수도 있었던 타인의 술어를 더는 비난할 이유가 없다. 결국 좋아하는 것들이 나타내는 경향성이란 개인의 역사가 무의식적으로 주는 영향과 다름없으니. 다른 경험을 했다면 취향은 변할 수도 있었다. 그러니 선택하지 않은 것을 배척하는 태도는 관용의 결여뿐 아니라 자신에게 주어진 자유를 모른다는 것에 대한 반증이 아닐까. 우리는 리허설조차 해보지 못한 이야기를 즉석에서 펼쳐내는 중인데, 누군가는 자신에게만 정해진 대본과 인물 설정이 있다고 믿는 셈이다.

 우리가 규정된 본질이 아닌 만들어가는 존재라면, 다른

취향을 가질 가능성 또한 인정해야만 한다. 단순히 다양성을 인정해야 한다는 도덕적 규율이 아니라, 삶과 함께 선고받은 자유가 제시하는 길은 무한하다는 것을. 타인의 취향을 품는 자세는 곧 나에 대한 이해와도 같다. 자유로워야 할 사람이 사물로 굳어가는 빈곤한 과정에 브레이크를 거는 것이다. 자기가 아닌 것조차 긍정할 때 비로소 자기 인식이 이루어진다고 굳게 믿는다.

아, 깨달음을 얻었더니 좀 허기가 진다. 남은 동전을 긁어모아 빵집에 갈까보다.

"빵 오 헤… 아니, 쇼쏭 오 뽐 주세요."

"달에 가기 위해선 중력의 법칙을 알아야 합니다. 법칙을 안다는 것은 중력에서 자유로워진다는 뜻이 아니라, 다른 목적을 위해 그것을 이용한다는 말입니다."

_ 영화 〈내 미국 삼촌(1980)〉

하늘을 나는 철학과 과제

파란만장한 프랑스 대학 생활을 예상하긴 했지만 그렇다고 3만 5천 피트 상공에서 과제를 하게 될 줄은 몰랐는데. 1학년 2학기를 마치고 방학을 틈타 한국에 들어가는 길이었다. 학기가 끝났는데 왜 과제를, 그것도 비행기에서 했냐고? 내 말이 그 말이다. 데카르트 제2성찰의 발췌문을 땅에 발도 붙이지 않고 분석하자니 감각적 지각을 의심하는 대목답게 내 상황이 꿈인지 현실인지 구분이 가지 않았다. 17세기의 이 프랑스 철학자는 400년쯤 지나 극동 아시아의 소녀가 하늘을 나는 기계에 올라타 본인의 글을 해석할 거라고 상상이나 했을까. 그것도 프랑스보다 8시간 빠른 나라로 넘어가는 순간에.

시차가 중요했던 이유는, 이틀 안에 제출하라는 교수님

의 자비 없는 지령과 함께 떨어진 과제였기 때문이다. 메일
을 받았을 때는 파리의 집을 정리하고 출국을 앞둔 상황이
었다. 홍콩을 경유하는 비행은 무지막지하게 길었고, 낮과
밤이 뒤바뀐 나라로 떠나면서 꼬박 8시간을 잃는 셈이었다.
하늘을 가로지르며 텍스트 분석을 하다 공평성에 대한 의
문이 들었다. 나는 프랑스 동기들보다 빠르게 흘러가는 시간
을 사는 게 아닌가. 하지만 한국에 착륙하자마자 메일로 과
제를 보내야 했기에 금방 잡생각을 지워냈다. 그렇게 불리한
상황에서 중력과 시간을 거슬러 완성한 과제를 보냈다. 희
미한 정신을 추스르고 나니 그리웠던 한국 땅이 눈에 들어
왔다. 마치 이유도 모른 채 서먹해진 오랜 친구를 만난 기분
이었다. 공항 철도의 아이돌 생일 축하 전광판을 보고 '국내
모드'로 바뀌는 한국인이 나뿐만은 아닐텐데. 뒤이은 지하
철 안내 방송의 음성과 사람들의 나지막한 소음, 상가마다
퍼져나오는 대중가요가 귀를 간지럽혔다. 익숙한 문자와 소
리를 끌어안고 하염없이 울고 싶은 기분이었다. 프랑스에서
보냈던 일상이 금세 희미해지며 아주 피곤한 꿈에서 깨어난
듯했다.

　　그도 그럴 것이, 프랑스 대학에서 보냈던 지난 학기는 일
어날 법하지 않은 사건의 연속이었다. 2018년 봄, 대입 제도
개편에 맞서 대규모의 학생 시위가 파리의 대학가를 휩쓸었
다. 대학 지원자를 선별해서 뽑겠다는 법에 맞서 '이런 시국

에 엉덩이 붙이고 공부할 수는 없다'라며 들고 일어난 학생 파업이었다. 교수님들까지 시위대에 가세하며 언제 다시 수업이 열릴지 알 수 없는 나날이 이어졌다. 그중에도 시위의 열기가 가장 거셌던 파리 제1대학은 불온한 움직임의 본거지가 되었다. 학생들이 점거한 13구 캠퍼스에서는 매일 토론이 열렸고 시민들도 의견을 낼 수 있도록 문을 활짝 열었다. 무장 경찰이 언제 학생들을 내쫓을지 몰랐기에 밤이고 낮이고 학교에서 살기도 했다. '(체)게바라'라는 이름의 개도 있었다. 화장실에 꽂힌 칫솔과 걸어둔 빨랫줄, 기부받은 식자재로 무료 급식소를 여는 광경은 대학에서 보기 힘든 진풍경이었다. 그러나 학생들을 위해, 학생들에 의해 세워진 무정부 체제는 오래가지 못했다. 건물을 점거한 지 3주가 지났을 싸늘한 새벽, 들이닥친 공권력은 학교를 다시 비워냈다. 점거가 끝난 뒤에도 총을 찬 경찰들이 학교 주변을 서성였다. 캠퍼스 근처에서 두세 명이 모여 이야기를 나누기만 해도 애꿎은 심문을 받을 정도였다. 그렇게 1학년 2학기는 수업을 채 마치지 못하고 끝났다. 다행히도 교수님들은 시위에 참여한 학생들에게 불이익을 주지 않았다. 하지만 점수를 받으려면 최소한의 평가를 거쳐야 했기에 학기가 끝나고 나서야 과제를 주시곤 했다. 내가 한국으로 돌아가는 비행기에서 데카르트에 시달렸던 이유다.

이렇듯 프랑스 대학에서의 첫 1년은 이후 나의 주된 이 야깃거리였다. 하지만 한국의 가족과 친구들의 반응은 예상 외였다. 시위를 한 이유를 이해하지 못했으니까. 내 경험을 듣는 한국 사람들이 프랑스와 같은 논리를 공유하지 않는 다는 점이 문제였을까. 예를 들면, 시위의 원인이었던 선별 적 대입 제도는 한국인 입장에서 놀라울 게 없다. 상대평가 를 거쳐 좋은 결과를 낸 학생이 원하는 대학에 가는 건 너 무도 당연하니까. 게다가 학생들이 학교를 점거해 수업을 열 지 못하도록 막는다니! 어마어마한 등록금을 내는 한국에 서 일어났다면 어땠을까? 경찰이 오기도 전에 학구열에 불 타는 학생들이 시위 주동자들을 몰아냈을지도 모른다. 게다 가 기말고사 당일에 모여 시험을 칠지 말지를 다수결로 결 정한 것도 믿기 어려운 얘기다. 시험을 거부하는 다수의 의 견을 확인하고 기립 박수를 치는 교수님도 있었으니 말 다 했다. 이처럼 내가 프랑스에서 겪었던 일을 털어놓기엔 그곳 과 한국의 정서가 너무나 달랐다. 괴상한 모험담을 늘어놓 는 허풍쟁이가 된 듯한 기분이었다.

반대로 프랑스인이 한국을 이해하기 어려워하는 경우도 있다. 시위대가 지나간 자리에 폐허를 남겨두는 프랑스는 한 국의 폭력 없이 강력한 촛불 시위를 놀라움 반 의심 반으로 받아들인다. 게다가 입시를 예로 들면 고등학생 때 밤 11시 까지 야자를 했다는 사실을 들은 프랑스인들은 깜짝 놀라

곤 한다. 그걸로도 모자라 새벽 한두 시까지 학원에 남아 있
는 게 우리에겐 너무 당연한 일 아니었던가. 그것까진 듣는
프랑스인들이 입에 거품을 물까 봐 비밀에 부쳤다. 이처럼
서로가 이해할 수 있는 범위란 사회마다 다르다. 하지만 각
나라의 관습과 제도란 개인의 경험과 긴밀할 수밖에 없기에
차이점에 억울함이 가미된다. 나는 프랑스에 온 후로 좋은
대학에 가야 한다고 강요받았던 한국의 학창 시절에 배신감
이 들었다. 나의 승리는 곧 누군가의 패배일 수밖에 없는 상
대평가, 가정환경과 재력이 각자의 출발선을 결정하는데도
공정하다고 믿었던 입시 전쟁. 이 모든 게 당연한 건 줄 알았
다. 교육이란 조각 수가 한정된 파이와도 같아서 절대로 공
평하게 나눌 수 없다고 믿었다. 하지만 프랑스에 와서 나의
20년 묵은 믿음이 산산조각났다. 교육을 받을 기회란 부와
가정 환경에 영향을 받기에 실현 가능한 평등을 고민하는
사회를 만났다. 그래서 선별적 입시 제도의 시행을 기필코
막으려던 프랑스 학생들을 나는 이제 이해할 수 있다.

　한국과 프랑스, 두 나라의 논리를 이해하고 나자 혼란스
러워졌다. 서로 당연하다고 여기는 제도가 이리도 다른데,
무엇이 옳다고 말할 수 있을까? 한국에서는 경쟁이 법인 반
면에 프랑스 대학은 경쟁을 뿌리 뽑지 못해 안달이니 말이
다. '당연함'이란 사회마다 다를 것이고 심지어는 살아가는
시대가 결정해주기도 한다. 여성의 투표권이 당연해진 것이

100년도 채 되지 않았다는 사실을 떠올려보자. 왕을 모시고 살아가는 시대나 지구가 평평하다고 믿었던 시절도 있었다. 그러니 내가 당연하다고 여기는 생각은 철저히 특정 사회나 시대가 결정해준 것일 테다. 정말로 변하지 않는 것은, '변하지 않는 것은 없다'는 사실밖에 없는 걸까.

나를 둘러싼 사회가 만고불변의 진리가 아니라는 사실을 알고 나니 어떻게 살아야 할지 막막해진다. 좀 다른 사회에서 살아 봤답시고 관습과 법을 우습게 여길 수는 없지 않은가. 당연함이란 시대와 사회의 발명품이라고 생각하니 후련하기는커녕 세상에 믿을 것 하나 없어 보인다. 감각과 생각을 한계까지 밀어붙이며 의심했던 데카르트가 새삼 존경스럽다. 2 더하기 3이 5라는 수학적 진실마저도 악마가 우리에게 환상을 심어놓은 것일지도 모른다고 얘기했던 철학자니까. 이렇게까지 의심하면서는 제정신으로 못 살 것 같은데…. 확실할 것 하나 없는 세상에서 '나는 생각한다, 고로 존재한다'를 외치는 일은 2 더하기 2가 5라고 여기더라도 자신이 존재한다는 증명이다. 하지만 무슨 되바라진 생각을 하든 옳음의 기준은 없고 세상에 덩그러니 존재한다는 단 하나의 증거만 남는다. 그럼 나는 어떻게 살아야 할지 고민이 생긴다. 세상에 영원한 관습은 없으니 법을 무시하고 내 맘대로 살아도 된다는 말일까?

데카르트는 우리를 회의주의에 빠트려 놓고서도 다시 건져내는 현자였다. 채찍과 당근을 번갈아 준달까. '이게 다 무슨 소용이요'라는 생각이 들 때마다 《방법서설》 3부의 이야기를 곱씹곤 한다. 쉼 없이 변하는 세상의 손님으로 살아가는 인간의 입장에서 그가 건넸던 조언이다. 시대적, 사회적 가치에 발이 묶인 우리가 진리를 찾는 공부를 하려면 어떻게 해야 하는지를. 믿어온 모든 관습을 부수는 이 일을 데카르트는 '사는 집을 고쳐 짓는' 과정에 빗댄다. 올바른 정신이라는 집을 다시 짓기 위해서는 공사 기간이 필요하다나. 공부라는 끝나지 않을 공사 말이다. 하지만 우리는 흔들리지 않는 정신을 배우는 동안에도 행복해지고 싶다. 쉼 없이 변하는 가치밖에 보이지 않는 인간이 만고불변의 진리를 욕심내는 순간 삶이 고달파진다. 모두가 동양의 현자처럼 산에 들어가 살 수는 없을 테니. 데카르트는 놀랍게도, '내 나라의 법률과 관습을 따르라'는 격률을 제시한다. 모난 돌이 정 맞는 오늘날 너무도 당연해 보이는 말이지만, 세상에 믿을 것 하나 없다고 증명까지 해낸 철학자의 인생 지침이라는 점을 기억하자. 진리를 찾는 공부를 하는 중에도 가능한 한 행복하려면 남들이 가진 보편적 의견을 무시해선 안 된다. 아직 증명하지 못한 나의 극단적인 의견이 아닌, 우리가 사는 곳에서 이미 통용되는 관습이 가장 온건한 의견이기에. 안전한 것을 추구하라는 얘기는 폐에 헛바람만 들면 리스크가 크다는 점을 지적하려던 게 아닐까.

입시에 반감을 품었던 내가 한국의 대학생으로 살아간다면 어땠을까? 프랑스에는 다른 사회가 있으리란 기대도 어느새 접었을 테지. 하지만 성적과 상관없이 공평한 교육의 기회를 발견한 내가 어쩐지 더 마음에 든다. 결국 꿈꾸던 가치를 찾은 나를 만든 동력은 고집이나 다름없다. 살던 사회에서 생긴 의심이 다른 곳에 대한 기대를 낳았고 그 방향으로 달려가기를 멈추지 않았으니. 숲에서 길을 잃었을 때, 오른쪽 왼쪽으로 방향을 자꾸 샜다간 목적지에 도달하기 힘들어진다. 그래서 나아갈 방향을 선택한 이상 한 군데에 머물지도, 빙빙 돌지도 말고 똑바로 걸어나가야만 한다. 이 절묘한 숲의 비유가 바로 데카르트의 두 번째 격률이다. 원하는 곳에 정확히 가지 못하더라도 쭉 가다 보면 어딘가에는 도달할 수 있을 거라고. 나 또한 프랑스에서 얻은 깨달음이 절대적 진리는 아니나 숲 속에서의 방황보다는 낫다고 생각한다.

그러니 행복을 위해서는 사는 곳의 보편적인 의견을 선호하되, 눈앞의 현실과 꿈꾸는 것 사이에서 오락가락 할 때는 선택에 집중하고 다른 길로 새지 말라는 얘기였다. 하지만 어떤 선택이건 힘들긴 마찬가지다. 모국어가 아닌 언어로 철학을 배우겠다고 용쓰는 나나 한국에서 취업난에 시달리는 친구들이나 세상을 헤쳐나가는 일은 아득해 보이기만 한다. 그래서 데카르트 이전부터 스토아학파의 현자들은 줄곧 얘기해왔다. 세상을 바꾸기보단 생각을 바꾸라고. 하긴 한국에서 만족하고 살 만큼 금수저가 아니었던 건 어쩔 도리가 없다. 내 잘못의 결과는 아니지 않은가. 그러니 세상이 주지 않은 것에 유감스러워하는 대신 능력의 범위에 있는 것부터 바꿔보는 건 어떨까. 제일 먼저 오늘의 우울한 기분을 달랠 수는 있을 테니.

운명보다는 자신을 바꾸라는 세 번째 격률은 데카르트 본인도 이렇게 해보려고 노력했다는 증거일 테다. 세상을 바꾸기에는 너무도 작지만, 자신을 바꾸기엔 충분한 우리에게 주는 씁쓸하되 가슴 따뜻한 조언. 그래서 그런가. 3만 5천 피트 상공에서 데카르트와의 만남을 주선했던 교수님께 새삼 감사한 마음도 든다.

"진정한 철학자가 되려는 사람은 누구나 반드시 '생애에 한 번은' 자기 자신으로 되돌아가고[반성하고], 자기 자신 속에서 이제까지 그가 타당하다고 간주해왔던 모든 학문을 전복시키고 그것을 새롭게 건축하려고 시도해야 한다."

_ 에드문트 후설/오이겐 핑크,《데카르트적 성찰》

도시 연애 수난기

헤밍웨이가 그랬던가? 파리는 날마다 축제라고. 기왕이면 무슨 축제인지 말 좀 해주고 가지. 파리 지하철에서 뛰노는 쥐들의 축제인가? 곳곳에 도사리는 소매치기의 축제? 아니면 평화가 깃들 새 없는 경찰차 사이렌의 축제일지도. 이 도시의 감당 안 되는 월세와 물가를 떠올리면 입장권이 어지간히 비싸다는 생각마저 든다. 혹시 당신의 환상에 생채기를 냈다면 나의 사과를 받아주기를. 어쩌다 보니 정착해 4년째 살아가고 있지만, 나는 사실 파리를 원한 적이 없었다.

파리를 갈망하지도, 거부하지도 않았다는 편이 정확하다. 단순히 프랑스에서 철학을 공부할 수 있기를 바랐을 뿐 살아갈 도시는 부수적인 문제였다. 하지만 학문의 중앙집권화를 무시할 수 없는 나라이기에 훗날 대학에 간다면 파리일 거라는 막연한 상상을 하긴 했다. 그러니 굳이 물가가 비싼 도시에서 불어를 배울 필요는 없었다. 불행인지 다행인지, 프랑스로 떠날 준비를 하던 중 계획에 없던 인연을 만났다. 파리에서 직장을 다니는 모로코 출신의 여행객 M이었다. 한국에서 두어 달 그와 붙어 다니며 나조차도 미심쩍었던 유학 계획이 구체적인 형태를 잡아가기 시작했다. 휴가가 끝나서 파리로 돌아가는 M을 되찾을 목적이었다. 지금에서야 추측하지만, 계란 한 판을 채운 직장인이 고등학교를 갓 졸업한 내게 가진 마음은 그리 비장하지 않았을테다. 더군다나 여행에서 만난 인연이니 말 다했다. 덜 익은 젊음의 특권이었을까. 나는 돌아갈 곳이 있는 어른의 고민을 모른 척했다. 막연하게 '준비되면 가겠지'라고 생각한 유학이었지만 마음이 급해진 나는 2015년 9월 한국을 떠났다. 그가 나를 여전히 사랑하리란 전제하에. 애석하게도, 학교에서는 전제가 틀린 문제를 푸는 법을 가르쳐준 적이 없었다.

M은 존경할 만한 참을성을 지닌 사람이었다. 어리광밖에 부릴 줄 모르는 동양 소녀에게 그는 파리 지하철을 타는 법부터 은행 계좌를 여는 법까지 가르쳐줬다. 마치 갈 곳 없는 고양이를 임보하듯 두 달간 나를 맡아 보살펴줬는데, 당시 나는 프랑스어를 못했기에 그의 그늘 아래에서 파리를 알아가기 시작했다. 달팽이 모양처럼 중심의 1구에서 외곽

의 20구까지 뻗어 나가는 도시라는 사실. 그리고 10구에 있던 그의 집은 밤에 혼자 돌아오는 동양 여성에게 그리 평온하지만은 않다는 점 등. 그중에서도 가장 알고 싶지 않았던 사실은, M에게 의존적인 내 모습이었다. 언제까지나 그가 나를 보호해주길 바랄 수는 없었다. 일을 마치고 돌아올 M을 기다리며 욕실에 광을 내는 건 내 유학 계획이 아니었다. 게다가 M은 난처한 표정을 지으며 오늘 어학원은 다녀왔냐고 묻곤 했다. 이게 아닌데…. 그래서 나는 혼자 움직이고 친구를 만들기 시작하며 독립을 준비했다. 혼자서 두 발로 설 수 없다면 연애는 사치일 뿐. 여태껏 꿈을 뒷전으로 미룬 채 사랑받는다는 착각 속에 살았던 게 아닐까. 엄마 손을 놓친 아이처럼 서글피 울었던 정착이었다. 내 눈에 비치는 잿빛 도시에 파리의 낭만은 없었다.

이처럼 파리와의 첫 만남이 썩 유쾌하진 않았다. 게다가 미리 품은 판타지도 없으니 이곳에 있다는 사실도 영 못마땅했다. 하지만 사랑도 꿈도 잃어버린 내게 남은 단 한 가지 현실이 있었다. 한국의 친구들이 종종 '파리에 있으니 좋겠다'는 말로 상기시켜주는 이곳의 대외적 이미지 말이다. 그래서 기왕 여기까지 온 거 이 도시를 좋아해 보기로 마음먹었다. 첫눈에 반하지는 못했더라도, 파리의 매력을 파고들다 보면 끈끈한 애정이 생길까 싶어서.

역사를 고스란히 간직한 도시에선 시간 여행자가 되는

특권을 누릴 수 있다. 기원전 3세기 중엽 시테섬을 중심으로 살았던 종족의 이름이 '파리지Parisii'였다고 한다. 옛 거주민의 이름을 따 '파리'가 된 도시는 르네상스, 절대왕정을 거치며 면적을 넓히고 명성을 쌓아나갔다. 21세기의 나는 과거 귀족만 출입 가능했을 보주 광장이나 팔레 루아얄 정원을 들락거렸다. 오랫동안 절대군주를 모시며 쉽게 찾아오지 않았을 프랑스의 민주주의가 새삼 감사했던 순간이다. 시민혁명의 불길에 휩싸였던 바스티유에서 옛 감옥터를 찾거나 좁은 길을 따라 걷다 길을 잃기도 했다. 국왕의 목을 쳤던 콩코르드 광장에선 땅을 흥건히 적셨을 피 웅덩이를 상상했다. 지금은 오래된 돌바닥 위를 구르는 자동차의 소음과 대문짝만하게 붙은 삼성 광고만 남았을지라도.

　　나폴레옹의 조카가 마지막 황제로 군림하던 19세기, 도시 재개발을 통해 지금 우리가 아는 파리를 만든 오스만 백작의 업적도 빼놓을 수 없다. 오수가 흐르는 좁고 어두운 길을 뚫어 도시를 빙 도는 대로인 불르바르와 아비뉴를 만들었을 뿐 아니라(발터 벤야민에 따르면 시민혁명을 미연에 방지하려는 '도시 미화의 전략'이었지만), 오늘날 부촌이라 불리는 샹젤리제, 오페라 근처의 건물 형식도 그의 이름을 따서 부른다. 나는 낭만주의 사조가 드러나는 오스만식 건물을 올려다보며 시대에 따른 건축 양식을 구분해보기 시작했다. 최근으로 넘어와 국립도서관과 퐁피두 센터를 드나들 때면 옛 것 사이에 솟아오른 현대 건축의 기묘한 매력에 빠져들었다. 그러다 늘지 않는 프랑스어 실력에 절망할 때면 라탱 지구의 소르본 대학교를 찾아갔다. 당시엔 학생증이 없어 직접 들어가볼 수는 없었다. 그래도 세계에서 가장 오래된 대학의 외관을 바라보노라면 쭈그러든 마음이 부풀어 올라 확실한 동기부여가 되었다.

사는 도시에 대한 집착은 가이드를 자처할 만큼의 지식을 내게 안겨주었다. 파리 지하철의 역사는 물론 학자나 유명인이 살던 집 주소를 꿰고 다닐 정도로. 하지만 도시를 사람에 비유하자면, 그 사람을 속속들이 안다고 해서 좋아하게 되는 건 아니다. 사랑에는 어느 정도의 콩깍지가 필요한 법. 그래서 내가 파리에 오며 가진 적 없었던 환상을 만들기로 했다. 특히나 수많은 문학 작품과 영화의 무대가 되었던 도시라면 없던 판타지도 생길 정도다. 특히 프랑스 고전 영화가 불러일으키는 이미지의 힘은 내가 살아보지 못한 장소의 다른 시간을 동경하게 만들었다.

영화 속 파리는 단순한 배경이 아니다. 1958년 루이 말 감독의 〈사형대의 엘리베이터〉에서 애인을 찾아 비 오는 파리의 밤거리를 유령처럼 떠도는 잔느 모로, 그리고 1963년 장 뤽 고다르 감독의 〈자기만의 인생〉에서 매춘부들이 줄지어 선 거리에 어리숙하게 합류한 안나 카리나. 그들은 파리

이기에 구현 가능했던 애처로운 인물이라고 믿는다. 딱한 불행조차 아름다운 슬픔으로 다듬어주는 도시라는 생각으로 아무리 비참하더라도, 파리라면 괜찮을지도 모른다고 나 자신에게 주문을 걸었다. 모든 게 뜻대로 되지 않던 지난날, 나의 처량함에 예쁜 옷을 입혀주고 싶었던 걸까. 그래서 이 도시의 현재를 살아가면서도 반 세기는 지난 이미지를 집어삼켰다. 그리고 영화 속에서 스쳐 지나간 길의 이름을 찾아내 느리게 걸었다. 인물들이 데면데면한 수다를 떨던 카페를 찾아가 바뀌지 않은 상호를 보고 안도했다. 고전 영화의 장면에 비해 달라진 거라곤 기아 차가 지나가는 것밖에 없는 골목도 있었다. 그런 장소에선 가만히 서서 나를 3인칭의 시선으로 상상해보았다. 이토록 도시의 기억을 좇았던 나는 바라던 대로 파리에 반했다.

하지만 나의 환상은 이미 없는 과거로부터 비롯되었기에 파리에 살면서도 파리를 꿈꾸는 꼴이었다. 역설적이게도, 오늘날 파리에는 우리가 아는 파리를 모방한 것들이 들어섰다. 카페, 식당 그리고 기념품까지. 관광객들에게 '이게 당신이 좋아하는 거지요'라며 들이댄달까. 흘러간 시간을 따라하는 파리가 기분 나빴던 건, 살아보지도 못한 지난날을 갈망하는 내 모습이 비쳐 보였기 때문일지도. 현실을 외면하고 품은 환상을 진짜 사랑이라 부를 수 있을까? 내가 간과했던 점은 파리를 공부하고 환상을 직조하는 순간에도 이 도시에서 꾸준히 살아냈단 사실이다. 파리를 담은 고전 영화로 밤을 지새운 다음 날 지하철을 타고 13구 끝자락의 어학원에 갔다. 차이나타운이라 불리는 13구는 영화 배경으론 잘 다루지 않지만. 그리고 부르주아의 권태로운 관능을 그린 프랑수아즈 사강의 소설을 읽으며 경시청에서 체류증을 받기 위해 몇 시간이고 기다리기도 했다. 사강은 절대 모르는 권태로움일 테지만. 예쁜 옷을 두르고 샹젤리제 거리를 여유로이 걷고서도 치안이 좋지 않은 우리 동네로 돌아오면 고개를 푹 숙이고 집으로 향하는 발걸음을 재촉했다.

그래, 상상 속의 파리가 나의 현실과 아득히 멀다는 점은 인정한다. 하지만 내가 이방인의 신분으로, 어려운 형편의 고학생으로서 살아낸 장소도 분명 같은 도시였단 말이다. 일상이 역사나 예술 작품에 비해 조금 구질구질할지언정 이곳 또한 파리였다. 비록 공식적 기록도 환상도 없지만, 가장 생생하며 눈물겹게 찬란했던 도시의 하루, 곧 나의 일상이었다. 그래서 내 것이라고 부르는 장소의 기억을 되살려본다. 서울의 6분의 1밖에 안되는 크기의 파리. 농담같게도, 이 작은 도시에서 세계를 만났다. 예를 들어, 파리의 첫 인상인 M의 동네는 흑인 전용 미용실이 줄지어 선 골목이었다. 곱슬머리의 행인에게만 호객 행위를 하는 청년들이 거리에 잔뜩 못 박혀 있던. 여름의 열기가 가실 때 즈음 18구 인디안 타운에 생기를 불어넣는 가네샤 축제도 빼놓을 수 없다.

어설프게 두리번거리는 프랑스 사람들이 외려 이방인이 되는 곳. 그러나 편견 없는 호기심을 나무라지 않는 축제다. 나도 골목골목을 채운 향냄새에 취하곤 했다. 그리고 에콰도르인 친구의 초대를 받고 교회에서 열린 라틴 아메리카 음악 콘서트에 찾아갔던 기억도 난다. 탱고를 배우겠다고 다짐하게 만들었던 피아졸라의 음악이었다. 참, 한국 음식이 그리울 때면 차이나타운인 13구로 향했다. 한식당의 납득하기 힘든 가격의 된장찌개를 찾을 바엔 중국 음식의 '뜨겁고 매움'으로 이방인의 화를 달랬다. 명실상부 유학생의 소울 푸드랄까. 모국어로 쏟아내는 대화가 그리운 날에는 한인들이 많이 산다는 15구를 찾아갔다. 한국인 언니네 집에 가는 날은 예외 없이 긴 밤이 되었다. 모두 내가 지나온 자리에 수놓인 일상의 흔적이었다.

한 번은 13구의 국립도서관 근처 공사장을 지나고 있었는데 뒤에서 모르는 프랑스인 남녀가 나를 불러세웠다. '도 같은 것 모릅니다'를 불어로 뱉으려는 찰나, 웬걸. 공사장을 배경으로 인물 사진을 찍어도 되냐고 물어오는 게 아닌가. 낯선 사람을 담는 사진 작업 중이라며. 그들은 친절해 보이지 않는 동양 여자의 사진과 메일 주소를 받아갔다. 몇 달 후 사진사로부터 연락이 왔다. 그가 그날 작업하던 것은 더 큰 파리를 만들기 위해 재개발 중인 브루네슈 노르Brunescau nord 지역을 소개하는 프로젝트 책자였다. 메일에는 공사장에서 솟아오른 철근같이 선 내 사진이 있었다. 처연하기보단 결연한 눈을 하고서. 나는 바뀌어가는 파리의 얼굴이었던 셈이다.

새로운 동네와 이방인들이 한데 뭉쳐 매 순간 자신을 정의하는 파리. 그렇다면 이미 지난 축제를 찾아 헤맬 필요가 없었는지도 모른다. 일상적 환희는 내 발걸음과 함께 움직여 왔으니까. 그곳이 어디든 주어진 시간을 축제로 받아들일 내가 준비되어 있다면. 그래서 헤밍웨이가 말한 '움직이는 축제'가 꼭 과장은 아닌 듯하다. 그러니 도시와의 연애도 좀 설렌다. 나를 품는 곳이라면 낭만은 만들어내기 나름일 테니.

"왜 인간은 파장을 이용해 붉은색을 백만분의 1밀리미터까지 정확히 묘사할 수 있으면서도 붉은 코에 대해선 그냥 붉다고 말하는 것으로 만족하며 그 코가 어떤 붉은색인지 궁금해하지 않는가? 여기에는 뭔가 중요한 점이 있다. 반면 왜 인간은 자신들이 거주하는 말도 못하게 복잡한 도시만큼은 그토록 정확하게 알고 싶어하는가? 그런 호기심은 더욱 중요한 것으로부터 우리를 떼어놓고 있는 것이다."

_ 로베르트 무질, 《특성 없는 남자 1》

평범한 인종차별

장을 보러 갈 때마다 어쩐지 이상했다. 프랑스 마트 보안요
원은 왜 대부분 흑인인 걸까. 검은 양복 아저씨의 건조한 시
선이 나를 향할 때면 저지르지 않은 잘못마저 고민하게 만
들었다. 그러고 보니 보안 요원 업무 시간의 95%를 차지하
는 일은 바로 '그곳에 있기'다. 백화점의 도난 경보기 옆에 선
직원이 나 같은 동양 여성이 아니라 흑인 남성인 이유는 모
두가 안다. 하지만 아무도 입 밖에 꺼내지 않는 사실, 바로
겁을 주기 위해서다.

　물론 프랑스에서 흑인은 무서워 보인다고 얘기했다가는
사회적 매장을 감수해야 한다. 불명예스러운 인종차별주의
자로 낙인이 찍힐 수도 있으니까. 내가 이 나라에 살아본 바
로는, 인종차별주의자란 존재하지 않는 것만 같다. '너 그런

말 차별적이야'라고 지적을 할 때마다 그런 의도는 없었다며 극구 부정하니 말이다. 이 문제에 민감한 사회라는 건 확실해 보인다. 다들 인종차별이 부끄러운 줄은 아는 모양이다. 게다가 프랑스 사람들은 자신들의 나라에 더는 차별주의자가 남아 있지 않다는 확신 속에 살아간다. 이렇게 다양한 피부색의 사람들이 부대끼는 사회에서 어찌 인종차별이 가능하단 말인가. 나라를 빛낸 흑인 축구 선수에 열광하고 아랍인 직장 동료가 있으며 아시아계 여자친구까지 사귀어봤다는 프랑스 백인 남성이 들었다간 펄쩍 뛸 일이다. 자유, 평등, 박애의 나라가 아니던가. 아, 아름다운 프랑스! 톨레랑스라고 부르는 관용의 나라에서 인종차별은 없다. 다만, 겁을 주기 위한 흑인 보안 요원은 오늘도 그 자리에 못 박혀있다.

나는 철학과 수업 때마다 맨 앞줄에 앉는다. 한번은 호기심에 뒤를 돌아본 적이 있다. 강의실을 빼곡히 채운 동기들이 눈에 들어왔다. 정확히는 백인 학생들 말이다. 나 같은 유학생도 흔치 않지만, 철학과에는 프랑스 국적의 유색인종을 유독 찾기 힘들다. 그러고 보니 좀 이상하다. 강의실 밖의 세계엔 백인 비율이 이렇게 높지 않다. 당장 거리만 걸어도, 지하철만 타도 마주하는 건 인종의 박람회나 다름없는데 말이지. 만약 취업률이 높은 학과였다면 사정이 달랐을 테다. 직업 교육을 택했던 친구들의 이야기를 들어보면 그곳의 학생들은 출신 국가가 다양하다고 한다. 그렇다면 순수 학문이라 부르는 철학과나 수학과의 경우에만 백인 비율이 유난히 높은 까닭은 뭘까? 더 똑똑한 학생들이 몰리기 때문이란 건 근거 없는 얘기다. 사실 이유는 간단하다. 돈이 안 되기 때문이다. 더 정확히는, 돈이 안 됨에도 불구하고 선택할 수 있기 때문이랄까. 철학과 학생으로서 내 공부는 분명 매력적인 학문이고, 기회만 허락한다면 모두가 관심을 가질 만한 것이라고 생각한다. 하지만 이 기회라는 게 모두에게 주어지지는 않는다. 철학을 배우고 싶었으나 취업이 유리한 학과에 지원하는 학생들도 있겠지만, 우선 철학에 대한 '관심'부터 자라온 환경의 영향을 받는다. 단적인 예로, 파리 외곽의 이민자 가정에서 자라 되도록 일찍 직업을 구하는 것이 목적인 학생과 인문학 서적이 서재를 가득 메운 파리의 부르주아 아파트에서 자란 학생의 꿈은 달라도 한참 다를 것이다. 공부만 해도 되는 환경 또한 권력임을 우리는 너무 늦게 알아차린다. 나의 동기들이 모두 돈 걱정 없는 삶을 산다고 단정 짓고 싶지는 않다. 그렇지만 학문과 직업 교육 사이에서 일순위를 결정하는 요인은 개인의 결정이 아닌 환경의 산물이다.

이처럼 프랑스 역시 운명적 차별이 자리 잡은 곳이다. 그에 비하면 내가 외부인으로서 겪는 일상적 인종차별은 사소할지도 모른다. 하지만 '한민족'이라는 단어를 쓰는 나라에서 온 내게 프랑스에서 마주하는 편견 묻은 시선은 적응하기엔 너무도 가혹했다. 프랑스에서의 첫 몇 달을 파리 10구, 흥흉한 활기를 띤 스트라스부르 생드니에서 보냈다. 지하철 근처 상가 앞에는 지긋한 나이가 무색한 복장의 동양인 여성들이 줄지어 서 있었다. 그들이 무엇을 기다리는지 안 것은 한참 후의 일이다. 나 또한 횡단보도 앞에 서 있을 때 낯선 남자들의 질문을 받곤 했다.

"Tu es combien ?"

너는 얼마냐고. 같은 질문을 다른 사람으로부터 여러 차례 반복해 들었다. 그제서야 의도를 이해하지 못한 사람은 나라는 걸 알아차렸다. 해가 정수리에 내리쬐는 낮에도 그곳을 지나는 동양인 여성은 돈을 받고 몸을 내주는 상품 취급을 당할 뿐이었다. 당시의 내 언어 실력도 문제였지만 얼마냐고 물어왔던 남성들에게 반박을 하자니 맥이 빠졌다. 사실 그들은 나를 골릴 목적이 아니었다. 이곳에서는 동양 여자가 상품으로 보이는 게 보편이었고 그들은 단순히 내가 얼만지 궁금했던 것이다. 그 사람들은 자신이 인종차별주의자라고 생각하지 않았다. 가장 절망적인 차별은 악의 없는 가해자로부터 비롯되고 이는 당하는 사람만이 안다. 남자친구와 헤어지고 택시를 탔더니 '마사지 해주고 왔냐'며 상상 속 내 직업의 고충을 물었던 운전기사. 그는 오해받은 나의 분노를 이해하지 못했다. 이처럼 불어를 배우며 학교 입학을 준비하던 시절엔 타인이 보는 나로부터 자유로울 수 없었다. 열심히 공부하면 뭐하나. 내 몸이 얼마냐고 묻는데. 차라리 이곳의 시선에 걸맞게 산다면 덜 서글플 것 같았다. 거리에서 캣콜링을 당할 때마다 매력적이라는 칭찬인 줄만 알았다면 화가 치밀진 않았을 텐데. 이국적 상품이 아니라는 사실을 대화를 통해 증명해야 하는 삶. 내가 사람인 줄 아는 건 나뿐인가?

한국이라면 어땠을까? 동양인 여성이라는 이유로 상품 취급을 받지도, 철학과의 유색인종 수에 민감할 필요도 없었을 테다. 다문화 가정이 프랑스만큼 많지 않으니 차별을 문제 삼을 일도 드물다. 시도 때도 없이 일어나는 테러로 특정 종교의 이방인을 향한 분노가 치솟는 일도 없다. 그렇기에 한국은 인종차별 문제에서 자유롭다고 말할 수 있을까? 반면에 편견을 없애려고 노력해왔으나 아직 갈 길이 먼 프랑스는 인종차별적인 나라라고 불러야 할까? 한쪽이 다른 쪽보다 나은 상황이라고 규정지을 수 없는 문제 같은데. 프랑스와 한국, 두 나라를 같은 선상에서 비교하기엔 두 나라가 받아들이는 다양성의 정도가 한참 다르다. 언젠가 까만 피부의 한국인에게 '느이 아부지가 갱상도 사람이가'라고 묻는 날이 온다면 프랑스와 같은 고민을 한다고 할 수 있지 않을까.

우리는 이민자까지 떠맡기엔 한국 사회에서 해결하지

못한 문제가 너무 많다고들 한다. 그래서 '나중에, 나중에!'를 외친다. 하지만 다문화 사회에서 외국인으로 살아보니 인종차별 논의에 시기상조라는 말은 나태함으로밖에 보이지 않는다. 언제까지 한민족의 환상에 사로잡혀 있을 것이며 세계로 뻗어 나가는 수출에 반비례하는 세계 시민 의식으로 버틸 수 있을까. 삼성 핸드폰을 쓰는 외국인은 좋은 사람이고 내전을 피해 살길을 찾아오는 난민은 나쁜 사람이라고 판단할 근거도 없는데. 한국에서도 더는 피할 수 없을 인종차별적 갈등. 나는 편견을 지우고 넓은 의미에서의 이웃 생각하기를 권하고 싶다. 좀 따끔하게 말하자면, 무지에서 탈출하자는 얘기다.

　　다양성이 무색하게 편견 어린 차별이 횡행하는 프랑스. 그리고 경험 부족으로 인한 경계심이 만들어낸 배타적 한국. 두 나라가 처한 상황은 다르지만, 이유는 매한가지라고 생각한다. 바로 타인에 대한 이해를 거부하는 게으름과 무지다. 내 몸의 가격을 물었던 프랑스의 남성들은 동양 여자에 대한 편견을 고쳐먹을 생각이 없었다. 그리고 말 끝마다 '아랍인들!'이라며 경멸섞인 탄식을 내뱉던 윗집 할아버지는 이미 굳어버린 습관을 없애는 게 영 힘들어 보였다. 그리고 언행을 지적할 때마다 '난 인종차별주의자가 아니야! 그치만…'이라며 자기변호를 일삼던 프랑스인들. 그들은 인정하고 싶지 않았던 것이다. 민족주의에 갇혀 타인을 이해하기 위한 노력을 거부하고 있다는 사실을. 갈등을 덜 겪은 한국이라고 다를까? 같은 반 다문화 가정의 친구를 은근히 조롱하던 분위기를 기억한다. 얼굴에 검은 칠을 한 개그맨을 보고 즐거워했던 한국에서의 유년 시절까지. 가장 비웃음을 살 만한 것은 생각 없이 터져나왔던 웃음임을 모른 채.

먹고사는 일만 해도 바쁜데 왜 다른 문화권의 타인까지 생각해야 하냐고? 하긴 본인 앞가림하기도 벅차고, 많이 봐줘서 '우리' 잘 되기도 쉽지 않다. 속한 공동체에 충실한 것만으로도 그 마음 씀씀이를 인정받아야 마땅하지 비난 받을 일은 결코 아니다. 가까이 하기엔 너무 먼 남보다 당장 급한 내 삶을 챙기는 태도가 나쁠 게 뭐가 있겠는가. 독일인 아이히만도 마찬가지였다. 그는 제2차 세계대전 때 유대인을 태운 차를 포로 수용소로 착실히 운전해 갔던 평범한 관료였다. 하지만 그는 나치에 가담한 죄로 1961년 예루살렘의 나치 전범 재판에서 사형 선고를 받는다. 유대인 철학자 한나 아렌트는《예루살렘의 아이히만》에서 악의 평범성, 즉 평범한 복종이 어떻게 악이 될 수 있는지에 주목한다. 나치의 명령에 따라 유대인을 수용소로 실어 날랐던 아이히만은 살인 의도가 없었다(고 한다). 유대인을 혐오하지 않았으나 내려온 지시에 복종하는 것 말고는 방도가 없었다나. 그는 범죄를 저지른 이들이 으레 갖기 마련인 죄책감조차 느끼지 않았다. 자신이 계획한 살인이 아니었고 주어진 임무에 성실히 임했을 뿐이니까. 죄책감이 없는 것이 결백의 증거라면, 그는 살인을 저지른다는 생각이 정말 없었다. 그저 충실한, 너무 충실한 나머지 자신의 일에 의문도 갖지 않았던 관료였다. 유대인 이송이 아닌 연탄 나르기를 시켰더라도 묵묵히 해냈을 인간상이다. 범행 의도가 없었던 피고인, 오히려 그가 속한 집단의 정의를 행했던 아이히만은 과연 죄인일까? 한나 아렌트의 글에 따르면, 예루살렘의 법정이 내린 판결은 다음과 같다.

"당신이 집단 학살에 가담한 것은 운이 나빴을 뿐이라고 가정합시다. 하지만 당신이 그 일을 행했고, 나치에 가담했다는 사실은 변하지 않지요. 정치와 유치원은 같은 게 아닙니다. 당신은 이 땅을 유대인과 다른 민족이 나누는 것을 거부했기 때문에, ─ 마치 당신이 같은 땅에 살아갈 수 없는 사람들을 결정할 권한이라도 있는 것처럼 ─ 그 이유로, 단지 그 이유 하나만으로 당신은 목매달려야 합니다."

아렌트가 묘사한 아이히만의 재판은 그를 변호하는 느낌을 준다. 마치 그에게 정말 죄가 없었던 것처럼. 재판에 앞서 수년간 변명을 궁리했을 비겁자라는 걸 알면서. 하지만 중요한 것은, 그가 정말 어쩔 수 없었고 살인 의도가 없었다고 가정하더라도 유죄일 수밖에 없는 이유다. 무지한 사람에게 죄를 물을 이유 말이다. 온갖 사정을 들어주고 '그럼에도 불구하고' 죄인인 까닭은 그가 무거운 머리로 아무 생각도 하지 않았던 탓이다. 무엇이 옳고 그른지 주체적으로 생각할 수 있는 인간이 사유하기를 거부하고, 결국엔 포기했다는 것.

그래서 악은 평범할 수 있다. 너무 평범해서, 악인지도 모를 만큼. 더군다나 자신의 이익에 눈이 멀어 같은 땅에 발을 들이는 타인을 내치는 경우라면. 프랑스처럼 이미 타인과 부대끼며 살아가든, 한국처럼 그날이 아직 오지 않았든, 어떤 태도를 취해야 할지 생각해볼 필요가 있다. 인류의 이름으로 죄를 묻는 재판이 언제 다가올지 모르니까.

"타인을 자기 자신처럼 사랑하는 것 속에는 대조적으로 자기 자신을 타인처럼 사랑하는 것이 내포되어 있다."

_ 시몬 베유, 《중력과 은총/철학강의/신을 기다리며》

그녀는 왜 입꼬리 주사를 맞았나

한국에 갈 때면 없던 욕심이 생긴다. 가는 김에 피부도 한번 레이저로 지져야겠고 치아 스케일링도 받아야지 싶다. 목욕탕에 가서는 앞으로 못 밀 때까지 미리 벗겨낸다는 각오를 다진다. 사실 지난 한국행에서는 미소를 되찾아 오고 싶었다. 입꼬리를 올려주는 주사 같은 게 있대서. 좋은 인상을 주기 위해 취준생들이 맞는다는 그거 말이다. 오래 가지야 않겠지마는 입술 끝이 묘하게 올라가긴 했다. 은은하고 자연스러운 미소를 바랐으니 입술만 떼놓고 보면 성공한 셈이다. 하지만 마주한 거울 속에 웃는 피에로가 보였다. 웃는 게 아닌 얼굴. 아버지의 얼굴에서 그토록 싫었던 세로 주름이 내 미간 사이에 선명히 박혀 있었다. 그도 그럴 것이, 프랑스에 온 뒤로 나는 무표정조차 화난 것처럼 보이는 얼굴을 갖게 됐기 때문이다. 게다가 공격적인 시선은 성형 외과에서도 해결해줄 수 없다. 프랑스에서의 지난 시간이 고스란히 기록된 얼굴에 인위적 미소란 전체적 조화에 반하는 계획이었나보다. 그냥 생긴 대로 살걸.

    프랑스에 온 후로 얼굴이 많이 변했다. 물론 한국에 살았어도 변할 얼굴은 변했을 테다. 하지만 프랑스는 지울 수 없는 험악한 인상을 내게 안겨주었다. 동양인 여성의 작고 만만해 보이는 몸에서 생존을 위한 진화란 얼굴밖에 방도가 없기 때문이다. 나는 만만하게 보이고 싶지 않았다. '말 걸면 가만 안 둔다'는 의도적 아우라의 습관이 얼굴에 남았다. 화장이 점점 더 두텁게 끼는 미간을 바라보고 있자니 처음 부산에서 불어를 배울 때 만났던 선생님이 떠올랐다. 햇빛이 무색하게 쌀쌀한 가을날, 스카프와 선글라스를 차고 강의실에 들어와 우아하게 얼굴을 드러내던 분이었다. 프랑스에서 유학 생활을 거친 그분의 얼굴엔 상냥함이 묻어나지 않았다. 문법 실수라도 했다 치면 선생님의 찌푸린 얼굴에 세상이 무너질 것 같은 기분이 들었다. 하지만 가끔 '헤헤' 소리를 내며 웃으실 때가 있었다. 그럴 때면 심장이 덜컹 내려앉았다. 프랑스어를 배운 지 수년이 지난 지금까지 초심자의 기억을 잃지 않은 이유는 그 때문이리라. 웃는 선생님의 얼굴이 소스라치게 아름다워서. 당시 고등학생이었던 나는 의문이 들었다. 저렇게 아름다운 분이 왜 항상 인상을 쓰실까.

프랑스에서 쉽지 않은 몇 해를 보낸 후 강남 클리닉에서 입꼬리 주사가 들어오는 순간 생각했다. 아, 선생님은 그런 얼굴을 가질 법도 했다.

집을 나설 때마다 무장해야 하는 유학 생활. 미간의 긴장을 유지하는 일은 생각보다 고되지 않다. 다만, 피해야 할 인연만큼 좋은 인연도 떠나보내게 된다는 사실이 속상했다. 목표였던 철학과에 입학한 후로도 내 습관은 고쳐지지 않았으니. 수업을 이해하는 데 어려움을 겪으면서도 힘들어하는 나를 드러내고 싶지는 않았다. 그래서 다가오지 말라는 분위기를 풍겼던 걸까. 프랑스 대학에서의 첫해는 그렇게 동기들과 말 한 번 섞어보지 못한 채 흘러갔다. 상대적으로 나보다 한두 살 어렸던 동기들은 내 얼굴에서 '오지 마'는 읽어도 '그렇다고 가지는 마'는 읽지 못했던 듯하다. 주변 사람들과 친해지는 일은 나 자신을 철저히 무장하는 법보다 몇 배는 더 어려웠다.

친구 없이 대학에서의 첫해가 저물어갈 즈음 변수가 생겼다. 대입제도 개편 반대 시위의 불길이 거세지자 수업이 정상적으로 이루어지지 않았기 때문이다. 학교가 닫혀 기말고사를 어떻게 치를 것이냐가 관건이었다. 학교 행정부는 파리 근교의 시험장으로 학생들을 소집했다. 한 시간 반이 걸려야 도착하는 외딴 지역의 시험장이었다. 한국으로 치면 서울에서 치르기로 한 시험이 취소되어 인천으로 학생들을 불러내는 것과 마찬가지였다. 게다가 아침 8시 시작이었기에 스트레스가 이만저만이 아니었다. 사실 시험 장소에 학생들을 모아봤자 소용없는 짓이었다. 이미 모두가 시위에 가담하는 흐름이었기에 시험을 칠지 말지는 모인 이들의 투표로 결정되었다. 대부분 우리가 시험을 치면 시위하는 학생들에게 불이익이 갈 테니 전부 다 포기하는 편이 낫다는 입장이었다. 그런 와중에도 예외 없는 출석 체크와 시험 반대 파에 한 표를 보태러 그곳까지 원정을 떠나야 했다. 시험장에 시험을 거부하러 아침 8시까지 듣도 보도 못한 동네에 간다니. 이게 무슨…. 아니나 다를까 이른 아침부터 그 동네에 반쯤 감긴 눈으로 향하는 이들은 내 동기들뿐이었다. 이른 아침 철학과 학생들만 태운 기차 안에서 우리는 서로 눈인사를 했다. 너도 어이없지. 나도 어이없단다. 그런 말들을 멋쩍은 미소로 전했다.

가는 길이 있으면, 돌아오는 길도 있다. 예상처럼 과반수의 학생이 시험을 반대했고 개운하게 시험장을 나섰다. 아침 9시부터 할 일이 없어진 동기들이 역에서 파리로 돌아가는 기차를 기다리고 있었다. 서두를 필요가 없는 대학생들이 한자리에 모이면 평소 하지 않던 짓을 한다. 이를테면 눈을 마주친 이들과 인사하고 얕은 대화를 시작하는 것과 같은. 대화의 주제가 무거울 필요도 없다. 이미 눈앞에 벌어진 어이없는 상황이 마르지 않는 대화거리를 안겨주니 말이다. 그때 만나 처음 말을 나눈 동기가 T였다. 흔치 않은 단발머리를 한 남학생이라 학교에서 종종 본 기억이 났다. 고등학교 때부터 사귄 여자친구와 같은 과에 진학해 한 몸처럼 붙어 다니는 동기였다. 파리로 돌아가는 기차에서 옆자리의 T가 말을 걸어왔다. 유학생인 나의 눈에 이 상황이 어때 보이느냐, 철학 공부를 프랑스어로 하는 게 힘들진 않냐 등. 간만에 대화 상대를 만나 신난 나는 목소리를 높였다. 프랑스에 온 후 처음으로 무장 없이 타인 앞에 나를 드러냈던 순간이었다. 어쩌면 시위로 한 치 앞을 내다볼 수 없는 날이 이어지며 무장하는 법마저 까먹었던 게 아닐까. 사실 마음의 빗장을 채우기를 깜빡한 이는 나뿐만이 아니었다. 대학에서의 첫해를 소란스레 마무리 짓던 5월, 우리는 비로소 옆자리의 이웃을 알아가기 시작했다. 누구도 준비하지 않았기에 가능했던 허물없는 대화였다.

'타인에게 보여지는 나'가 옷이라면, 누구나 상황에 맞는 옷을 몇 벌씩 가지고 있을 테다. 나의 경우에는 죄다 어두운 채도의 옷이었던 듯하다. 우습게 보이지 않는 인상, 힘들어도 티내지 않기, 따돌림 당하는 것이 아니라 내가 모두를 따돌린다고 생각하기 등. 그게 나의 생존 방식이었다. 그렇게 해야만 생존할 수 있다면 일상은 새로운 인연과 경험의 장이 아니라 전쟁터이지 않나. 무기 없는 손으로 적을 만날까 두려운 마음. 그러나 보이지 않는 적과 싸우는 유학 생활에서 나를 구제했던 것은 그토록 두려워했던 타인이었다.

　철학과의 단발머리 남학생 T와의 인연은 참 묘했다. 서울에서도 재회했기 때문이다. 시험 반대 투표를 하던 날 통성명을 할 땐 상상도 못 했지만. 2학년 때, 학기 중의 짧은 방학을 틈타 한국에 간 이는 나뿐만이 아니었다. T는 자기 형이 한국인 여자친구와 Gu-pa-bal이란 곳에 산다고 했다. 뭐? 아, 구파발! 프랑스 동기 입에서 나오는 한국 지명이라니. 무슨 멕시코 산간벽지 이름인 줄. 이듬해엔 같은 시기에 서울에서 여행 중이던 T를 만나서 있을 법하지 않은 오후를 함께 보내기도 했다. 저녁엔 그의 형과 합류해 본식으론 삼겹살을, 후식으로는 치킨을 먹으러 갔다. 어째서 식사가 끝나지 않냐고 항의했던 T. 이미 한국 술자리 문화에 익숙한 그의 형과 나는 그저 웃을 수밖에. 사실 파리지앵 중에서도 좋은 동네에서 좋은 교육을 받고 자란 T는 부르주아 집안 자제에 대한 나의 편견을 깨주었던 친구다. 정리되지 않은 단발머리(한국에 갔을 땐 최신 유행이라는 투블럭 바가지머리를 해 왔건만 다시 빠르게 자랐다)에다가 편견이라곤 찾아볼 수 없을 만큼 겸손한 애였다. 외국인의 수업 필기가 형편없단 걸 모르지도 않으면서 수업을 빼먹은 날엔 나한테 대리출석은 물론 필기까지 보내 달라고 했으니 편견이 없다고 할 만하다. 그는 최근 '작은 서사시'라는 관광 가이드 단체를 만들었다. 그리고 무려 나를 서기관장으로 앉혔다. 총인원이 3명뿐이긴 하지만.

철학과의 벨기에 출신 여학생 L과는 사실 친해질 마음이 없었다. 처음 인사를 나눈 날, 내게 '베트남에서 프랑스까지 와서 철학 공부를 하다니 대단하다'는 말을 했기 때문이다. 왜 나를 베트남 사람이라고 생각했을까? 베트남을 식민 지배했던 전력 때문에 나를 구식민지 출신 유학생으로 생각했던 걸까? 제국주의의 오만함이 괘씸한 나머지 L과는 잘 지내고 싶은 마음이 없었다. 그렇지만 따지고 보면 벨기에 사람이니까 용서하기로. 친구들을 집에 초대해 파티 열기를 좋아했던 그녀 덕분에 나의 대학 생활이 그리 삭막하진 않았다. 한번은 L의 인터뷰 프로그램에 참여했던 적이 있다. 자신이 17살 때부터 만난 사람들에게 세상을 보는 방식을 묻는 인터뷰라나. 해가 잘 드는 오전, 그녀의 집에서 카메라를 마주 보고 내가 보는 세상에 대해 주절주절 불어로 떠들었다. L이 아니었으면 불어 실력이 부끄러워 수락하지 않았을 제안이었다. 그녀는 지금 캐나다로 유학을 갔다. 삶에서 만난 타인들의 기록을 짊어지고서.

나를 구원해준 프랑스의 타인을 늘어놓자면 한도 끝도 없을 테다. 사실 한 사람 한 사람을 묘사할 필요가 없을지도 모른다. 그들이 내게 안겨준 영향은 얼굴을 통해 드러나고 있으니 말이다. 입학 후 한창 힘들 때 처음 만났던 한국인 지인이 있다. 서로 바쁜 삶을 살다 2년이 지나고서야 우연히 중국 마트에서 마주쳤다. '하계 동치미 워크숍'을 앞두고 무를 사러 왔던 참이었다. 그분이 나를 마주치자마자 했던 말이 글쎄, 얼굴 정말 많이 좋아졌단다.

　내 얼굴이 많이 바뀌긴 했나. 예나 지금이나 웃는 상은 아니지만 그래도 지금은 살아갈 만하다고 외치는 얼굴인가 보다. 타인에 대한 두려움이 전쟁터를 헤매는 병사처럼 만들었지만 살 만한 사람의 얼굴을 만든 것도 기적같은 타인이었다. 그토록 세상에 대한 적대감을 내비치던 내가 바뀌고 나니 '마음이 열린 사람'과 '마음이 닫힌 사람'의 이분법은 그리 적절한 것 같지 않다. '마음이 열려가는 사람'과 '마음이 닫혀가는 사람'이 있을 뿐이다. 그저 이 모든 것이 시간과 인연이 만들어내는 움직임이라면, 그리고 나뿐만 아니라 모두가 그 변화를 살아낸다면, 이제는 나도 누군가의 닫혀가는 마음을 열 수 있지 않을까. 입꼬리 주사보다 자연스럽고 찬란한 미소는 돈 주고도 못 만드니까.

"60. 정신이 지혜롭고 기품이 있으면, 그것이 얼굴 표정에 나타나듯이, 우리의 육신 전체에도 정신의 품성이 그대로 반영되게 해야 한다. 그러나 이 모든 것은 어떤 인위적인 가식 없이 이루어져야 한다."

_ 마르쿠스 아우렐리우스,《명상록》

채식주의자의 파이 나누기

동갑내기 J는 채식주의자였다. 좋아했던 첫 프랑스 남자라는 점은 이제 중요하지 않다. 개인의 역사가 '요동치는 선'이라면, 20살에 만난 후로 J와 꾸준히 두 선의 접점을 만들어 왔으니. 연애 감정 대신 쌓아 올린 지극한 우정이랄까. 같은 해에 태어났기에 늘여온 선의 길이는 엇비슷했다. 하지만 그 강도와 움직임은 자란 환경의 차이에서 왔다. 둘 다 록 음악이 길러낸 드문 10대였지만 나는 그가 동경하던 제니스 조플린을 몰랐다. J 또한 야자를 빼먹고 인디 록밴드 공연장에 숨어든 한국 고등학생의 두근거림을 상상하지 못하겠지. 접점 없는 과거, 가닿지 못하는 평행선을 그려온 게 뭐가 대수인가. 각도만 살짝 틀어도 두 선은 언젠가 만날 테니.

사실 전혀 다른 가치관이 맞부딪힐 때의 스파크가 그리

유쾌하지만은 않다. 달라도 너무 다른 타인 앞에서 드는 생각은 '저 사람 왜 저렇게 살지?' 혹은 '나 왜 이렇게 살지?' 둘 중 하나니까. 하지만 J와는 갈등이 생길 틈이 없었다. 그는 상대방과의 차이를 이해할 준비가 된 친구였다. 열린 마음으로 상대방을 대하기 이전에 자신의 다름부터 고려했으니까. 다른 타인을 받아들이는 것은 관대함이지만, 자신의 다름을 고려해서 하는 행동은 배려가 된다.

J의 배려라면 잊을 수 없는 사건이 있다. 1년간 대만에 교환학생을 다녀온 그가 파리의 우리집에서 잠깐 지낸 적이 있다. 새 거주지를 구할 때까지. 나는 내 나이 또래의 남성이 실내에서 어떤 모습인지 몰랐다. 그래서 뜻밖에 즐거운 2주를 보냈다. 평소에는 멋있는 척하던 놈이 샤워를 마친 후엔 젖은 생쥐 꼴로 돌아다니곤 했으니까. 웃는 나를 머쓱한 얼굴로 나무랐던 걔는 정말이지 놀리는 맛이 있는 애였다. 하지만 한 공간에서 지내며 가장 인상 깊었던 건 그의 요리다. 내가 단기 통역 일을 마치고 돌아온 어느 날, J는 '키쉬'라고 불리는 파이를 만들었다. 계란에 생크림과 에멘탈치즈를 풀어 고기와 야채를 함께 구워내는 프랑스 가정식 파이였다. 나는 부엌에서 서성대는 그를 훔쳐봤다. 오븐에서 꺼낸 파이를 반으로 나눠 칼자국을 새기는 J.

"대체 뭐 하는 거야?"

"이쪽 반은 고기를 넣었고 내가 먹을 저쪽 반에는 야채

만 들었어.”

　뭐? 채식주의자인 네가 날 위해 고기 요리를 한 거야? 파이에 세심히 경계선을 그으면서까지? 나야 익어가는 동물의 살에 열광하지만, 그는 고기 굽는 냄새를 좋아할 리 없었다. 그러니 일부러 고기를 사올 필요는 없었을 텐데. 갑자기 부끄러워져 고기를 끊고 싶은 마음마저 들었다. J를 존경했던 이유는 단순히 비채식주의자를 위한 음식을 대접받았기 때문이 아니다. 그는 달라도 너무 다른 두 사람이 한 요리를 나눠 먹을 수 있는 방법을 고민했던 거니까. 파이를 두 개 만드는 것도 배려겠지만 식성이 다른 두 사람이 한 요리를 나눌 수 있다니, 얼마나 멋진 일인가. 비유를 부풀려 보자면, 서로의 차이를 받아들이고 더불어 살아가는 세상을 예고하는 것 같았다.

　프랑스는 상대적으로 한국보다 ‘다름’에 관대한 나라다. 파리에서 성 소수자 퍼레이드가 열리는 날이면 지나가던 행인도 그 행렬에 함께한다. 채식주의자를 위한 메뉴나 식당을 어렵지 않게 찾을 수 있으며 혹시 모를 알레르기를 고려해 대체 식재료도 제안해준다. 긴 로브를 걸친 서아프리카 전통 복장의 할아버지, 고운 빛깔의 히잡을 둘러쓴 아주머니, 관광객과는 사뭇 다른 여유로움을 풍기는 중국인 아저씨 등 지하철만 타도 문화의 박람회장에 온 것 같다. 처음 프랑스에 왔을 때는 놀란 기색을 감추지 못하는 스스로가 촌스럽다고 느껴질 정도였다. 성별과 나이, 속한 공동체가 달라도 같은 문화를 공유하는 한국에서 자랐기 때문에. 내가 프랑스로 떠나기 전까지만 해도 채식이란 풀만 먹고 어떻게 사냐며 등짝을 맞을 일이었고 성 소수자는 유머 코드로밖에 존재하지 않는 것 같았다. 하지만 한국도 빠르게 인식이 바뀌고 있는 지금, 오히려 프랑스에 묻고 싶다. 어째서 차별을 일삼는 극우 정당이 인기를 얻는 건지. 다른 문화에 관대해 보이는 나라가 어째서 아직도 갈 길이 먼지를 말이다.

　　프랑스의 톨레랑스, 즉 관용에 대해서는 이중적이라는 인상을 받곤 한다. 중·고등학교에서 히잡을 금지할지 말지는 끊임없이 도마 위에 오른다. 게다가 전신 수영복을 입은 무슬림 여성을 해변에서 쫓아냈던 사건이 불과 몇 년 전의 일이다. 비키니를 입지 않은 죄랄까? 물론 히잡과 부르카가 여성 억압의 아이콘이란 사실을 부정할 수는 없다. 하지만 프랑스가 소리 높여 외치는 관용은 어디까지인지 궁금하다. 다리를 벌린 퇴폐적인 여성 모델은 명품 광고니 괜찮고, 몸을 노출하지 않는 특정 종교의 여성은 받아들일 수 없다니. 해변에서 옷을 다 벗어 던질 자유는 있는데 몸을 가릴 자유가 없다는 건 아이러니한 일이다. 프랑스의 톨레랑스란 결국 입맛대로의 관대함이 아닐까? 물론 자기 기준으로 뻗어 나가는 자유도 많은 것을 포용할 수 있다. 그렇지만 그 중심을 자신에게 두면 치명적인 맹점을 낳는다. 타인의 자유를 인정하지 않는 관대한 사람의 역설 말이다.

내가 살아온 시간의 두 배를 더 산 C가 떠오른다. 내 또래와는 다르게 안정된 삶을 영위하는 친구였기에 그의 배려를 종종 누리곤 했다. 아무렴 이사를 도와줄 친구로는 차가 있는 쪽이 나으니까. 어떻게 아버지뻘 나이의 아저씨를 친구라고 부르냐고? 호칭이 자유로운 프랑스 정서상 불가능한 일은 아니다. 내가 외국인이기에 가능했던 관계일지도. 그와 가까워진 후론 친구들과 주말을 틈타 서핑을 하러 다녀오곤 했다. 브라질 소셜 댄스인 '포호Forró'도 C를 통해 배웠다. 웬만한 내 또래 친구들보다 활동적이고 격렬하게 삶의 즐거움을 찾아 나서는 사람들이었다. 나이의 간극을 넘어 그들과 어울릴 수 있었던 이유가 아닐까. 어쩌면 '부르주아 보헤미안'을 뜻하는 '보보스족'이라고 요약할 수도 있겠다. 나와 J의 불안정한 청춘과는 다른 생활 양식, 우아하고 여유로운 프랑스 중년들 말이다. 그들이 즐기는 취미는 안정된 직장과 물질적 풍요를 갖춰야만 가능한 자유였다. 해안 도시에 별장을 둔 친구가 계획한 주말 서핑, 재즈 트리오를 초대한 집에서 1920년대 파리 느낌을 낸 생일 파티, 욕조에 얼음을 채워 손님들이 가져온 샴페인을 가득 재워둔 신년 모임 등. 이들의 자유롭고 여유로운 생활 양식을 동경할 수밖에 없었다. 내 또래와 가능한 낭만이란 맥주를 사다 강변에 주저앉아 마시고 떠드는 게 다였으니까.

하지만 그들에게도 영 미심쩍은 부분이 있었다. 예를 들면, C의 친구들과 모이면 대화가 항상 이런 식이었다. 자기 동네에 아랍인들이 많이 사는데, 항상 자기들끼리 모이는 데다 문화생활을 공유하지 않아서 아쉽다고. 아랍인 이웃들도 프랑스 연극을 보러 오는 노력을 하면 참 좋을 텐데… 돈이 많이 드는 것도 아니고, 라나. '문화를 나눌 줄 모르는 걔네가 안타깝다'라는 뉘앙스의 말이었다. 그래서 잠자코 듣던 내가 순진한 척하며 되물었다.

"모로코 전통 음악 그나와Gnawa 들어본 적 있어? 뮤지션 친구들이 초대해줘서 들으러 갔는데 좋더라. 관심 있으면 담 번에 콘서트 같이가자."

물론 당연하게도 C의 친구들과 내가 모로코 음악을 들으러 가는 날은 오지 않았다. 타 문화를 알기 위해 노력하지 않는 본인은 그리 안타까운 일이 아닌가 보다. 프랑스 문화에 열광할 줄 모르는 이방인의 무지는 안타까워 보일 테지만. 사실 이 친구들이 다른 문화에 관심을 가질 때도 약간 수상했다. 브라질의 춤과 일본 음식에 열광하는 모습은 단순히 기호의 추구와도 같다는 인상을 받았다. 다른 문화를 배우고 알고 싶은 마음이 아니라 그저 판타지를 소비하는 것 같았달까. C의 친구들이 동양인인 나를 종종 초대했던 이유도 판타지의 실현과 다르지 않은 듯하다. 서핑 다음 날고요한 별장의 아침, 그들에게 요가를 가르쳐 달라는 부탁을 받았다. 동양의 신비로운 움직임으로 하루를 열 준비가 되었다는 듯이. 근데 이걸 어쩌나. 나도 내가 요가를 하는지 몰랐는데? 할 줄 안다고 얘기한 적도 없었다. 그들의 눈동자에 실망한 기색이 역력했다. 아예 쿵푸를 가르쳐 달라고 하지? 내가 동양인이라는 사실이 프랑스인의 기대를 충족시켜야 할 의무라도 띄는 걸까. 물론 그들은 판타지를 열린 마음으로 관대하게 받아들일 준비가 되어 있었다. 이국적인 문화를 끌어안는 자신들이 자랑스럽기까지 할 테다. 그럼에도 C의 친구들은 나의 답답함을 영영 이해하지 못했다. 당신들이 끌어안는 다른 문화란 사실 존재하지 않는 판타지인데. 자기 자신을 디폴트값처럼 두는 이상 타인을 이해할 수 없다. 그 타인은 이미 존재하지 않는 허상일 뿐이니.

관용, 즉 톨레랑스를 설파한 철학자가 한둘이 아닌 프랑스라서 아쉬운 행보다. 종교 박해의 시대에 개신교에서 카톨릭으로, 다시 개신교로 개종한 17세기 철학자 베일Bayle은 일찍이 얘기했다. 관용이란 인정받거나 인정할 수 있다는 전제가 아니라, 너나 나나 똑같이 실수할 수 있다는 상태에서 출발한다고. 내가 가진 믿음이 상황의 우연적 산물이라면 관용은 베풀어야 하는 것이 아닌 셈이다. 나도 상대방이 될 수 있었으니. 베일은 모두가 그런 시선을 가진다면 상호적인 진짜 톨레랑스가 가능하리라 믿었다. 하지만 그때나 지금이나 역지사지보단 시혜적 관용이 최선인가보다.

편견과 판타지를 버리고 있는 그대로의 타인과 문화를 받아들이기란 쉽지 않다. 마치 천동설에서 지동설로 넘어가는 어려움이랄까. 나를 중심에 두고 바깥을 바라보느냐, 타인뿐 아니라 나 자신도 바깥의 일부라고 생각하느냐의 차이다. 한국에서는 빵을 주식으로 삼지 않는다는 얘기를 듣고 세상 불쌍하다는 얼굴로 나를 바라보던 어떤 프랑스인을 안다. 그에게는 본인을 중심으로 세상이 도는 셈이다. 반대로 쌀을 안 먹으면 식사가 되느냐고 묻는 어떤 한국인도 마찬가지일 테다. 자신을 출발점으로 삼은 이상 관용과 자유는 한계에 부딪히기 마련이다. 그렇기에 타인의 다름보다 나의 다름을 먼저 고민해봐야 하는 게 아닐까. 관대한 자신에 취해버리는 이상 관용은 기만과 별반 다르지 않다.

동갑내기 J와 중년의 C는 내가 프랑스에서 자주 맞닿은 개인의 선이다. 프랑스 사회에서 자란 두 사람은 같은 주파수를 지녔는지도. 하지만 남들보다 유연한 선운동을 하는 친구들이 있다. 채식을 하지 않는 나와 같은 요리를 나눠 먹기를 바랬던 J처럼. 타인을 상처입히지 않는 말랑한 선운동이 젊은 나이의 특권만은 아닌 것 같다. 또래 중에서도 꽉 막힌 친구를 심심찮게 본다. 마치 자신의 곧고 튼튼한 선이 자랑거리라도 된다고 생각하는 모양이다. 거기 부딪치는 이들이 받는 상처와 소외는 눈치채지도 못하고서.

　　프랑스의 자기중심적 관용, 시혜적 자유에 숨통이 죄어 드는 지난날이었다. 그래서 J가 나눠준 파이에 그토록 호들 갑을 떨었나 보다. '너와 내가 다른 건 어쩔 수 없지. 그래도 우리가 할 수 있는 게 있지 않을까'를 보여주는 듯해서. 상대 방이 나와 다르다는 생각보다, 상대방 또한 나를 다르다고 여길 것이며 두 사람 중 누구도 중심을 자처할 수 없다는 사 실을 염두에 두는 건 어떨까? 그랬을 때 비로소 우리는 같은 파이를 나눌 수 있다. 또한 이러한 신념은 예를 들어 채식처 럼 옳아 보이는 신념으로 이행할 기회를 줄 것이다. 그래서 세상의 중심을 가질 욕심은 일찌감치 버렸다. 중심부에서 멀어져 큼직하고 유연하게 맴돌수록 더 다양한 만남이 나 를 기다릴 테다. 한국에서 움텄던 나의 날서고 경직된 선. 그 리고 프랑스를 거치며 마주한 아름다운 타인과의 접점들. J 의 고기 반 야채 반 파이를 가로질러 이제는 다음 만남을 기 다리고 있다.

"⟨이해력⟩과 ⟨실천지phronesis⟩는 같은 것이 아니다. 왜냐하면 실천지의 목적은 무엇은 해야 하고 무엇은 해서 안된다는 것을 규정하는 것이므로 실천지란 결국 명령을 내리는 것인데, 이에 반하여 이해력은 단지 판단만 하는 것이기 때문이다."

_ 아리스토텔레스,《니코마코스 윤리학》

S#15 파리 13구의 슈아지 공원

이른 봄치고는 관대한 햇살이 쏟아지는 오후. 13구 공원 끄트머리의 초록색 벤치에 앉은 두 사람의 뒷모습. 철학과 교수님 A의 풍채 좋은 등은 책상 앞에서 보낸 지난 세월을 암시하듯 굽어 있다. 그리고 동양인 학생 진. 귀가 시린 짧은 머리와 가지런히 모인 다리 끝의 검은 메리제인 구두. 안경 낀 중년의 프랑스인과 젊은 한국인 여학생은 뛰노는 아이들을 바라보며 대화를 이어간다. A의 둔탁한 전자담배가 골골골 소리를 내며 커피향이 나는 증기를 뿜는다.

　　A 진은 파리에서 외로움을 느끼나요?

　　진 (고개를 돌리지 않은 채) 한국에 있었어도 마찬가지였을 거예요.

A 아까는 자신이 외로움을 느끼도록 내버려두지 않는 사람 같던데요. 수업이 끝나고도 저를 계속 미행했잖아요.

진 (얼굴이 시뻘개지며) 그건…! 말 걸 타이밍을 찾다 보니 이렇게 된 거예요. 저도 500m가 넘게 교수님의 뒤를 따라갈 생각은 없었어요. 오늘은 다른 숙제를 주실 줄 알았는데 그냥 가버리셨잖아요. 도와주기로 하셨으면서.

A 지금까지 해온 숙제를 보니 내 도움의 문제가 아닌 듯해서요.

진 (오른쪽 눈썹을 치켜올리며) 예?

A 학생에게 쉽지 않을 공부일 거라 예상은 했어요. 하지만 진이 여태 해줬던 얘기를 듣고 보니 무용한 고난은 아니었던 것 같군요. 배움을 놓치지 않을 각오로 일상을 대하니까요. 책에 밑줄을 긋듯 사는 게 그런 모습일까요? 그래서 묻고 싶네요. 진은 어떨 때 믿음을 가지나요?

진 어…. 저는 경험한 것들을 믿어요. 여태껏 매일 해가 떴다는 걸 알기 때문에 내일이 오리라고 믿는 거죠. 하지만 다음 날도 해가 100퍼센트 뜰 거란 보장은 없잖아요. 그래서 제 믿음은 불변하는 진리에 기반하지 않아요. 추측일 뿐이더라도 경험한 것을 믿기 때문에 내일 해가 뜨지 않을지도 모른다는 불안에 시달리지 않는다고 생각해요. (말을 멈추고 잠시 생각한다) 그렇다면 저는 뼛속까지 경험주의자네요. 방금 교수님께 자신의 믿음에 관해 얘기하는 경험을 통해서 제가 경험주의자라고 믿기 시작했거든요.

　　A　(알 수 없는 미소를 띠며) 그래서 감각을 통한 경험이 아닌 것은 믿지 않나요? 예를 들어, 국가라는 개념은 볼 수도, 만질 수도 없으니까요.

　　진　그러게요. 하지만 보고 듣고 만질 수 없는 것도 생각할 수는 있죠. 이 땅에서 사람들이 프랑스어로 생활하는 환경이 프랑스라고 믿듯이요. 생각으로만 접근 가능한 경험도 믿을 수 있어요. 그게 저의 순진한 장점이 아닐까요. 한 철학자를 배우면 철썩같이 믿을 준비가 되어 있거든요. 데카르트가 '나는 생각한다 고로 존재한다'를 말하면 그 명제를 생각한 경험을 통해 데카르트를 믿어버려요. 그러면 뭐가 다르게 보이는지 궁금해서요. 마치 안경을 바꿔 끼듯이요. 그런 태도가 철학 공부에 도움이 많이 되었던 것 같아요. 텍스트 해석 시험을 칠 때, 철학자의 주장을 알고 해석하는 것과 그 철학자처럼 생각하면서 쓰는 것은 가닿을 수 있는 깊이가 다르다고 생각해요.

　　A　그건 분명 공부에 있어서 장점이네요. 비판적 시각도 때가 되면 갖게 될 테지만요. 사실 텍스트 읽기 지도를 제안했을 때는 진이 그렇게 잘해올 줄 몰랐어요. 데카르트와 루소의 글을 완벽하게 이해했더군요. 그리고 아주 즐겁게 고민했다는 게 느껴졌어요.

　　진　눈앞의 글을 믿을 준비가 되어 있었으니까요. 글을

읽는 순간 케케묵은 문자가 살아나 목소리를 가지는 것 같아요. 게다가 그런 태도를 취하면 글의 구조와 논증 방식이 눈에 더 잘 들어오고요. 내가 마주한 글쓴이가 무슨 얘기를 하다가 여기까지 도달했는지, 그 사람의 생각을 믿지 않고서는 놓치기 힘든 흐름이라고 생각해요. '그의 논리대로라면 이런 경우를 어떻게 설명했을까'를 고민하려면 이해를 넘어선 믿음이 필요한 것 같아요.

　A 그래서 진은 자신도 믿나요?

　진 (고개를 돌리며) 네? 저요?

　A 학생이 방금 말했듯 경험한 것만을 믿는다면서요. 철학 공부를 잘 해내고 있다는 경험도 했을 텐데요. 그것도 웬만한 프랑스 학생들보다 더 열정적이고 효율적으로 지식을 얻고 있잖아요. 그렇다면 '잘하는 자신'을 믿지 못할 이유는 뭔가요? 진은 총명하지만 자신에 있어서는 그렇지 못한가 보군요.

　교수님 A가 안경 너머로 대답 없는 진을 바라본다. 추궁하려는 의도가 아니었는지 말을 덧붙인다.

　A 자기 손으로 목을 죄며 수업을 듣는 외국인 학생을 돕고 싶었어요. 그래서 예전에 그렇게 물어봤던 거예요. 프랑스어가 힘든 건지, 철학 공부가 고된 건지. 하지만 진은 '어

렵긴 하지만 잘 헤쳐나가는 중이다'라고 대답했죠. 해 온 숙제를 보니 걱정이 무색할 정도였고요. 그래서 제가 '그럼 뭐가 문제냐'고 물었던 거, 기억나요?

　진　네. 저도 대체 뭐가 문젠지 모르겠다고 대답했죠. (잠시 뜸을 들이고 말을 이어간다) 무슨 얘기를 하고 싶으신 건지 알겠어요. 저처럼 잘 믿는 사람이 결국 저 자신은 믿지 못하고 있었군요.

　A　파리 제1대학에서 유급 한 번 않고 여기까지 온 것도 대단한 일이죠. 그뿐 아니라 가르치는 제가 보기에도 진은 앞으로 더 잘 해나가리란 확신이 있어요. 그런 제 말도 못 믿어주는 건가요?

　진　그건 아니에요. 제가 프랑스에서 처음 가진 자신감은 교수님을 통해서 얻었는걸요. 하지만 타인의 믿음에 비친 제 가능성은 쉽게 깨질것 같아 겁이 나요. 주변의 건물이 수면에 반사되어 아무리 생생하게 보이더라도 조약돌이 떨어지는 순간 잔상이 흩어지는 것처럼요. 누구의 권위도 빌리지 않은 확신을 가지고 싶어요. 사람들이 이름난 대학, 사회적 지위, 축적한 재산에 기대어 만든 자존감은 빛깔 좋은 모래성이라고 생각하거든요. 다행히도 저는 돈도 사회적 지위도 없어서 거품 낀 자아를 가질 일은 없겠네요.

　진은 교수님 A의 염려 어린 얼굴을 눈치챈다.

진 (당황한 듯 목소리를 한 톤 높게 끌어올리며) 농담이었어요! 게다가 교수님이 주신 저에 대한 확신이 얼마나 감사한 일이었는데요. 공부가 마음대로 되지 않을 때, 해주신 말씀을 종종 되뇌곤 했죠. 교수님께서 내가 잘 할 수 있다고 믿으시니 나는 분명히 어려움을 넘어설 수 있을 거라고. 그랬더니 신기하게도 정말 목표에 가닿더라고요. 제가 그 말을 믿지 않았다면 일찌감치 포기했을 공부였을지도 몰라요. 그러니 제게 유용한 믿음이었던 셈이죠. 믿었을 때 일어나는 결과는 그렇지 않을 때와 달랐고, 더 선호할 만하니까요. 마치 바꿔 낀 안경으로 보이는 세상이 마음에 드는 것처럼요. (뜸들이고) 얘기하다 보니 드는 생각인데… 언젠가 오롯이 저 자신에게서 나오는 확신을 갖게 된다면, 그걸 믿을 때 나오는 효과는 어마어마하겠네요. 그렇다면 실용적 결과를 보기 위해서라도 저를 믿어볼 필요가 있겠어요. 사실 제 역량이 진짜건 가짜건 상관없어요. 보고 싶은 것은 단 하나, 믿음이 바꾸는 결과니까요.

교수님 A의 입가에 떠오르는 미소. 하지만 그는 하고 싶은 말이 있다가도 곧바로 거두곤 한다.

몇 발자국 떨어진 곳, 운동기구 앞의 남성이 소매를 걷어붙이며 음악을 튼다. 바흐의 'G 선상의 아리아'. 근력 운동과 'G 선상의 아리아'의 상관관계에 의아한 두 사람. 그러나 뜻밖의 환희가 진의 얼굴에 퍼져나간다. 두 사람의 대화는 음악에 잠시 자리를 내어준다.

　진 이 음악…. 이게 지금 들려오는 이유를 모르겠네요. 사실 제겐 특별한 기억이 있어요. 유치원 때였을까요? 제 모습을 사진으로 남기는 걸 좋아하셨던 아버지가 홈페이지를 만드셨거든요. 하얀 바탕에 천사가 쏟아지는 사이트였어요. '민지의 영재 일기', 뭐 그런 이름이었던 것 같아요. 접속과 동시에 바흐의 'G 선상의 아리아'가 나오곤 했죠. 어린 제가 수영하는 사진, 롤러스케이트를 타는 사진 등을 올리셨어요. 결국 저는 영재도, 민지도 아니게 됐지만. 사이트의 배경음악이 왜 'G 선상의 아리아'였는지, 어째서 지금도 두서없이 이 음악이 저를 찾아오는지 이해할 수 없어요.

　A 진이 한국에서의 유년 시절을 얘기하는 건 처음 듣는 것 같네요.

　진 그런가요? 하긴 지금까지 제가 프랑스에서 경험한 것만을 말씀드렸죠. 그도 그럴 것이, 한국에서 자라온 시간에는 캐낼 만한 즐거운 이야기가 별로 없는걸요. 제가 믿음을 스스로 통제하기도 전에 일어난 사건들 뿐이니까요.

　A 그래서 더 궁금해지는데요. '믿음에 따른 결과를 찾는 진'을 만든 건 그 시절이었을 테니까요. 일전에 학생이 철학 공부를 하러 프랑스에 온 계기를 얘기했었죠. 철학이 뭔

지 몰라도 좋아할 수 있을 것 같아서 왔다고. 왜 이 공부에 대한 애정을 품었는지는 한국에서의 시간을 통해서 알 수 있지 않을까요?

진 음…. 과거를 부정하려는 움직임을 가지고 살면서 뒤를 돌아보는 건 쉽지 않은데요. 그러려면 용기가 필요해요. 하지만 지금이라면 가능할지도 모르겠어요. 오래전 잠그고 나왔던 문을 열어 과거를 끌어안는 일 말이에요.

진은 짧은 탄식이 섞인 한숨을 내쉰다.

진 도대체 왜 이렇게 힘이 드는 걸까요? 남도 아닌 나를 믿는 게?

A 남이 아니기 때문이겠죠. 부정하고 싶은 자신을 억누르고 통제하려는 욕망은 이해해요. 하지만 지배하는 사람과 지배당하는 사람이 한 몸에 머문다면, 자기 자신의 주인인 동시에 노예라는 모순을 살아가는 게 아닐까요.

시선을 둔 곳을 알 수 없으나 결의에 찬 진의 눈빛. 교수님의 전자담배가 출발하는 증기기관차처럼 긴 연기를 뿜어낸다. 눈을 뜨고 꿈꾸는 듯한 진의 얼굴을 비추며 천천히 페이드 아웃.

"원을 긋고 달리면서 너는 빠져 나갈 구멍을 찾
느냐?
알겠느냐? 네가 달리는 것은 헛일이라는 것을.
정신을 차려.
열린 출구는 하나밖에 없다.
네 속으로 파고 들어가라."

　　　　　　　　　　- 에리히 케스트너의 시, 〈덫에 걸린 쥐에게〉

2장

배움의 재구성 :
모두가 덜 불행한 세상

수치를 모르는 가난

우리 집이 가난했나? 번듯한 집을 가져본 적 없으니 틀린 말은 아니다. 3인 가족이 머물렀던 장소는 단칸방이거나, 두 칸 방에 화장실이 밖에 있거나, 한 채인 집을 둘로 나눠 놓는 바람에 베란다가 현관문이 된 곳이었다. 당연히도 부모님의 지인이나 내 친구가 집에 놀러 온 적은 없었다. 쪽팔리게 누굴 초대해. 가난은 내 탓이 아니었고 따지고 보면 엄마 아빠의 잘못도 아니었다. 짓지 않은 죄를 고민했다간 인생이 고달파진다는 사실을 조금 일찍 알게 됐던 것 같다.

'가난하냐?'는 어른의 질문이다. 겪어봤든 아니든, 가난이 뭔지 안다고 생각하는 이들의 질문. 상대방의 대답이 '예'일 경우에는 동정심을 표하고, '아니오'라면 안도할 준비가 되어있을 테다. 하지만 질문을 받은 사람이 가난이 무엇인지 정말 모른다면? 놀랍게도, 갓 태어난 아기는 가정의 소득 분위를 분석하지 않는다. 곧 산타 할아버지를 믿되, 아파트 단지를 기준으로 친구를 가려 사귀는 이상적인 어린이로 자라겠지만. 사실 돈을 모르는 아이에게 가난은 없다. 단칸방에 살아도 부모님과 한 이불을 덮고 자는 것이 마냥 행복했던 어린 나처럼. 그런 아이에게 동정과 놀림은 같은 결과를 낳는다. 안타까움을 드러내는 처진 눈썹이든 잔인한 조롱이든, 가난을 먼저 아는 사람의 얼굴에서 아이는 같은 것을 읽어내기 마련이다. 앞으로 살아갈 세상에서 돈이란 무엇인지.

가난은 비교하기 전까지는 가난이 아니다. 초등학교 1학년 때였나? 비극은 같은 반 친구가 던졌던 말에서부터 시작되었다.

"마, 느그 아빠 차 티코제?"

티코가 뭐가 문제지? 창문을 손으로 돌려 여는 거? 아빠 차가 빨간 티코라는 건 사실이기도 했다. 뱉을 때를 놓친 껌을 씹듯 그 말을 떠올리며 집에 돌아왔다. 그놈의 피실대는 입술에서 새어 나온 건 조롱이었다. 그렇구나. 티코는 부끄러운 거구나. 그때부터 팬티 바람으로 달려가던 야외 화장실에 진절머리가 났다. 그리고 나를 영어학원에 할인된 가격으로 등록하기 위해 봉고차로 같은 반 애들을 실어날랐던 엄마. 가난이 불효마저 가르쳤는지 그 아줌마와 아는 척을 하고 싶지 않아졌다. 어린 나는 질문을 잘못 던졌던 걸까. '나는 왜 가난할까'가 아니라 '누가, 왜 가난을 알게 했나'라고 물었어야 했다. 누구도 대답해주지 않았을 테지만 말이다. 부모님, 친구들, 선생님, 스쳐 지나가는 사람마저 본인도 모르는 새 가난의 비참함을 가르치고 있었으니까. 부자가 되고자 하는 욕망은 가난의 두려움과 떼어놓을 수 없듯이.

부모님은 내가 더 나은 삶을 이끌어갈 유일한 방법이 공부라고 생각했다. 틀린 추측은 아니었다. 한국의 교육 기관에서 좋은 성적을 받으면 좋은 대학에 갈 수 있었고 학벌은 구직 활동에 중요하니까. 그렇기에 공부는 가난을 벗어날 수단이 될 수 있었다. 하지만 내게 공부를 강요한 부모님은 공부가 무엇인지 몰랐다. 알아도 반만 알고 있었다. 성적이 좋으면 삶이 나아진다고 믿으셨으니. 그들이 간과했던 점은 공부가 순수한 목적이 될 가능성이었다. 입시를 위한 수단이 아닌 앎으로써 즐거운 학문. 사실 이건 공부를 아예 안 하는 것보다 더 위험할지도 모른다. 경쟁에서 이기라고 공부를 시켰더니 경쟁의 의미를 묻기 시작했으니까.

하지만 깨달음을 얻어도 바뀌는 건 나뿐, 세상이 아니지 않은가. 돈이 세상의 전부라고 믿든 아니든 다들 경제활동에 힘을 쏟는다. 고등학교를 졸업하고 경험했던 것은 소비의 가능성이 주는 짜릿한 쾌락이었다. 집에서 나를 하염없이 기다리는 쉰 밥보다 깔끔한 식당에서의 한 끼가 나를 더 행복하게 만드니까. 게다가 지금은 여행을 가지 못하는 서글 픔을 하룻밤의 호캉스로 달래는 시대이지 않나. 같은 월세 라도 보증금이 없으면 고시원에 가고, 목돈이 있다면 그보 단 나은 곳에서 삶을 꾸릴 수 있다. 유행하는 옷을 입거나, 핫한 식당에서 친구들과 좋은 시간을 보내기 위해서도 평균 수준의 돈이 필요하다. 남들처럼 돈을 써야 증명할 수 있는 젊음. 그게 내가 경험한 스무 살이었다.

  그러다 출국 날이 다가와 한국을 떠났다. 프랑스는 다 르다고 얘기하진 않으련다. 돈 있으면 즐겁고 없으면 서글픈 건 어딜가나 똑같다. 단 한 가지 달라진 게 있다면, 나는 이 곳에서 보편의 범주에 속하지 않는다는 사실이었다. 프랑스 자국민도, 돈 쓸 준비가 된 여행객도 아니었으니까. 불어를 하지 못해 소통에서 배제되었고 쇼핑몰 점원마저 추레한 나 를 없는 사람 취급했다. 파리 지하철의 가구 광고는 거주지 가 불분명한 나에게 아무 욕심도 불러일으키지 못했다. 이 미 버겁게 들어찬 캐리어로 떠도는 운명은 본의 아니게 미니 멀리즘을 추구하게 만들었다. 그래서 다 포기해버렸다. 나는 이곳에서 소비의 타깃이 아니니까. 자처해서 돈을 쓰겠다고 해도 그에 걸맞은 대우를 받지 못하니 욕심이 사그라들 수 밖에. 어쩌면 누군가에겐 한국보다 끔찍할 수도 있겠다. 돈 을 써도 행복해질 수 없으니.

프랑스에 와서 알게 된 한국인들도 입장은 마찬가지였다. 한식당에서 모이지 않는 돈을 벌며 이곳에 머무르는 것 자체가 목적인 사람, 100만 원이 넘는 월세를 감당하면서도 몇백 원 더 싼 버터를 장바구니에 담으며 절약을 하는 사람, 상대의 경제 상황이 어떻든 사기를 치는 것이 목적인 사람 등. 프랑스에서 본 한국인의 군상이 20년간 한국에서 자라며 본 주변인보다 다양했다. 하지만 다들 같은 절망 속에 살고 있었다. 이곳에서 우리는 쫓겨날 수도 있는 외국인이며, 그 비참한 사실 앞에 모두가 평등하다는 사실.

체류증을 연장하려면 부자든 빈민이든 피할 수 없는 고난이 기다린다. 경시청 앞에서 줄을 서야 하니까. 여름엔 내리쬐는 햇빛에 고개를 숙이고 겨울엔 팔짱을 낀 채 벌벌 떨어가며 차례를 기다려야 했다. 게다가 트집 잡힌 서류는 언제든 우리를 고국으로 돌려보낼 수 있었다. 체류증 연장에 있어 가장 안전한 기관이 대학 부설 어학원이었는데, 학비를 낼 수단이 있어도 선착순으로 마감하기에 가난하든 부유하든 유학생 모두가 발을 동동 굴렀다. 게다가 시도 때도 없는 프랑스의 파업 앞에선 모두가 평등하다. 누구든 체념할 수밖에 없으니까. 배를 타고 프랑스에 건너온 불법 체류자든, 공항에서부터 벤을 타고 온 유학생이든 똑같은 취급을 받는 곳. 이것을 절대 프랑스의 장점이라고 말하고 싶진 않다. 여기서 우리는 그저 같은 대우가 예정된 외국인일 뿐이다. 이를 두고 불합리하다고 느끼는 사람은 있겠지만, 합리적이라고 느끼는 사람은 없다. 재산 뒤에 숨어 외치는 불합리도, 애초부터 없는 합리도 기대하기 힘든 이곳. 나는 처음으로 가난에 대해 생각하기를 관뒀다.

　　누릴 수 있는 편의가 보장되지 않는 신분에 처한 탓에 행복이 돈에 달려 있지 않다는 사실을 알아버렸다. 그래서 내 방식대로 행복을 빚어내고 있다. 돈을 버는 이유가 뭉뚱그려 말해서 '잘 입고, 잘 먹고, 잘 자는' 문제라면, 프랑스에서의 내 '의식주'는 들이는 비용에 비해 꽤 만족스럽다. 내가 찾은 대안은 유로로 환산되지 않는 기쁨을 줬으니까. 속옷 빼고 새 옷을 못 사면 좀 어떤가. 빈티지 시장이 활발한 프랑스에서 건지는 재질 좋은 헌 옷은 한철 입고 버릴 운명의 패스트 패션보다 낫다. 구매는 할 수 없고 교환만 가능한 옷가게에서 더는 신지 않는 구두를 기부하고 나에게는 새것과 다름없는 외투로 바꿔오기도 했다. 사실 최신 유행이란 곧 촌스러워질 운명을 안고 있지 않던가. 시간이 흘러 유행이 돌아온다고 해도 요즘 만들어지는 옷들이 그때까지 버티기는 힘들어 보인다. 그래서 부산 국제시장에서 목욕탕 의자에 쭈그려 앉아 옷더미를 헤치던 감각으로 빈티지 옷을 골라 입었다. 어디서도 볼 수 없던 스타일로 다시 태어난 내가 생각보다 마음에 들었다. 여전히 옷을 잘 입는 편은 아니지만, 국가에서 보급한 게 아닐까 싶은 후드집업을 매일 걸치는 프랑스 대학생들에 비하면 나은 것 같다. 내가 철학과에 다닌다는 걸 감안해주기를. 거기선 스타일에 신경 좀 썼다 싶은 애들은 미술사학과에서 청강하러 온 학생들뿐이다.

게다가 외식할 형편은 안되지만 나름 잘 먹고 지낸다. 정확히는, 직접 만들어서 잘 먹는다. 한국에선 요리와 담쌓고 지냈는데 말이다. 내가 할 수 없는 음식은 친한 한국인 언니가 해내곤 했다. 오늘 메뉴는 마라탕이라는 연락에 숟가락만 들고 파리 서쪽으로 달려가는 유학 생활이 될 줄이야. 그도 그럴 것이, 여기서 요리는 생존이다. 한국처럼 삼각김밥이나 컵라면으로 끼니를 때울 수만 있었어도 시도하지 않았을 텐데. 프랑스의 길거리 음식이라곤 관광지의 크레페나 지하철 입구에서 파는 버터 바른 옥수수가 전부다. 식재료가 놀랍도록 싼 게 그나마 다행이다. 마트에서 파는 파스타 면과 양파, 버섯, 소고기, 토마토소스의 가격만 해도 한국과는 비교도 안 되게 저렴하다. 나는 경험 없는 연금술사처럼 일용할 양식을 제조하기 시작했다. 햄버거에서 양배추를 발라내고 먹었을 정도로 편식이 심했던 내가 아스파라거스를 버터에 볶아내고 있었다. 한국에 돌아갔을 때, 채소 반찬에 손을 대는 나를 보곤 부모님께서 유학 보낸 보람을 느끼셨을 정도다. 재료 다루는 법을 익히며 한식은 물론 양식, 때로는 중식으로까지 가능성을 넓혀가기 시작했다. 다양한 요리를 할 수 있게 된 것도 큰 발전이지만, 한 끼 식사를 책임질 수 있는 사람으로 자랐단 사실이 제일 기특했다. 한 몸 먹여 살리는 방법을 배우고 때로는 음식을 나눌 수 있는 사람이 되고서야 나 자신을 어른으로 여기게 됐다.

의식주의 문제에서 집은, 더군다나 외국인으로서의 보금자리는 가장 까다로운 문제다. 월세가 비싼 파리에서 프랑스인을 제치고 거주지를 마련하기란 불가능에 가깝기 때문에 시세보다 비싼 집이라도 감사해야할 판이다. 그러니 손을 벌릴 수밖에. 어디에? 프랑스 정부에. 파리 내 스튜디오에서 혼자 사는 나의 경우 매달 200유로의 주택보조금을 받는다. 월세의 3분의 1 이상을 지원받는 셈인데, 나 같은 외국인도 이런 복지를 누릴 수 있다는 게 놀랍다. 눈물로 얼룩졌던 유학생의 집 찾기 역사에서 눈물의 비율이 고난 반, 감동 반이었던 이유다. 한국에서는 마련할 수 없었던 보증금 때문에 같은 월세를 내도 더 한심한 공간에서 살았던 것 같은데. 반면에 프랑스는 집주인이 두 달 치 월세 이상을 보증금으로 요구하는 것은 범죄다. 그래서 목돈을 품어 온 유학이 아닌 나의 입장에서도 크게 부담이 되지 않았다. 게다가 생면부지의 땅에서 보증인을 구하지 못하더라도 솟아날 구멍은 있다. 국가에서 학생들에게 지원하는 보증 시스템을 누리면 되니까. 나머지는 운에 맡겨야 한다. 운이 나쁘면 어마어마한 월세에 어처구니없는 부동산 중개비를 내고도 문제 많은 집의 뒤치다꺼리를 하는 수가 있다. 반대로 다른 지원자가 있다는 이유로 나를 거절했던 집주인에게 더 저렴하고 나은 환경의 집을 제안받는 일도 생긴다. 나도 모르고 하늘도 모르는 운명의 장난을 프랑스어로 싸데뼁ça dépend이라고 한다. 케이스 바이 케이스라고나 할까? 돈이 많으면 좋은 집을 구할 확률이 높지만 정말 그 값을 할지는 아무도 모른다. 가난하다고 해서 길 밖에 나앉으리란 법도 없다. 자본의 논리야 어딜 가든 마찬가지지만, 나는 일부러 허술하게 만들었을지도 모를 프랑스의 빈틈에서 살아남았다.

이 글은 가난한 청춘의 미화된 유학 수기가 아니다. 흙수저의 영웅담이 목적이었다면 이 이야기는 언젠가 내가 부자가 되어야만 끝이 날 것이다. 하지만 돈 벌 생각이 있어서 프랑스까지 와 철학을 배우는 것 같진 않다. 그리고 '가난에서 벗어날 수 있다'라거나 '가난해도 괜찮다'라는 말도 않으련다. 나는 그저 돈이 무엇인지 알지 못했던 아이처럼 가난을 모를 뿐이다. 왜, 무지하면 부끄러운 줄도 모르듯이. 자본이 거느리는 세상의 졸개로 자란 나는 프랑스에서 돈의 가치를 되묻곤 했다. 있으면 편하겠지만 없다고 죽으라는 법은 없는 곳. 돈이 가끔 돈 같지도 않은 곳. 이미 아름답고 찬란한 것들이 많아 자본을 숭배할 시간이 없었다. 그래서 나의 가난은 수치를 모른다. 진짜 부끄러움이 누구의 몫인지는 생각해볼 문제다.

"사치luxe는 부의 결과이거나 부를 필요하게 만들어서, 부자와 빈자 동시에 타락시킨다. 전자는 소유로, 후자는 선망으로 그렇게 되는 것이다."

_ 장 자크 루소, 《사회계약론》

마초맨의 수난

나는 유투브 스타가 될 수도 있었다. 이삼 년만 늦게 태어났 더라면⋯. 뭐 별건 아니고. '마초맨 립싱크'라고 치면 나온다. 그새 보고들 왔는지? 그렇다면 당시 고1이었던 나를 변호할 필요가 있다. 그게 2012년도식 유머였다! 요즘에야 워낙 다 양한 컨텐츠가 쏟아져 나오니 새삼스럽지만. '나 때는 말이 야'로 말문을 터보자면, 고등학교 입학 직전에 찍었던 이 영 상 덕분에 나는 동네 유명인사로 거듭났다. 인기 커뮤니티를 휩쓸었던 영상이란 건 알고 있었다. 하지만 학교 밖에서도 '쟤 마초맨 아니야?'라는 외침을 듣자니 좀 쑥스러웠다. 그래 도 싫지는 않았다. 웃음이 흉년인 이들에게 즐거움을 줄 수 있다면 그걸로 족했다. 게다가 단순해 보여도 꾸준한 노력이 뒷받침된 영상이었다. 립싱크 시리즈를 만들며 여러 번의 시행착오 끝에 주목을 받았으니까. 그러니 다들 고전에 예우를 갖춰주길 바란다. 사실 여러분의 손에 들린 이 책이 탄생한 먼 까닭이기도 하다. 참 사람 일이란 알 수 없는 게, 이 영상은 프랑스로 철학을 공부하러 오게 된 하나의 계기이기도 했다. 마초맨과 프랑스 철학이라니. 몸뻬바지와 마카롱 정도의 상관관계이지 않을까. 그 정도로 접점이 없단 얘기다. 그렇지만 누구에게나 하나쯤 중요한 선택을 하게 된 민망한 계기가 있다. 흑역사라고 치부하기엔 그것을 빼놓고 설명할 수 없는 현재. 하긴, 거룩하고 고귀한 선택으로 이루어진 운명이었다면 그건 영웅의 서사시지 짠 내 나는 우리네 인생이 아닐 테다. 영상도 보여줬으니 이제 민망할 것도 없다. 겸사겸사 내 이야기도 들어주기를.

'시롱새'라는 닉네임으로 블로그를 시작했던 게 중학생 때였다. 누구도 관심 갖지 않는 중학생의 일상을 가장 유쾌하게 그려내는 것이 목적이었다. 학교에 들고 간 아빠의 디지털카메라로 일상 속 미묘하게 일상 같지 않은 순간을 담았다. 예를 들면 비둘기가 복도를 활보한다거나, 여간해서 눈 보기가 쉽지 않은 부산에서 눈으로 하얗게 뒤덮인 학교 정원을 만나는 것과 같은. 하지만 사람들의 관심을 끌기에 그런 사건만으로는 충분하지 않았다. 그래서 중학생의 입담을 덧붙였다. '오늘 학교에 비둘기가 들어왔습니다'가 아니라

'여러분 오늘 무슨 일이 일어났는지 아세요? 믿지 못하겠지만 바로…'라며 비둘기 사진을 보여주는 식이었다. 경악하는 표정의 이미지와 함께. 그런 후에는 무채색의 일상에 언제 쨍한 빛깔이 스며들지 몰라 촉각을 곤두세우곤 했다. 마치 사건이 터지기만을 기다리는 보도 기자처럼 말이다. 그러다 꾀를 좀 썼다. 새로운 사건을 마냥 기다리기만 할 것이 아니라 내가 만들면 어떨까? 자극적이고 유쾌한 컨텐츠를 만들어 여태 해왔던 것처럼 글로 잘 버무리면 될 일이었다. 나는 사진과 동영상으로 일상 속 비일상을 연출하기 시작했다. 지하철 문을 염력으로 여닫는 것처럼 찍는다거나 뛰어오르는 순간의 양반다리 자세를 포착해서 사진에 후광을 덧씌우기도 했다. 누구에게나 마찬가지일 일상에 과장을 좀 보태 즐겁게 연출하는 것. 사람들을 웃게 만들기 위해서 내 에너지를 쏟아내는 일이 좋았다. 그러다 탄생한 것이 마초맨 영상이다.

어떻게 하면 사람들이 웃는지는 알아도 그들이 왜 웃는지는 몰랐다. 어쩌면 간단하고 명백한 사실을 인정하고 싶지 않았던 건지도 모르겠다. 몸개그의 경우, 우리는 좀 모자라 보이는 대상을 보고 웃는다. 팔을 휘저으면서 넘어지는 장면이나 바보 분장을 한 개그맨을 보고 입꼬리가 올라가는 것처럼. 초기 무성영화만 봐도 과장된 몸짓에 어리숙한 행동으로 웃음을 유도한다. 게다가 다들 덩칫값을 못하고 굴욕을 맛보는 고양이 톰을 보며 영리한 제리처럼 통쾌함을 느꼈던 기억이 있지 않은가. 사람들이 내게 기대하는 리액션도 딱 그런 논리였다. 학교 안이든 밖이든, 사람들은 내게 마초맨의 몸짓을 요구했다. 마치 내가 그들에게 빚진 것이 있어서 웃음을 주는 행위로 갚아야 하는 듯이. 그저 컨텐츠로만 머물러야 했을 영상이 여고생의 존재 방식을 결정지은 셈이다. 나름 책임을 갖고 기대에 부응했던 것 같다. 그러면 나를 좋아해 주는 것 같아서. 그게 문제의 시작이었을까. 사람들이 좋아했던 '나'는 대체 누구였을까? 마초맨? 아니면 마초맨을 지운 나 자신? 애초에 '마초맨을 지운 나'가 존재하긴 했던가?

　　그러던 중에 방송 섭외 제의가 두 번 왔었다. 누구나 알 만한 지상파 방송과 케이블 채널의 오디션 프로그램이었다. 8시 뉴스 인터뷰에만 나와도 흥분하는 10대였으니 거절할 리 없었다. 연락이 빨랐던 두 번째 오디션 프로그램의 부산 지역 예선에 출연하기로 했다. 압도적으로 웅장한 촬영 장비에 당황했지만, 수월히 '마초맨'을 연기해냈다. 문제는 유명인인 3명의 심사위원 앞에서 치르는 본선이었다. 부모님이 외출한 틈을 타 집에서 혼자 재미로 찍은 영상의 촬영 장소가 200명이 들어찬 공연장으로 바뀌었다고 생각해 보라. 조명은 눈이 따갑도록 밝았으나 어두운 객석은 무거운 밤바다처럼 술렁였다. 거기서 부모님은 물론 외가 식구들과 같은 반 친구들까지 나를 지켜보고 있을 터였다. 게다가 심사위원의 얼굴은 중세 성화처럼 굳어 있었다. 무대에선 누구나 긴장하지만 웃음을 주기 위해 그 자리에 서는 건 다른 차원의 어려움이었다. 애초부터 소리와 몸짓이 한 덩어리로 박제된 영상을 실황 코미디로 재현하기란 불가능에 가까웠다. 실제 무대에서는 '보는 것'과 '듣는 것'의 간극이 컸기 때문이다. 그렇게 나는 완벽히 실패했다. 방송에선 통편집하면 될 일이지만, 사람 기억이란 그리 쉽게 지워지지 않는다.

내가 그리 웃긴 사람이 아니라는 사실이 규모가 좀 크게 까발려졌지만 괜찮았다. 하고 싶었던 것은 따로 있었으니까. 입시의 압박에 시달리는 고등학교에서 2년간 학생회장을 맡으며 유쾌한 학교를 만들기 위해 힘썼다. 학생회에서 결정된 안건들, 예를 들면 화장실을 깨끗이 쓰라는 명령을 유쾌하게 전달할 방법을 고민했다. 남녀공학인 점을 고려해 '조준하는 그대가 멋진 사람!'이라는 표어를 소변기 위에 붙이는 식으로. 급식 잔반 처리 비용으로 음식의 질을 높일 수 있다는 내용의 다큐멘터리를 만들기도 했다. 학생 조례나 학예회같이 사회자와 엔터테이너가 필요한 자리는 내 몫이었다. 모두 나를 여전히 마초맨으로 봤으니까. 그렇다면 '그냥 웃긴 애'가 아닌 웃음의 힘으로 견딜 만한 입시 환경을 만드는 사람이 되고 싶었다. 이러한 의도에서 비롯된 행동이 좋은 결과를 낳았다 하더라도 정작 나는 마초맨을 벗어나지 못했던 게 아닐까. 내가 만든 이미지에 반발하는 것처럼 자신을 만들어나갔으니.

　　그러다 3학년 때 청소년 리더 강연 제의를 받았다. 부산 시내 고등학교를 아우르는 모임에서 일했던 내게 듣고 싶은 얘기가 있었나 보다. 광주에서 이루어진 강연이었다. 안 좋은 기억이 남은 무대와 카메라가 문제였을까? 연단에서 말을 이어나가다 울먹거리기 시작했다. 나에 관해 얘기해야 하는데 내가 없었기 때문에. 사람들이 보는 웃긴 고등학생은 분명 거기 있었다. 그 이미지는 직접 만든 것이기도 했다. 하지만 더는 부응하며 살 수 없는데. 그렇다고 이미지를 지워내자니 내가 없었다. 그럼 나는 누구지? 전진도, 후퇴도 할 수 없이 발이 묶인 상태에서 터져 나온 건 울음이었다. 세상에 갓 태어난 아기처럼, 존재에 당황한 인간처럼. 광주까지 와놓고 앙앙 울어버린 탓에 강연은 중단되었다. 연단에서 내려와 눈물을 닦으니 뒤늦은 수치심이 치밀어 올랐다. 대학생이었을 카메라맨이 휴지를 들고 내게 다가왔다. 그 때 그 사람이 했던 한마디를 기억한다. '하이데거를 읽어보라'고. 《존재와 시간》을 쓴 독일 철학자 하이데거? 미쳤나…. 이제 와 철학과 학생이 된 입장에서 하는 얘기지만, 나조차도 고등학생에게 하이데거를 읽으라고 얘기하진 못할 것 같다. 정말 이상한 사람이었다. 하이데거 말고 그 대학생이.

어쩌다 보니 프랑스에서 철학 공부를 시작했다. 클래식한 커리큘럼을 자랑하는 소르본에서는 프랑스 현대 철학자를 학부 과정에서 배우지 않는다. 들뢰즈는 고사하고 사르트르마저 읽을 일이 드물다. 대신 많이 봐줘서 2학년 2학기 때 저명한 현상학 대가인 교수님께 하이데거의 《존재와 시간》 강의를 들었다. 고등학생 때 한국의 카메라맨이 조언했으나 읽을 수 없었던 독일 철학자의 책을 프랑스에서 펴든 셈이다. 그래서 이제는 알 것 같다. '나라는 사람은 누구인가'라는 질문 앞에서 서럽게 울었던 고등학생에게 이 책을 추천했던 이유를. 학부생의 얕은 지식으로 《존재와 시간》을 요약할 수는 없다. 그래도 기왕 얘기 꺼낸 김에 내게 유용했던 이유만 털어놓고 싶다.

사실 나라는 사람을 정의하자니 숨이 턱 막힌다. 쉽게 대답하는 방법도 물론 있다. (마초맨이었으나) 프랑스에서 철학 공부를 하는 한국인 전진이라고 얘기하면 될 일이다. 어느 학교 학생, 어느 회사 직원, 누구의 엄마 혹은 아빠 등 붙일 수 있는 수식어는 다양하다. 하지만 그렇게 정의한다면 손에 들린 책과 다를 게 뭘까. 책은 활자가 인쇄된 종이의 묶음으로서 읽히기 위한(혹은 그저 꽂아두기 위한) 목적을 띤 물건이다. 망치가 쇠로 된 재질의 머리와 손으로 잡는 자루로 나뉘며 못을 박거나 무언가를 깨기 위해 존재하는 것처럼. 이렇게 우리는 '존재'를 묻는데도 불구하고 수많은 '존재자'에 대해서만 얘기하고 있는 건 아닐까? 이것이 하이데거의 출발점이었다. 2,500년 전 플라톤 때부터 한 번도 존재 물음을 제대로 던져본 적이 없다는 사실. 존재를 물어서 존재자를 예로 들어 답할 게 아니라 나와 당신, 고양이까지 모든 존재자를 있게 만드는 것, 즉 존재에 관해 물어야 했다. 그렇다면 이 물음은 누구를 향해야 할까? 당신 곁의 핸드폰으로 검색해봐도 답을 얻진 못할 테다. 존재 물음을 던지는 건 핸드폰이 아닌 당신이니까. 그렇다면 이 물음을 감당할 수 있는 존재자는 어느 누구도 아닌 인간 자신이다. 책상, 펜과 같이 세상의 모든 존재자 중에서도 유일하게 존재 물음을 갖는 존재자. 그 가능성을 띤 인간을 하이데거는 '다자인Dasein'이라고 부른다. 한국어로 '현존재'라고 번역되는 'Dasein'은 '거기'라는 뜻과 '있음'이라는 동사가 결합된 독일어다. 탄생과 죽음이라는 시간적 제약을 받으면서도 존재 물음을 던지는 존재자, 이는 곧 나이며 당신이다. 그래서 진짜 존재 방식을 고민하기 시작했다. 마초맨, 철학과 학생처럼 주어진 수식어에서 벗어나 내게 주어진 존재라는 기회를 탁월하게 펼쳐보고 싶어서.

　존재 물음이 꾀하는 것은 존재의 의미를 밝히는 것이다. 그래서 인간 자신에게 물을 수밖에 없다. 존재가 무엇인지 모르기 때문에 묻지만, 궁금해한다는 사실만으로 존재에 대한 이해를 조금은 하고 있다는 뜻이니까. '인간은 생각하는 갈대'라고 얘기했던 파스칼이 생각나는 대목이다. 거대한 우주에 비하면 인간은 갈대처럼 연약하지만, 자신의 나약함과 비참함을 안다는 사실만으로 그는 우주보다 위대하다. 사유의 가능성이 곧 인간의 존엄성이라는 파스칼의 주장은 '존재를 모르기 때문에 물을 수 있는' 하이데거의 현존재와 닮은 것 같다. 단순해 보이지만 각자의 삶으로 끌고 오려면 어렵게 느껴질 테다. 우리는 자신의 '있음'이 성별, 직업 등으로 완성되어 있다고 믿기 때문이다. 오히려 그 '있음'을 문제 삼아 자기 자신의 가능성으로 펼쳐낼 때 본래적 존재 양식을 갖는 게 아닐까. 그래서 불안할 수밖에 없다. 게다가 수식어를 벗겨낸 내 존재를 똑똑히 바라보는 일은 꽤 고통스럽다. 하지만 매도 일찍 맞는 게 낫다고, 각자에게 주어진 존재의 미래를 준비할 필요가 있다. 하이데거가 《존재와 시간》이라는 제목에서 말하고 싶었던 바는 존재란 곧 시간이라는 얘기니까. 세계에 던져진 불안한 나, 시간에 얽매인 나. 미래의 존재 가능성은 자신의 인간적 조건을 마주할 때 도래한다.

내가 소개한 대목은 이 책의 초입부일 뿐이다. 나머지는 각자의 몫이니 이만 줄이련다. 왠지 눈물을 닦던 나에게 책을 추천했던 대학생 카메라맨이 된 듯한 기분. 그는 내가 조언을 잊지 않고 4년 후 하이데거를 읽을 줄은 몰랐을 것이다. 내게도 독자들이 정말 존재 물음을 던질지는 알 수 없는 노릇이다. 꼭 철학일 필요도 없고 각자 나름대로 가능성을 펼칠 일이다. 하지만 글을 마무리 짓는 이 순간 차오르는 잔잔한 기쁨은 어쩐 일일까. 카메라맨도 마찬가지였겠지. 혼자 걷는 게 아닐지도 모른다고. 자신에게 중요했던 가치를 나눌 때 찾아오는 희열일까. 고독할 수밖에 없는 과정이지만 언젠가 다가올 타인의 발소리를 기대하고 있다. 그런 길이라면, 역시 방송 무대와 연단에서 내려온 편이 마음에 든다.

"현존재가 비본디성 속에 빠져 들어 자기를 잃어버린다는 것은, '어떤 존재양식'을 무심히 내버려 뒀다는 뜻이다. 그러므로 자기 자신을 되찾으려면 지금까지 소홀히 했던 '그 존재 양식'이 꼭 필요하다. 즉, 세인으로부터 자신을 되찾는 일은 (…) 그동안 게을리 했던 선택들을 만회하는 형식으로 이루어져야 한다. 이처럼 선택을 만회한다는 것은, 이 선택을 스스로 택한다는 뜻이다."

_ 마르틴 하이데거, 《존재와 시간》

아쿠아리움에서의 심리 상담

모두가 날 좋아한다고 생각했냐구요? 꼭 그렇지만도 않았어요. 그래도 고등학교 3학년 때의 전교회장 선거 땐 나를 좋아하지 않는 학생도 한 표를 던져줄 거라 생각했어요. 지난 2년간 학생회장으로 정말 열심히 일했으니까요. 학생들을 위한 학교를 위해서. 일곱 표만 더 받았어도 이길 수 있었답니다. 사실 지금 와서 아쉬움은 없어요. 회장 선거 탈락이 나만 겪은 일도 아니고 말이죠. 당선자의 그늘엔 항상 1+n의 패배자가 있잖아요. 내 경험은 흔하디흔한 패배자의 기억이랍니다. 그래서 지고 난 다음 날을 사는 사람들을 존경했던 것 같아요. 실패의 낙인을 거부한 사람들. 아주 똑똑한 거죠. 저는 그렇게 못했거든요.

알루미늄 배트 쥐어봤나요? 공을 치면 아주 후련한 소

리가 나요. 깡! 하고. 그 배트로 얻어맞은 기분. 맞은 게 몸은 물론 마음도 아니었어요. 웃기게 들릴지 모르겠지만, 과거를 얻어맞았어요. 게다가 오지 않은 미래마저 두들겨 맞은 기분이었죠. 과거와 미래, 둘 사이에 걸쳤던 나는 더는 어쩔 바를 몰랐으니. 앗, 죄송해요. 저는 불친절하게 말하는 버릇이 있어요. 머릿속으로 수없이 되뇐 이야기를 들어주는 사람이 있을 줄은 상상도 못 했거든요. 상담 시간이 30분 남았죠? 최선을 다해볼게요. 이런 얘기까지 할 줄은 몰랐는데.

가난이 부추기는 교육에는 독기가 서려 있곤 해요. 부모님께선 내가 더 나은 삶을 빚어내기를 바라셨으니까요. 과외를 받아본 적은 한 번도 없어요. 하지만 좁은 집에 전집이 쌓여 있었죠. 어린이를 위한 백과사전, 세계문학, 한국문학, 과학 서적 등. TV는 바보상자라며 보지 못하게 하셨으니 책을 읽는 수밖에 없었어요. 딱히 부모님부터 책을 읽는 집안은 아니었지만. 대화가 부족한 집의 소음은 영어 카세트테이프가 대신했어요. 계속 듣다 보면 말하게 되리란 아빠의 기대였을까요. 근데 신기한 건요, 겪어보지 못한 교육을 강요한 부모님의 의도가 빛을 발했단 사실이에요. 한국의 초등학교엔 과학 영재 대회, 백일장, 구연동화 대회 등이 있거든요. 상은 주로 제 몫이었죠. 어른의 입장에서 높게 쳐주는 능력을 책으로 배웠으니까. 엄마는 아직도 내가 받은 상장을 개나리색 플라스틱 파일에 보관하고 계세요. 빳빳한 종이에 금박이 둘린 상장. 그 종잇조각으로 우리 가정은 충분히 행복했어요. 어찌 보면 부모님이 살아가는 이유 같다는 생각이 들 정도로. 그래서 노력했지요. 하지만 책을 통한 교육만으론 충분하지 않아요. 간절함이 있어야 해요. 내가 이상을 따면, 모피코트를 걸친 학부모들 사이에서 주눅 든 엄마를 떵떵거리게 만들 수 있다, 구청에서 높은 분들 비위 맞추기에 도가 튼 아빠의 소소한 자랑거리가 될 수 있다, 뭐 그런 거요. 일종의 사명감이었어요, 개천에서 날 용의 본새를 보이는 일은. 머지않아 이름난 아파트 단지의 사모님들께서 우리 엄마를 찾아오는 일이 잦아졌어요. 도대체 뭘 해줬냐. 과외 선생을 붙여줘도 내 새끼는 안되던데 민지에겐 뭘 해준 거냐. 엄마의 미소지은 침묵은 비밀을 지키려는 인색한 태도가 아니었어요. 그녀도 이유를 몰랐으니까. 자라며 습득하게 되는 인정 욕구는 오히려 타고나는 것에 가까울지도 몰라요. 그걸 어떻게 50평대 집 애들한테 가르쳐요. 그래서 엄마는 대신 전집 장사를 시작했어요. 가난은 살 수 없어도 내가 읽은 책이라면 살 준비가 된 학부모들이 줄을 섰으니까요. 민지의 상장을 모은 노란 파일을 끼고 다니며 실적을 올렸던 엄마. 그런대로 잘 됐던 장사였겠죠.

　나는 의기양양했어요. 창의성이라는 재산으로 뭐든 해낼 수 있을 것 같았죠. 내 능력은 돈으로 환산할 수 없다! 뭐 그런 신념이 어린 나이에 생겼던 것 같아요. 하지만 중학교, 고등학교에 접어들면서 상황이 달라졌어요. 돈으로 시킬 수 있는 공부가 따로 있더군요. 오지선다형 시험을 위한 공부 말이에요. 학원이든 과외든. 내가 역사 책을 읽고 또 읽어도 같은 내용을 예상 문제로 접해본 친구가 유리했어요. 그 친구는 책을 읽는 데 들이는 시간을 번 셈이잖아요. 벌어지는 격차를 목격한 부모님께서도 다른 방도가 없었어요. 사교육 없이 영재를 기를 수 있다고 생각하셨지만 이미 판이 다른 걸 어떡해요. 용이 나는 곳은 더는 개천이 아니라 콘크리트로 물길을 만든 하구였답니다. 당황한 건 나도 마찬가지였어요. 내 신념은 어떻게 되는 거지요? 하지만 내 능력의 문제가 아닌 환경의 문제라면요? 예선조차 끼워주지 않는 싸움판에서 어떻게 메달을 따나요? 1등을 할 수 없는 이유가 순전히 내 탓은 아니라는 걸 알았어요. 그렇다고 내 교육에 모든 걸 바친 부모님을 원망할 순 없잖아요. 대신 다른 목적을 추구했답니다. 내 능력에 기반한 활동 말이에요. 그게 바로 학생회였어요. 예를 들면, 남녀공학 고등학교에서 축구하는 남학생만 쓰는 중앙운동장이 억울했어요. 여학생들도 뽈 찰 줄 아는데. 운동장 구석에서 작은 공간을 쓰는 친구들에게 미안하더라구요. 그래서 여학생도 축구할 권리를 달라, 그런 문제를 건의하곤 했답니다. 유행하는 가요나 모두가 알 만한 만화영화 주제가를 CD로 구워 급식실에서 틀기도 했어요. 야자 하기 전 식사 시간 만큼은 즐거울 권리가 있는 거잖아요? 선배들에겐 수능 응원 영상을 헌정했고, 후배들에겐 군기 없는 학교를 물려주려 했어요.

다 얘기하려면 입 아파요. 나름 회장 자격을 갖췄던 것 같은데. 10대의 마지막을 장식할 전교회장 자리는 내 인생의 목표였어요. 비록 돈칠을 할 여력은 없었으나 노력만으로 그 자리까지 도달했다는 인간신화! 나는 자신 있었답니다. 그래서 당연히 당선될 거라 생각했어요. 지금껏 해온 일만으로도 떳떳했으니까요. 책걸상을 바꿔주진 못해도 즐거운 학교를 만들 아이디어가 머리에 가득했죠. 상대 후보는 나무랄 데 없는 성격의 덩치 좋은 남학생이었어요. 그 친구를 P라고 부를게요. 회장 선거 전부터 여학생 대표를 맡았던 나는 남학생 대표인 P와 함께 일하곤 했어요. 내가 못마땅했던 건 그 친구가 아니라 전교 조례 때면 남학생을 내세우던 관습이었답니다. 여학생 대표는 연단에 선 그의 발치에서 목이 젖혀지게끔 우러러봐야 했죠. 엄청나게 분했어요. 하지만 괜찮았어요. 회장은 내가 되고야 말 테니. 선거 때 P가 내세운 공약은 책걸상을 바꿔준다, 풍성한 급식 메뉴를 추진하겠다, 컴컴한 하굣길에 가로등을 설치하겠다 뭐 그런 거더라구요. 사실 집안의 재력으로부터 비롯된 차이는 예상했어요. 한번은 교내 과학 사진 대회가 있었답니다. P는 달의 위상 변화를 관찰한 사진으로 대상을 탔어요. 그런 건 장

비빨이 있어야 할 것 같은데. 나도 참가했냐구요? 당연하죠. 나는 자석과 빨간 철가루를 샀어요. N극과 S극을 양옆에 배치하고 철가루가 절묘하게 흩어지는 모습을 포착해서 제출했어요. '붉은 아우성'이라는 제목으로. 남북 분단의 슬픔을 표현했다며 입을 털었죠. 천 원짜리 예산 치곤 잘 나온 사진이었어요. 그렇게 동상을 받았어요. 나도 괜찮은 장비만 갖췄더라면 대상을 받을 수 있었을까요? 내가 경험한 건 단순한 물질적 결핍이 아니었어요. '달을 찍을 수 있겠다'와 '철가루로 꼼지락 대보자' 사이에는 상상력의 한계가 있었죠. 그래서 꿈의 규모를 결정할 자본의 허락이 필요해요.

본격적인 선거운동에 들어서자 P는 지지자들과 같은 색 목도리를 맞춰 걸고 부지런히 움직이더군요. 기호 1번 피켓을 들고 소리치는 힘은 역시 뷔페 밥의 힘인가? 밥을 사줄 경제적 여건이 되지 않았던 내겐 다 괘씸해 보이더라구요. 그래서 선거운동을 전혀 하지 않았어요. 포스터도, 지지자를 동반한 유세도 없는 기호 2번이 되기로 했어요. 그게 내 방식대로 먹이는 엿이었어요. 다들 내게 묻더군요. 회장 선거 나간 게 맞냐고. 대꾸 없는 조용한 미소로 두 가지 색의 작은 종이를 학생들에게 나눠줬어요. '네가 원하는 학교를 적어달라'는 말과 함께. 선거를 앞두고 수거한 종잇조각으로 큰 판때기에 모자이크를 하기 시작했어요. 학생들의 바람이 적힌 종이를 고스란히 붙여 '2014'라는 숫자가 드러나도

록 만들었죠. 내가 회장이 된다면, 그 해는 2014년일 테니까요. 선거운동 없이 투표 직전의 마지막 연설만 준비했던 나는 그 커다란 모자이크 판때기를 짊어지고 연단에 섰어요. 지금까지 해왔던 것처럼, 여러분이 바라는 학교, 즐거운 학교생활을 함께 고민하고 만들겠노라고.

　정말 회장에 당선되었더라면 영화나 다름없었겠죠. 일곱 표만, 일곱 명의 학생만 더 나를 지지했더라면 이길 수 있었을 텐데. 그날의 패배자는 후보 2번이 아니라 감히 자본을 비웃었던 어린 학생의 신념이었어요. 내가 받은 충격이 부모님의 것만 할까요. 경제적인 지원을 해줄 여력은 못됐지만, 그분들도 딸이 쓸 신화를 기대하셨거든요. 하지만 이미 더 잘 알고 계셨겠죠. 내가 겪은 패배는 고등학교라는 작은 아쿠아리움 속 드라마라는 사실. 앞으로 살아갈 사회가 더 크면 컸지 수족관이라는 공간은 변하지 않잖아요. 돈이 있어야 살아남는 아쿠아리움.

　나는 3학년을 시작하기 전에 자퇴서를 냈어요. 학교에 갈 수가 없더라고요. 배신당한 신념은 몸에 문제를 일으켰거든요. 호흡이 힘들고 경련이 찾아올 기미가 보이면 화장실로 달려갔어요. 변기 옆에 웅크려 앉아 파르르 떠는 몸이 멎기만을 기다렸죠. 차가운 화장실 타일 위에 누울 때면 외삼촌이 했던 말을 떠올렸어요. 우여곡절 끝에 회사를 세운 외삼촌은 자수성가의 롤모델이나 다름없는 분이셨죠. 회장 선거 얘기를 엄마를 통해서 들으셨나 봐요. '민지야, 복수해라!'고 하시더군요. 그 복수란 P보다 더 좋은 대학에 가서 성공적인 삶을 사는 것이었답니다. 복수라… 하려면 하겠어요. 이미 죽겠는데 죽을 각오로 하면 뭔들 못해요? 하지만 외삼촌, 걔 보다 좋은 대학에 가는 게 복수가 될 수 있을까요? 아니, 제 게 정말 복수가 필요할까요? 제게 남겨진 선택지는 두 가지 였죠. 복수하느냐 마느냐. 정확히는 성공하느냐 실패하느냐. 왜 꼭 둘 중 하나여야만 해요? 그게 과연 내게 남겨진 일말 의 자유일까요? 이것도, 저것도 싫어요. 마치 키르케고르의 책 《이것이냐, 저것이냐》처럼. 주어진 선택을 넘어 나 자 신을 실현하고 싶었어요. 그게 진짜 자유 아닌가요?

　나는 P에게 복수할 이유가 없었어요. 걔는 애석하게도 가난을 돈으로 살 수 없는 환경에서 자랐을 뿐이잖아요. 아 쿠아리움 속이라도 가능성이 있다면, 이것도 저것도 아닌 것을 선택하는 자유를 누리겠어요. 유리막을 벗어날래요. 수족관을 벗어나서 숨을 쉴 수 있을지조차 알 수 없지만. 왜, 허파 호흡을 배울지도 모르는 일이잖아요? 그게 내가 내 린 결정이었답니다. 내가 정말 하고 싶었던 것, 그러나 허락 받은 적 없는 목표. 프랑스에서 철학을 공부하는 일 말이에 요. 그래서 나는 자퇴 신청을 취소해야 했어요. 한국의 대입 경쟁에 뛰어들 생각은 없지만, 프랑스 대학에 지원하기 위해서는 고등학교 졸업장이 필요했으니까요. 그래서 그때부턴 책상에 붙어 교재와 읽고 싶은 책을 양껏 쌓아두고 읽었답니다. 그리고 마침내 프랑스에 와서 원하던 공부를 시작할 수 있었죠. 내 선택은 분명 가치 있었어요. 물론 제정신으로 버티긴 힘들었지만. 자유의 대가를 치러야죠. 그 값은 애초에 돈으로 낼 수 없고요. 저야 워낙 에너지가 많은 사람이라 이 정도 힘듦은 얼마든지 감수할 수 있어요.

긴 얘기 들어주셔서 감사해요. 좀 낫네요. 요즘은 내가 한국이라는 수족관을 뛰어넘어 온 곳이 수질만 다를 뿐 또 다른 수족관이 아닐까 생각하거든요. 잘 아시겠지만, 프랑스라고 낙원은 아니잖아요? 하지만 여기서도 '이것도 저것도' 아닌 선택을 꾀하면 되겠죠. 발 디딘 땅이 달라졌지 자유를 찾는 제 본성이 바뀐 건 아니니까요. 그래도 한 가지는 확실한 것 같아요. 처음에 내 과거가 알루미늄 배트로 맞은 것 같다고 그랬죠? 소리는 요란했지만 빗맞았는지도 몰라요. 아예 점수를 매길 수 없는 곳으로 날아가 버렸을지도요.

"여러분, 이 문제는 어떤 젊은이한테도 어려운 것입니다. (…) 그건 자신의 적성을 고려하지 않고 아무런 비판 없이 자신이 처한 길을 따라갈 것인지, 아니면 자신의 적성과 재능을 생각해서 자신의 진로를 그에 따라 다시 바꿀 건가 하는 문제입니다. 전 후자의 길을 택했었고 실패했습니다. 그렇지만 실패했다고 해서 제 생각이 틀렸다는 게 입증되었다고 생각하지는 않습니다."

_토머스 하디,《무명의 주드》

사람다운 게 뭐라고

부산 연산역 2번 출구로 나설 두 가지 이유가 있었다. 빨간 붕어빵 천막이 보이면 만남을 준비해야지. 철그렁 소리를 내며 틀에서 건져 올리는 막 구운 붕어빵, 그리고 몇 걸음 떨어진 좌판에서 만나는 제철 과일. 사실 붕어빵과 과일보다 더 기대하는 만남은 따로 있었다. 빨간 천막 뒤의 외할머니와 늘어놓은 과일을 지키던 외할아버지. 세상에서 제일 가는 붕어빵 할머니와 청과상 할아버지였다. 그래서 초등학생 땐 두 계단을 한걸음에 내달리며 출구를 빠져나오곤 했다.

　길 가던 행인은 그들의 미소를 모른다. 그러나 내게는 원 없이 집어먹던 붕어빵과 과일보다 더 좋았던 미소, 손주를 반기는 얼굴. 으레 그렇듯 조르지도 않았는데 두분은 나를 볼 때마다 꼬깃꼬깃한 천 원짜리 몇 장을 허리춤에서 꺼내시곤 했다. 우리 강아지 용돈 줘야지. '추운 날에 이 돈을 얼마나 힘들게 버셨을까'라는 괜한 감상에 빠져선 안 된다. 사람마다 가정 환경은 달라도 누구나 알 만한 애정이다. 뭐든 주고 싶은 마음. 그거면 됐다. 주머니에 기어코 넣어주신 천 원을 쥐고 약국에 달려간다. 피로회복제를 사서 할아버지와 할머니 손에 한 병씩 안겨드리자. 그러면 기특한 손주를 손님들에게 자랑하시겠지. 드물게 벗는 목장갑 같은 웃음. '불란서'에 간 손주는 원할 때면 얼마든지 그 얼굴을 그려냈다.

　붕어빵 굽는 걸 구경하다 보면 머지않아 기다리던 사람이 온다. 엄마의 늦둥이 동생이었던 작은외삼촌이다. 그는 나랑 제일 잘 놀아주는 어른이었다. 원하는 건 뭐든 다 들어줬던 작은삼촌. 함께 문방구와 놀이터를 전전하며 하루를 보내도 지루하지 않았다. 어린 조카를 돌보던 그도 마찬가지였을 테다. 작은삼촌의 머리는 열두 살에 멈췄으니까. 그러나 가족 중 가장 키가 크고 덩치도 컸던 삼촌. 그와 다니며 나는 의기양양했다. 함께 놀이터에 가면 누구도 나를 괴롭히지 않았다. 또래보다 그네를 세게 밀 수 있었던 작은삼촌은 나의 자랑거리였다. 보고 싶은 만화영화가 달라도 괜찮았다. 삼촌은 어른스러워서 내게 리모컨을 양보했으니까. 그리고 모란이 그려진 억센 털 담요 위에서 하던 게임들. 우리 사이에 열두 살을 넘어서도 나이를 먹는 건 반칙이었다. 그래서 열세 살이 된 것은 순전히 내 잘못이었다. 제대로 사과도 못한 채 삼촌을 두고 혼자 나이를 먹어버렸다.

　비극이 잦은 집안이었다. 그들은 내게만 가족이니까. 내가 떠난 자리엔 붕어빵 할머니, 과일 할아버지, 동네 바보가 남았다. 그러니 일상이 고달플 수밖에. 장애가 없는데도 머리 대신 몸만 커버린 놈들이 동네에 많았던 탓이다. 작은삼촌이 성폭행을 당했단다. 동네 양아치들에게. 온 가족이 모였을 때 입을 뗀 건 할머니였다. 할아버지는 등을 돌려 앉았다. 큰외삼촌 식구와 부모님은 분노를 드러냈다. 강간범에 대한 증오인지 시궁창 같은 삶에 바치는 통곡인지 알 수 없는 노릇이었다. 급기야는 서로 누구의 것도 아닌 책임을 물으며 소리를 질렀다. 말이 없는 작은삼촌을 대신해 쏟아내듯이. 나는 문 없는 방에서 그와 함께 만화영화를 보다가 리모컨을 집어 소리를 키웠다. 삼촌은 항상 그랬듯 반쯤 감긴 눈을 하고 있었다.

　부지런히 나이를 먹는 것도 저주일까? 나는 작은삼촌이 당한 일의 의미를 천천히 알게 됐다. 소외된 자들의 비극에는 대단원이 없다. 갈등의 시작과 해소를 관통하는 전개는 문학 작품에서나 찾아야 한다. 오늘보다 끔찍할지도 모를 내일을 사는 일. 지적장애를 가진 삼촌에겐 그저 일상적인 불행의 농도였다. 이는 마를 새가 없이 젖어 들어서 고약한 냄새가 났다. 가족의 불행에 눈물은 나오지 않았다. 그저 냅다 소리를 지르고 싶었다. 세상이 왜 이러냐고. 이렇게 살아야만 하냐고. 억울하지도 않냐고.

우리는 종종 사람이 저질렀다고 인정하고 싶지 않은 범죄를 목격한다. 그럴 때면 '저것도 인간이라 부를 수 있을까'라고 이를 갈며 묻는다. 나이를 먹지 않는 삼촌, 그를 괴롭히는 양아치 그리고 나. 이 모두를 인간이라 부르는 기준이 분명 있을 테다. 물론 정도의 차이야 있겠지만 호모 사피엔스라고 부르는 걸 보니 동물 중에서도 이성을 지닌다는 말인데. 하지만 사유하는 능력만으로는 충분하지 않다. 사람이 사람다워야 한다고 말할 땐 이성보다 감성에 호소하는 측면이 두드러지니까. 우리 안의 도덕성 말이다. 인간은 사회를 이루고 사는 동물이기 때문에. 옳고 그름을 판단하는 것이 이성의 능력이라면 타인과의 관계에서 선과 악을 구분하는 감성 또한 필요하다. 어렵게 생각할 것도 없다. 위험에 처한 아이를 구하기 위해 달려가는 순간, 우리는 옳고 그름을 따지지 않는다. '그래야만 하니까'라는 이유면 충분하다. 내가 당하기 싫은 일을 타인에게 행하지 않는 것도 같은 맥락이 아닐까. 타인의 고통을 상상으로 느끼는 태도인 거다. 좁게는 가족, 넓게는 사회 구성원의 쾌락과 고통에 공감할 수 있는 감수성. 도덕의 기반이 그런 감수성이라면, 인간은 단순히 혼자서만 이성적인 동물이 아니다. 옳고 그름을 머리로 판단할 뿐만 아니라 가슴으로 느껴야 사람이다. 그런 능력을 인간성이라고 부르는 게 아닐까. 그래서 나는 인간성을 믿지 않았다. 희망을 버리라고 일찍이 부추겨 준 덕분이다. 장애를 가진 무력한 작은삼촌을 구타하거나 자릿세를 내라며 할머니의 붕어빵 천막을 부쉈던 인간들. 그런 놈들이 버젓이 우리 주변에서 살아간다. 그렇다면 인간성이 대체 무슨 의미가 있단 말인가. 인류애고 뭐고 다 헛소리다. 정의조차 할 수 없는 인간을 무슨 근거로 뭉뚱그려 사랑한단 건지.

이렇게 인류에 회의적인 내가 프랑스에 오다니 참 별일이다. 대혁명과 더불어 인권선언을 써 붙였던 나라니까. 아니, 어쩌면 당연한 선택인지도. 잃어버린 인류애를 회복하려는 나의 마지막 발악이었다. 그래서 자유, 평등, 박애의 나라에 왔다. 하지만 나는 또 한 번 추상적 가치에서 출발한 오류를 저지르고 말았다. 프랑스에서 말하는 인간이란 좀 다른 줄 알았다. 물론 구 왕정체제를 불사르고 '인간은 자유롭고 평등한 권리를 가지고 태어났다'고 못 박는 1789년의 인권 선언이 감동적이긴 하다. 그러나 냉정하게 짚고 넘어가야 한다. 여기서 말하는 인간은 누구까지를 포함하는 단어일까? 사람이라는 뜻의 불어 'l'homme'은 우선 남성을 일컫는 단어다. 이 호칭은 그중에서도 재산권을 가진 유산 계급의 몫이었다. 노예는 당연히 포함될 리 없었다. 투표권이 없었던 여성 또한 인권선언이 말하는 인간이 아니었다. 그러니까

여자, 노예, 장애인, 빈곤층을 제외한 인간만 자유롭고 평등했다는 말이다. 여성인 나와 장애인인 작은삼촌이 혁명 전후 프랑스에서 태어났다면 아주 인간 취급도 못 받을 뻔했다. 이렇듯 역사 속에서도 인간은 정의하기 나름이었다. 심지어는 인권의 나라 프랑스에서도 특정 계층의 이익을 위해 남용되던 단어였다. 이러니 더 혼란스럽다. 없던 인류애를 빚어내기는커녕 인간에 대한 정의조차 찾기 실패한 셈이 아닌가. 시대와 국가마다 가리키는 것이 달랐던 임의적인 말 '인간'. 마치 강대국 입맛대로 죽죽 그어버린 아프리카의 국경선 같다. 그렇다면 인간다운 것을 찾으려던 나의 여정은 말짱 헛것이 되는 걸까?

이는 프랑스에서 철학 공부를 시작한 후에도 계속 쥐고 있었던 질문이다. 답을 가지고 가야 나의 곪아버린 경험을 똑바로 노려볼 수 있을 것 같아서. 내 생에서 만난 파렴치한 것들에게 선고를 내리고 싶었다. '사람답지 못했단 죄로 피고를 엄벌에 처한다'고. 나는 결정적 증거를 찾는 검사가 된 기분이었다. 하지만 수많은 철학자가 제시하는 인간에 대한 정의는 영 시원찮았다. 누구는 연장과 사유 사이의 존재라고, 누구는 짐승과 초인을 이어주는 밧줄이라고, 누구는 현존재라고도 한다. 그중 누구도 내가 인류애를 가져야 할 설득력 있는 이유를 제시해주진 못했다. 지독한 염세주의자가 되려던 찰나, 루소를 만났다. 교수님 A의 수업이었다.

계몽주의 시대의 프랑스 사상가이자 《사회계약론》으로 익숙한 루소는 인간에 대한 정의를 내려준 철학자가 아니었다. 오히려 픽션을 통해 인간 본성을 탐구한 소설적 상상력의 사상가였다. 마침 내게 중요했던 것은 입맛에 맞는 인간에 대한 정의가 아닌 정당한 추론 방식이었다. 루소는 《인간 불평등 기원론》에서 역사 이전, 동물에 가까운 인간의 모습을 묘사하기 시작한다. 우리 눈앞의 불평등과 악덕을 전제로 하는 것은 오히려 잘못된 출발점이라는 지적과 함께. 인간은 태초부터 불평등하고 악했으니 지금도 그렇다는 논리를 낳게 될 테니까. 루소에 따르면 인간이 두 발로 걷기 시작할 즈음엔 자기애l'amour de soi와 동정심la pitié이라는 원초적 정념밖에 없었다고 한다. 사실 자기애는 이기심과 다르다. 늑대가 배가 고플 땐 사냥을 해서 생존을 꾀하듯 자기 보존을 위한 욕구는 곧 선한 것이다. 그러다 다른 인간과 함께 무리 지어 살게 되면서 상황이 달라진다. 타인의 존재를 통해 비교를 시작하기 때문이다. 비교란 곧 판단 능력을 갖추었다는 증거이며 판단을 비교하는 행위는 논증이 된다. 이렇게 타인으로 말미암아 야생 상태의 인간은 이성을 사용하기 시작한다. 하지만 인간이 비교를 통해 이성을 사용한다는 게 무슨 뜻일까? 전쟁을 해서라도 이웃의 재산을 빼앗겠단 욕심이 생기는 게 아닐까? 자연 상태의 인간은 평등했으나 다른 공동체의 남과 자신을 구분 짓기 시작한다. 이렇게 루소는 인간이 이성의 증거인 자기편애 l'amour propre로 인해 불평등 상태로 이행했다고 밝힌다. 하지만 루소의 설명대로라면 못될수록 이성이 발달했다는 얘기가 되어버린다. 아주 똑똑했던 사람들, 예를 들어 모 프랑스 전 대통령은 아프리카 구식민지 독재자들에게 뇌물을 받고 권력을 지켜줬다. 가난한 나라에서 일어나는 전쟁은 강대국의 엘리트들이 무기를 팔아준 탓이다. 도덕성이라곤 눈곱만큼도 없는 그들이 과연 정말 똑똑한 사람들일까?

《인간 불평등 기원론》에서 인간 본성으로 자기애와 동정심을 들었던 루소는 교육론 《에밀》의 4권에서 이론을 수정한다. 원초적 인간에게 동정심은 없고 생명 유지를 위한 자기애만 있다고. 대신 자기편애를 낳는 이성이 동정심으로도 발전할 수 있다고 말한다. 그래서 인간의 이기심과 불평등은 물론 동정심까지 이성의 책임인 셈이다. 원초적 정념이었던 자기애를 어디까지 펼쳐내느냐의 문제이기 때문에. 그래서 동정심은 이기심보다 발달된 인간다움이 아닐까? 이웃의 재산을 탐내는 것이 단순한 물질적 비교라면, 이웃이 느끼는 고통을 상상하는 동정심은 훨씬 발전된 비교 능력이다. 그건 상상력의 범위이기 때문이다. 괴로웠던 나의 기억을 통해 상대방의 고통을 짐작하는 능력이랄까. 그래서 이성의 능력은 감성, 즉 느끼는 것에 가닿는다. 타인이 겪는 괴

로움을 느끼지 못한다면 똑똑하지 못한 탓이다. 결국 루소
가 이론을 수정하면서까지 주장했던 것은 '감성'이 발달된
인간 이성의 증거라는 얘기일지도. 우리에겐 퍽 어색한 얘기
다. 똑똑함이란 시험에서 좋은 점수를 받는 일이 아니던가?
우리 사회는 경쟁자를 누르고 맨 윗자리를 차지하는 사람을
똑똑하다고 인정해왔다. 하지만 그건 이성의 단순한 작용일
뿐이다. 자기편애의 원천인 이성을 발달시켜 타인을 자신처
럼 여기는 일. 가깝게는 이웃에게, 멀게는 모든 이를 끌어안
는 인류애가 된다.

　나는 어쩌면 프랑스 사람들보다 더 루소주의자인지도
모른다. 이웃을 괴롭히고 자기 이익만을 챙기는 사람을 더
는 똑똑하다고 믿지 않기 때문이다. 아무리 좋은 학교를 나
오고 총명하다 하더라도. 사실 상대방을 깔아뭉개야 더 높
이 올라설 수 있는 경쟁 사회에선 가당찮은 소리다. 우리는
똑똑한 사람이 꼭 도덕적일 필요도 없고, 그럴 거라 믿지도
않으니까. 그렇지만 앞서 얘기했듯이 인간의 정의조차도 시
대와 장소에 따라 달라지곤 했다. 그렇다면 똑똑함의 정의
도 바뀔 수 있지 않을까? 자신을 넘어 주변 사람들을 굽어
살피는 사람이 정말 똑똑한 사람이라고. 나는 그렇게 믿고
싶다. 도덕성이 부족하다는 비난은 흘려듣되 멍청하다는 말
엔 얼굴을 붉히는 게 오늘날의 모습이므로. 당신도 똑똑한
사람이 꼭 착할 필요는 없다고 생각한다면, 새롭게 정의해

보자. 이성을 지닌 동물이 인간이고, 이성의 가장 고결한 능력이 인류애라고. 똑똑해지기가 어렵듯이 모든 사람을 사랑하기도 쉽지 않다. 지구 반대편에서 기척 없이 죽어가는 난민이 멀게만 느껴지듯이. 하지만 새로운 정의를 수용한다면 적어도 우리네 이웃은 굽어살필 수 있지 않을까. 당신 옆의 경쟁자, 길거리의 붕어빵 할머니와 청과상 할아버지, 그리고 영원히 열두 살인 누군가의 삼촌까지도.

"햄릿을 읽고 모차르트의 음악을 들으면서 눈물
을 흘리는 (교육받은)사람들이 이웃집에서 받고
있는 인간적 절망에 대해 눈물짓는 능력은 마비
당하고, 또 상실당한 것은 아닐까?"

— 조세희, 《난장이가 쏘아올린 작은 공》

인기 없는 여자의 고백

사랑을 울부짖는 한국 가요가 줄곧 미심쩍었다. 만남의 설렘, 관계의 시작, 나는 섹시해, 너는 섹시해, 비난을 뒤집어쓴 질투 그리고 급기야는 '너 없이는 못 살겠어!' 등. 연애 감정을 알기 전에는 별걸 가지고 호들갑이라고 생각했다. 막상 연애할 때는 내 얘기가 공감하기 쉬운 보편적 이야기 같아 열이 받았다. 평정의 시간에도 거슬리기는 마찬가지다. 새로운 만남을 바라지도, 떠나보낸 이를 좇는 후회도 없을 때. 아니, 울고 불게 사랑밖에 없나? 그렇다면 좀 딱한 일이다. 개인의 삶에서 가장 짜릿하고 특별한 사건이 연애라는 말 아닌가. 일상에 선물처럼 찾아온 누군가로 인해 감정의 고삐를 놓쳐버리는 일. 지루한 삶의 복병이랄까. 일어날 법하지 않은 열정이 대중문화의 주된 코드라는 게 신기할 따름이다.

로맨스는 현대인에게 드물게 허락된 일탈이 되었다.

사람이 뭐 이렇게 배배 꼬였냐고? 그래, 나 인기 없었다. 인기만 없었던 게 아니라 내 짝사랑은 유구한 실패의 역사를 자랑한다. 그렇다고 애먼 사랑 노래에 발끈할 필요는 없을 텐데. 왜, 모태 솔로도 발라드 한 곡 정도는 절절하게 뽑으니까. 누가 보면 연애가 신 포도라고 비아냥대는 여우인 줄 알겠다. 하지만 안타까움은 거둬주기를. 정말 딱한 일이었다면 이 자리를 빌려 고백하지도 않았다. 실패로 돌아간 사랑 고백을 뭉쳐 써낸 인기 없는 여자의 고발. 나의 피고인은 보편적 연애라는 환상이다.

누구는 달다고, 누구는 시다고도 하는 그 포도를 먹어보고 싶었다. 얼마나 찬란하기에 다들 포도 얘기를 멈추지 않는 걸까? 가요, 드라마, 영화 등 대중문화를 아우르는 코드, 연애 말이다. 으레 그렇듯 남녀의 절절한 이야기를 다룬다. 연애 감정을 모르는 어린이도 쉽게 설렘을 배운다. 이성의 접근과 동시에 붉어지는 뺨과 허둥대는 태도는 TV에서 흔히 봤으니까. 이제 실전의 만남을 기다릴 차례. 익히 듣고 봤던 것처럼 몸에는 찌르르 긴장이 돌고 가슴엔 뜨겁고 말랑말랑한 것이 들어차겠지. 로맨스를 떠들던 대중문화의 예언은 적중했다. 만남과 열정, 슬픔과 이별 등 각자의 경험을 통해 그 예언에 감탄할 수밖에. 어떤 영화 속 감정에 공감하거나 특정 노래가 내 이야기 같다고 느낄 때, 개인의 서글픈 연애도 위로받는다. 그래서 오늘날 사랑에 빠지는 일은 두 배로 짜릿하다. 연인을 바라보는 순간이 소중한 만큼 사랑 노래도 더 감미롭게 들리니까. 이렇게 연애가 남겨주는 것들을 대중문화는 이미 알고 있다. 하지만 연애가 원래 그렇게 보편적이었나? 반대로 대중문화가 현대인의 연애를 만든 것은 아닐까?

고백하는 남주인공 앞의 여주인공은 어떤 상황에서도 아름다웠다. 무대에 선 아이돌은 투명 밴드가 고정된 구두를 신을지언정 완벽한 몸을 과시할 줄 알았다. 그러니까 나도 남자친구를 사귀기 위해서는 예쁘고 말라야 할 터였다. 못생기고 기 센 여자가 사랑에 성공하는 경우는 보기 힘들었다. 게다가 미디어에서는 남성과 여성 간의 애정만 비춰지곤 했다. 청소년기에 접어들던 나는 남들처럼 남자친구의 사랑을 받고 싶었다. 그게 연애라고 생각했다. 상대는 남성이고 나는 사랑받아야 한다는 것. 이미 전제부터 제한적이었다. 이성간의 사랑만 연애일 리 없지 않나. 게다가 사랑은 받기만 하는 수동적인 일이 아닌데. 하지만 이런 의문을 품을 새가 없었다. '남자에게 사랑받을 만한 여자'로 자신을 가꾸려면 부단한 노력이 필요하기 때문이다. 그래서 대중 매체에서 보여주는 미의 기준을 참고하곤 했다. 그 기준대로라면 나는 영락없는 불량품이었다. 예쁘지 않은 몸과 얼굴은 아직 덜 자랐으니 희망을 품을 수 있다 치자. 하지만 꾸미는 법을 모르는 건 괘씸한 일이었기에 쌍꺼풀이 없으면 풀을 붙여서라도 만들어야 했다. 비록 눈이 감기지 않아 흰자위를 내놓고 다녔지만. 어른의 패션을 꿈꾸며 아동복을 벗어났더니 이게 웬걸, 아동복 사이즈를 다시 입어야 섹시할 수 있단다. 하긴, 뭐 나만 겪는 고행도 아니니까. 문제는 기 세고 악착같은 내 성격이었다. 좋게 말해서 자기주장이 강한 편이지 주변에선 나를 '머스마'라고 불렀다. 이런 경우 앞으로의 연애는 상당히 고달파진다.

첫 짝사랑 상대는 남녀 공학이었던 고등학교의 학생회 선배였다. 저녁을 먹고 축구를 하던 그를 훔쳐보기 위해 식후 산책이라는 없던 습관을 만들었다. 운이 좋으면 땀을 닦으며 교실로 돌아가는 그에게 인사를 건넬 수 있었다. 자정까지 야간 자율학습을 하던 선배였기에 나도 그때까지 모범생인 척 공부를 했다. 야자를 마치고 중앙 계단을 내려가며 다시 한 번 마주칠까 싶어서. 직접 만드는 우연이 아니고서야 희망이 없는 짝사랑이었다. 별 뜻 없는 학생회 일에 관한 카톡을 주워섬기며 한참을 행복에 겨웠다. 그러다 그의 연애 소식을 들었다. 빈 가슴에 노래든 드라마든 채워 넣어야 할 것 같았다. 그때 써니힐의 'Goodbye to romance'라는 곡을 자주 들었다. 내 상황과 제일 닮았던 것 말고 별다른 이유는 없었다.

두 번째 짝사랑 상대는 다른 고등학교의 동갑내기 남학생이었다. 학교 밖의 토론대회에서 주로 사회를 맡곤 했던 친구. 똑똑함이 가슴으로 울부짖으면 저런 모습일까 하고 우러러보게 만드는 애였다. 나는 반에서 제일 친했던 S와 함께 토론회에 참석했다. 그런데 웬걸. 둘이 연애를 하기 시작했다. 물론 나는 축하해줬다. 사실 걔가 나를 좋아할 거란 기대도 없었으니까. 오히려 두 사람의 관계에 행복하기까지 했다. 내가 가장 좋아하는 친구인 S와 가장 존경하던 남학생이 맺어졌으니. 아끼는 사람 둘을 동시에 만날 수 있는 기적은 그리 흔치 않다. 둘의 관계를 꾸준히 응원했지만 한 가지 걸리는 기억이 있다. 한번은 박지윤의 'Steal Away'를 S에게 들려줬기에. 끝까지 들어봐야 하는 노래다. 삐뚤어진 연애 감정 뒤 부서진 자존감이 드러나기 시작했던 걸까.

여고생의 세 번째 짝사랑 상대는 성인이었다. 상상했던 모든 금기를 그러모은 사람이랄까. 그리고 내 방황에 쉴 자리를 내어주던 유일한 이었다. 길을 잃었던 나는 감사할 따름. 어쩌면 그 '자리'와 사랑에 빠졌던 것 같기도. 상대방이 나를 좋아하지 않을 거란 예감은 지난 실패로 착실히 배운 터였다. 알기 때문에 노골적인 제안을 했다. 첫 경험을 당신과 하고 싶다고. 물론 그는 거절했다. 당시 나는 고등학생이었으니까. 이듬해 1월 1일이 지나고서 원하던 경험을 그와 법적 문제 없이 치렀다. 나를 사랑하지 않는다는 걸 알기 때

문에 선택한 사람과 첫 섹스를 한다는 것. 충분한 고민 끝에
내렸던 결정이라 후회는 없었다. 별 의미를 두고 싶지 않았
으니까. 서로 사랑하는 사이에서 첫 섹스를 했다간 훗날 사
람에 대한 미련이 남을 것 같아서. 그런데 왜 그날 새벽 혼자
집에 돌아오며 울음이 터졌을까. 어떤 노래도 위안이 되지
않았다. 그런 설움을 달래줄 노래는 애초부터 없었다. 가사
가 없는 음악을 듣기 시작한 것은 그때부터였던 것 같다.

　　프랑스에 와서도 몇 번의 짝사랑과 몇 번의 연애를 거
쳤다. 연애 감정이 비참함의 예고와도 같았던 지난날에 비
하면 꽤 수월했다. 기가 세단 평을 들었던 한국과 달리 동
양 여자치고는 원하는 게 뭔 줄 안다고 좋아했으니. '오늘부
터 1일'이라는 개념이 없는 프랑스에서는 관계의 상승과 하
락으로 시작과 끝을 짐작한다. 가끔은 처음 마주친 눈빛만
으로 두 사람이 쓸 역사를 준비할 수 있었다. 더는 마음에
드는 사람을 갖는 일이 힘들지 않았다. 오히려 마음이 갈 만
한 사람을 찾기가 까다로웠다. 내 기준은 엄밀히 말해서 외
적인 면이 아니다. 상대가 인종, 젠더 등 소수자에 대한 감수
성을 지녀야만 관심이 갈까 말까였다. 헛소리로 나를 화나게
만들면 애인이 될 자격이 없다, 이 말이다. 하지만 정말 열린
마음을 가진 누군가를 만나는 일은 유혹적인 상대를 마주
칠 확률보다 미미하다. 생각이 아름답지 않은 사람과 사랑

에 빠질 순 없는데. 그래서 일단은 가벼운 마음으로 유혹을 즐기기로 했다. 능숙한 유혹자들은 상처를 주지 않고 타인의 일상에 달콤한 순간을 심을 줄 안다. 개운한 달콤함인 이유는 성적인 매력을 과시할 필요가 없기 때문이다. 사실 유혹과 흥분에 필연적인 인과관계란 없다. 오히려 능숙한 유혹자는 바라보는 시선을 욕망 없는 황홀경으로 끌어올린다. 길에서, 또는 지하철에서 목격하고서 믿기지 않았던 누군가의 미소와 몸짓. 나는 이름도 모르는 이에게 매혹당한 기억을 안고 집에 돌아가곤 했다. 의도 없는 유혹자가 되는 일은 내가 프랑스에서 배운 습관 중 하나다.

유혹자 인턴인 나는 어느 날 트리스탄의 고백을 받았다. 가까이 지내던 연하의 프랑스 친구였다. 나보다 두 살이 어렸던 그 친구는 수없이 망설였을 고백을 내어놓고서 파르르 떨고 있었다. 나를 잃을 수도 있다는 위험을 잘 알면서도 고백을 해야 했던 이유는, 이러다 자기 자신이 터져버릴까 봐 겁이 났기 때문일 테다. 어떻게든 관계를 시작해서 실망이라도 해봐야 끊을 수 있겠단 각오. 고백을 받은 아마추어 유혹자는 그런 트리스탄의 각오를 모르지 않았다. 오히려 알기 때문에 잘 듣는 진통제 같은 말을 해주고 싶었다. 진통제가 병을 낫게 만들진 않겠지만. 나는 새삼 짝사랑 상대 앞에서 떨던 내 모습을 떠올렸다. 그리고 내가 필요한 것을 줄 수 없었던 그 사람들도. 더는 예전과 같은 방식으로 누군가를 마음에 품지 않음을 알았다.

　짝사랑 마스터와 아마추어 유혹자. 한 사람의 몸 안에서 이렇게 개연성 없는 장르변경이 일어나기란 쉽지 않다. 대체 무슨 일이 있었던 걸까? 엄밀히 말해서 프랑스는 내게 가르친 것이 없었다. 대신 나는 '사랑받는 여자'의 환상으로부터 단절되었다. 자연스러운 성형을 약속하는 지하철 광고, 상가에서 쏟아져나오는 사랑 노래, 혈중 로맨스 농도가 떨어졌다고 알림을 주는 드라마도 없었다. 물론 연애를 부추기는 광고를 파리에서 접하기도 했지만 나에게 하는 얘기가 아닌 것 같았다. 유학 온 동양인 여학생을 누가 소비의 타깃으로 여기겠나. 파운데이션 21호와 23호 사이의 숨 막히는 갈등은 한국이었으니 가능했다. 반대로 프랑스에선 '이렇게 화장하고, 입고, 말하면 당신도 멋진 애인을 사귈 수 있습니다'라는 메시지를 접할 길이 없었다. 그래서 내가 시도해보고 싶은 얼굴과 옷과 말투로 세상을 대했다. 굳이 가이드라인이 필요하다면 이미 사라진 것에서 영감을 얻었다. 19세기 소설, 60년대 영화처럼. 남자의 것이든 여자의 것이든. 나는 흥분이 아닌 황홀을 주고 싶은 유혹자니까. 내가 영감을 받았던 이미지는 지난 시대에 존재했기에 배울 수 있는 요소일 테다. 하지만 현대를 사는 사람들 입장에선 마냥 새롭게만 느껴지나 보다. 그래서 실험대에 올린 자아를 꾸며내는 일은 즐겁기 그지없었다. 무엇을 선택하건 내 자유였으니까.

나의 가장 빛나는 점은 바로 자유를 안다는 사실이었다.

자유를 알아보는 사람을 짝사랑할 수는 없다. 이미 모종의 대화가 오갔기 때문이다. 그 사람은 내가 자유를 가졌다는 걸 알며 나는 그가 내 자유를 눈치챘음을 안다. 그리고 그런 사람을 놓칠 수 없다는 확신까지도. '내가 어떻게 해야 그가 나를 좋아할 수 있을까'라는 고민은 '나를 좋아하지 않을 리가 없는데 이상하네… 장기전으로 공략을 수정해야 하나?'로 변한 셈이다. 그런데도 상대방이 내게 다가오기를 주저하는 게 보인다면, 두 가지 경우로 생각해볼 수 있다. 나와 관계를 시작할 상황이 아니거나 내가 착각했거나. 첫 번째의 경우 이미 가정이나 배우자가 있어 본인의 상황이 여의치 않은 경우다. 그럴 땐 깔끔하게 물러서야한다. 3자에게 상처를 주는 관계가 건강한 건 한 번도 보지 못했다.

또는 내가 착각한 것일 수도 있다. 내 자유를 반쯤 알아본 사람에게 실망하곤 했다. 그들은 나의 '자유로워 보임'만 동경했달까. 스타일에 구속을 당하지 않는다거나, 쿨해 보이는 면은 쉽게 드러나는 자유다. 하지만 그 속에 숨은 알맹이를 알아보는 게 관건이다. 자유를 아는 일은 겹겹이 쌓여 굳은살이 되어버린 사회의 강요를 가차 없이 깎아내는 작업이기 때문이다. 그 아픔을 모른다면, 자유의 가치도 모른다. 이런 경우 티가 난다. 내 레이더의 오차를 정리할 필요를 느끼며 거리를 둘 뿐.

짝사랑 전문가와 돈주앙 후계자를 넘나들면서도 해보지 못한 유일한 것이 바로 보편적 연애다. 대중문화에서 끊임없이 얘기하지만 공감할 수 없었던 연애. 당신은 혹시 아는지? 사랑에 빠지는 순간엔 보편이라는 단어를 생각할 겨를이 없었을 텐데. 그렇다면 현실에서 보편성이란 환상일지도 모른다. 그저 각각의 개별적 경험만 존재할 뿐이다. 그러니 보편적 연애 서사나 주인공의 모습에 자신을 끼워 맞출 필요도 없지 않나. 그런 건 이미 환상이니까. 누구도 얘기하지 않는 감정을 겪을까 무서워 기대버릴 뿐. 그런 환상마저 빼내면 뭐가 남냐고? 아무것도 없다. 그걸 자유라고 부르더라. 유행하는 겉모습에 반한 이들을 끌어모을지 당신의 자유를 사랑하는 사람을 만날지는 선택에 달렸다. 이상 인기 없는 여자의 조언이었다.

"연약함 속에서가 아니라 그 굳셈에서, 자기를
도피하기 위해서가 아니라 자기를 발견하기 위
해서, 자기를 포기하기 위해서가 아니라 자기를
확립하기 위해서 여자가 사랑하는 것이 가능하
게 되는 날이 오면 그 때야말로 사랑은 남자에
게 있어서처럼 여자에게 있어서도 생명의 원천
이 되어 치명적인 위험은 되지 않을 것이다."

_ 시몬 드 보부아르, 《제2의 성》

책에 관한 일곱 가지 짧은 이야기

1.

독서에 대한 첫 기억은 책을 덮는 순간이었다. 마지막 페이지보다 엄마가 먼저 오기를 바랐는데. 해가 짧은 계절엔 부모님도 더 늦게 돌아오는 것 같았다. 단칸방이 오렌지색으로 차오르던 오후 5시, 멀어져가는 까마귀 소리가 불길한 시간. 황혼이 빈집을 메우면 덫에 걸린 토끼처럼 몸을 웅크리며 그 순간을 모르고 지나가겠다는 비장한 각오를 했다. 부모님을 함께 기다릴 동생이 있으면 좀 나았으려나? 이제 와 동생이 생긴다고 해도 같이 놀 나이가 되려면 한참이 걸릴 텐데. 차라리 내가 고독과 친해지는 편이 빠르겠다. 여유 있는 어른이 되어 언제든 해가 짧은 날의 오후 5시를 불러낼 수 있을지도 모르니까.

그러니 일단 도망가지 않는 것부터 시작하자. TV 화면
에 얼굴을 묻거나 한껏 올린 소리로 귀를 막아선 안 되지.
저무는 해가 기웃대는 걸 눈치채지 못할 수도 있으니. 그렇
다면 드리우는 빛을 조명 삼아 책을 읽는 건 어떨까. 하염없
는 기다림 말곤 달리 할 일도 없는걸. 나는 시간을 빠르게
흘러가도록 만드는 책을 선호했다. 《돈키호테》였나? 《걸리
버 여행기》였을까? 페이지를 넘기는 몸만 남겨두고 나를 다
른 세계로 불러내는 이야기가 있다. 관성처럼 읽어내는 책.
이런 경우 잠시 덮어야 하는 순간이 고통스럽다. 내가 읽던
책은 저녁을 예고하는 황혼처럼 활자가 빚어내는 세계의 입
구였다. 고독이 두려운 어린이가 사라진 무아지경의 세계.
여행 중인 나를 건져 올리는 부모님의 귀가가 가끔은 원망
스럽기까지 했다. 하지만 내일도 해가 질 테고 나는 읽던 페
이지를 다시 펴겠지. 내가 다녀온 세계는 언제나 열려 있으
니 조급할 것도 없다. 사실 책 여행자에겐 '독서'라는 단어가
어색하다. 고독을 이미 아는데 '고독'이라는 단어가 구차한
것처럼. 독서라는 말은 책을 덮고서야 쓸 수 있었다. 책에 빠
져든 순간, 즉 현실과 단절된 여행에서는 독서라는 걸 하고
있는 줄도 모를 테니까.

2.

대책 없이 책이 많은 집이었다. 전집 장사를 했던 엄마

의 영향이었다. 백과사전, 세계문학, 한국문학, 자연과학, 심지어는 어린이를 위한 삼국지까지 없는 책이 없었다. 도서관 다음으로 공간 대비 활자 비율이 높은 집이 아니었을까. 집의 면적이 좁아서 책의 부피가 더 두드러졌다. 덕분에 나는 또래보다 똑똑한 티를 냈으니 엄마가 옳았던 셈이다. 문학 서가와 자연과학 서가 사이에서 먹고 자던 나에게 정보는 손가락만 까딱하면 닿는 곳에 있었다. 인터넷에서 찾은 내용보다 선생님이 높게 쳐줬던 건 페이지를 직접 넘겨 찾아내는 능력이었다. 반면에 좋아서 읽는 책은 순진한 사치였는지도 모른다. '예술을 위한 예술'이라는 말처럼. 하지만 나의 사치는 오래가지 못했다. 공부를 해야 할 시간에 시험 범위와 상관없는 책을 읽는 건 구박받을 충분한 이유였다.

　　한국 역사를 풀어내는 두꺼운 책을 읽든 한국사 예상 문제를 풀든 정답은 맞힐 수 있다. 하지만 들이는 양적 시간에 문제가 있다. 요점정리를 외워서 시험 문제를 맞히는 편이 경제적이니까. 순진하게도 학교 시험은 배움을 평가하는 줄만 알았다. 정보를 빠르고 정확하게 처리하는 능력이 목적인데도. 낭비를 일삼은 죄는 시험 점수로 선고받았다. 그래서 사춘기에 접어들던 중학생의 나는 제대로 삐뚤어지기로 결심했고, 만화방에 들락거리며 일본 만화에 빠졌다. 즐거움을 위한 읽기의 극단에 접어든 것이다. 독서를 공부로 쳐주지 않는 교육에 화가 나 시도한 파업. 마음대로 되지 않

는 당장의 공부보다 야자와 아이의 《나나》와 《파라다이스
키스》를 읽고 미래의 나를 상상하는 쪽이 좋았다. 하지만
지지자 없이 혼자 돌입한 파업은 보기 좋게 실패했다. 성적
이 곤두박질 쳤으니까. 유용성이 아닌 즐거움의 독서, 수단
이 아닌 목적으로서의 공부를 믿어선 안 됐다. 책이 나를 배
신했다고 생각했다. 오랜 시간 함께했던 소꿉친구의 배신. 그
것이 경쟁을 통한 가성비 교육을 중시하는 사회의 이간질일
줄도 모른 채.

3.

고등학교 회장 선거에서 떨어진 후 독서의 자유를 얻었
다. 대학에 가도 취업을 위해 공부한다면 입시에 목매달 이
유가 없는 것 같았다. 공부가 좋아서 하는 사람도 분명히 있
겠지만 가까이서 찾기엔 가정에 고학력자가 없었다. 그래서
공부는 안 하고 책만 읽는 고3 아닌 고3이 되었다. 당시에는
그냥 나의 포기에 당당해지기로 했다. 나 하나 빠져도 잘 굴
러갈 사회였으니까. 학교에 가면 소설책과 인문과학책을 잔
뜩 쌓아두고 읽었다. 짬나면 불어 공부도 했다. 주로 입문서
였던 철학책은 내게 학부생의 지식을 안겨주진 않았다. 그
래도 미미한 인상으로나마 내가 어떤 철학을 좋아할 수 있
을지 알았다. 그렇다고 다짜고짜 칸트의 《순수이성비판》을
읽자니 정신이 아득했다. 두께상 베고 자기에 인체공학적으

로 완벽하다는 생각밖에 들지 않았다. 천재가 현실 부적응자인 경우는 많았지만 현실 부적응자인 내가 꼭 천재인 건 아니더라. 그래서 소설을 주로 읽었다. 나는 밀란 쿤데라를 좋아하는 여고생이었다. 지하철에서《불멸》을 펴드는 것이 나의 허약한 자존심이었다.《참을 수 없는 존재의 가벼움》에서 테레자가 톨스토이의《안나 카레니나》를 동경하는 세계의 입장권처럼 지니며 읽듯이. 그런 소설의 서사보다 매력적이었던 건 부조리한 세상과 휘둘리는 개인을 조롱하는 듯한 작가의 문체였을까. 기를 쓰고 읽던 철학책보다 도움이 되었다. 힘을 빼고 살아야 덜 우스워진다고 조언해주는 소설이 좋았다. 비극적 역사도 웃지 못할 농담이 되는 세상이라면 내 절망도 가벼워질 테니.

　　반대로 행복에 민감해지는 법을 가르친 작가는 주로 여성이었다. '행복은 스스로의 노력으로 갈고닦은 감각 속에 있다'고 했던 야마다 에이미처럼. 그녀가 그리는 로맨스는 쾌락의 풍미를 가르쳐줬다. 여고생을 세련된 바에 데려가 위스키를 맛보여주는 성인 여성. 그런 작가가 책 뒤에 있을 것만 같았다. 동경을 눈에 담고서 내게 아직 오지 않은 연애를 준비했다. 그렇게 스무 살을 맞았다. 활자가 피워낸 간접 경험을 잊지 않았다. 수년간 훈련을 거친 우주비행사처럼 첫 여정을 앞두고 숨을 고르게 쉬었다.

4.

프랑스에 가지고 온 단 한 권의 책이 《장자》였다. 물론 마음 같아선 책장을 통째로 짊어지고서 떠나고 싶었지만. 재산을 고스란히 남겨둔 채 떠나는 길은 발걸음이 무거웠다. 그래도 《장자》면 괜찮다. 내겐 단물이 빠지지 않는 껌과도 같았으니까.

'북쪽 깊은 바다에 물고기 한 마리가 살았는데, 그 이름을 곤(鯤)이라 하였습니다…'

붕새가 되고 싶은 물고기는 자주 날개를 뻗는 꿈을 꿨다. 불어로 글을 읽지 못했던 긴 시간을 지탱해준 책이었다. 모국어를 빼앗긴 잔인한 시간. 그러나 언젠간 큰 새가 되어 자유롭게 노닐 거라고.

5.

다행히도 서툰 불어로 시도할 수 있는 책이 많았다. 사강과 카뮈의 소설이 그랬다. 외국인이 읽기 좋은 책을 쓰려는 관대한 의도는 아니였을 테지만. 부르주아 딸내미 특유의 '흥' 하듯 뱉어내는 사강의 시니컬한 문장을 재수 없지만 감사한 마음으로 더듬더듬 읽었다. 군더더기 없이 물기를 빼낸 카뮈의 문장도 성실히 주워 담았다. 나는 곧 읽을 수 있는 책의 범위를 늘려나갔다. 항상 내 실력보다 조금 어려운 책을 골랐다. 문장 안에서 길을 잃지 않는 연습을 하기 위해서. 그러다 보면 언젠가는 다음 페이지에도 마침표가 없다 던 프루스트를 읽을 수 있겠지.

모국어가 아닌 언어로 읽는 데 어려움이 없다면 철학과 공부도 수월해져야 할 터였다. 하지만 웬걸, 프랑스 대학 수업은 내가 상상하지 못한 고난을 안겨주었다. 이제 프랑스어로 잘 읽을 줄 아는데, 내 눈앞의 글을 이해할 수가 없었다! 모르는 단어 때문이 아니었다. 문장을 이해해도 그것이 모인 덩어리가 소화되지 않았다. 특히나 프랑스 철학자들은 문장 하나에 주장을 담는 경제적인 방법을 잘 쓰지 않는다. 독자가 직접 생각하게끔 이끌어나가는 글이기 때문에. 몽테스키외, 루소, 디드로 등 계몽주의 철학자들이 소설까지 써냈던 이유를 알만하다. 읽는 이가 자기 내부의 편견과 미신을 돌아보게 만들 목적이라면 꼭 철학적 논설문일 필요는 없다. 글의 핵심은 문장과 문장 사이에 머물 수도 있으니까.

하지만 사전을 찾아가며 단어를 해석하던 나에게 텍스트의 큰 그림이 보일 리 없었다. 그렇다면 내가 여태 접한 문학 작품도 잘못 읽은 것이 아닐까? 따라가는 길을 땅만 보고 걸은 나머지 위치 파악을 하지 못한 채 길을 잃은 셈이다. 내 독서 방법에 의심을 품으며 다리에 힘이 풀렸다. 그래도 길을 잃었다는 사실을 지금 알게 되어 다행이라고 생각하자. 내가 잘못 가고 있다는 사실도 모른 채 나아갔다면 그 끝에 더 끔찍한 것이 기다렸을지도. 그러니 당장의 허탈함을 털어

내며 책 읽기를 다시 배울 필요가 있었다.

6.

글이 머금은 생각을 흡수하는 법을 철학과에서 배웠다. 하지만 생각을 쌓아 올리기만 했던 건 아니었다. 오히려 초·중·고 교육과정에서 배운 지식 더미의 밑장을 빼내기도 했다. '여태까지 해가 떴으니 내일도 해가 뜰 것이다'처럼 자명한 귀납적 추리마저 뒤흔드는 책들이 있다. 우리가 지식을 얻는 과정이란 논리적 근거가 없는 생각의 습관이라고 주장하는 영국 철학자 흄처럼. 받아들이기 어렵다면 철학자 러셀의 예시인 '불쌍한 칠면조' 얘기를 해보자. 매일 규칙적으로 모이를 먹던 칠면조는 내일도 주인이 모이를 줄 거라 확신한다. 칠면조의 예상처럼 주인은 다음 날도 같은 시각에 나타났다. 모이가 아닌 칼을 들고서. 그날은 추수감사절이었다나. 지식을 머리에 때려 붓기도 바쁜데 우리가 칠면조와 같은 꼴일지도 모른다고 생각하면 소름 끼치는 일이다. 이렇게 책으로 얻은 지식을 책으로 깨부수며 얼떨떨해 했던 나. 대학에 가면 진리를 배울 수 있다고 생각했는데. 아, 배운 게 있긴 하다. 진리란 없다는 진리랄까?

책으로 얻은 지식을 책으로 해체하기. 하지만 절대로 '0'에 수렴하거나 마이너스로 치닫진 않는다. 사유는 물질이 아니니까. 흡수된 생각은 머리 언저리에 구름처럼 떠다녔다. 딱히 애써서 외운 내용이 아니더라도 한 번 읽은 책은 실구름처럼 머릿속 여기저기에 걸려 있었다. 공부를 거듭하며 날씨를 바꾸는 법을 배웠다. 생각이 모여서 밀도가 높아진 구름 무더기는 한바탕 소나기를 퍼붓기도 했다. 이미 접했던 생각이 새로운 생각을 만나며 사유가 탄생하는 순간! 질문에 질문을 던지며 능동적 사유를 요구하는 프랑스 철학과 시험에서 결실을 봤달까. 정말 짜릿하기 그지없었다. 게다가 폭풍우가 몰아친 다음 날은 개운하게 맑았다. 비가 되어 땅에 스며든 사유는 완벽하게 내 것임을 자부할 수 있다. 그리고 맑은 하늘엔 다시 구름이 하나씩 걸리겠지. 또 비가 내릴 테고. 그렇게 비옥해진 나의 땅에선 무엇을 피워낼 수 있을까.

7.

주말마다 파리의 고서적 시장에 간다. 찾는 책이 있어서가 아니라, 어떤 책을 만날지 모르기 때문에. 19세기 때의 책도 무더기로 쌓여 있지만 오래된 책이라고 다 좋은 책은 아니다. 오늘날까지 살아남은 텍스트가 목적이라면 최근 판본을 찾으면 될 일이다. 하지만 내가 아는 정신의 가장 오래된 몸을 가지고 싶었다. 파스칼의 《팡세》를 문고판으로 가지고 있으면서도 양피지로 덮인 색이 바랜 책을 찾듯이. 결국 취향 문제다. 편한 옷이 있다고 해서 예쁜 옷에 대한 욕심을 버릴 순 없지 않나. 책이 머금은 생각에 빠지고 나니 책의 몸 또한 사랑스러울 뿐이다. 반대로 몸이 좋다고 생각까지 마음에 들기란 힘들다. 그런 사람도 흔치 않듯이. 고풍스러운 책이 잔뜩 쌓인 시장에서도 99퍼센트는 눈에 들어오지 않는다. 별 볼 일 없는 책 중에서 진짜 가치를 지닌 책을 발견하는 일이 주말의 낙이 됐다. 그런 식으로 원하던 책을 가졌다는 희열을 잠시 맛본 후에는 해당 판본을 찾는 한국 사람들에게 보내주곤 했다.

드물게 예상치 못한 만남도 생겼는데, 책 시장에서 만난 마르그리트 유르스나르의 책이 그랬다. 20세기 전쟁 전후를 살았던 벨기에 태생의 프랑스 여성 작가. 그녀의 글 속 인물은 고대 로마 황제의 회상록이나 아내를 떠난 동성애 성향의 남성, 심지어는 고대 중국의 떠돌이 화가나 옛 연인을 만난 일본의 왕자가 되기도 한다. 자신의 대척점과도 같은 인물을 빚어내 말을 주는 능력이라. 전진이라는 한 사람만을 떠맡은 내 삶이 손해를 보는 기분이었다.

자란 땅과 속한 시대에 휘둘리는 개인을 농담 취급하는 소설을 선호한 적이 있었다. 무게를 덜어내지 않고서는 견딜 수 없어서. 하지만 역사와 공간을 초월할 수 있다면? 중력이 없는 곳에선 무거움과 가벼움 따위는 아무 의미가 없을 테니까. 완전한 해방, 그런 가능성을 유르스나르의 소설에서 발견했다. 초월을 써낼 수 있다는 가능성도 함께. 인간 언어와 가장 멀리 떨어진 현상을 언어로 되살려내는 기적이랄까. 그래서 오직 활자를 통해서만 엿볼 수 있는 세계가 있다고 믿는다.

세계? 빈집의 황혼을 등지고 책을 읽던 시절부터 어렴풋이 알고 있었다. 즐거움이나 복수, 위안, 어학 등 구했던 건 제각각이었지만. 그리고 머리 언저리에 걸린 생각이 여러 차례 비가 되어 쏟아졌다. 독서로 만든 비옥하고 양지바른 땅. 싹이 사근사근 올라오는 소리가 들린다. 지나가는 나그네가 묻는다. 무엇이 자라고 있느냐고. 그의 손을 가리킨다. 당신 손안의 이 책.

"독서는 다만 지식의 재료materials를 공급할 뿐,
자기 것으로 되게 하는 것은 사색의 힘이다."

_ 존 로크, 《지성의 안내》

부끄러운 시계 자랑

시계 약을 갈 때가 되었다. 지하철 지하상가 구석진 곳의 시계방, 손목에 감겨 있던 시곗줄을 풀어 물건을 쓱 들이민다. 그러자 아버지뻘 수리공도 놀라며 묻는다.

"뭐… 하는 분이세요?"

나는 피할 수밖에 없는 대답이 안타깝다는 듯 호의적인 미소를 짓는다. 그러면 상대방도 더는 물어오지 않는다. 시계를 만지는 소리와 어색한 긴 침묵. 계산을 마치고 나가다 한 번 뒤돌아봐 준다. 잊은 말이 있어서.

"제가 여기 온 건… 비밀로 해주세요."

이런 반응을 낳는 시계를 10년 가까이 차고 있다. 그래서 어느 브랜드 시계냐고? 미안하지만 대답할 수 없는걸. 브랜드조차 없으니까. 내 왼쪽 손목을 책임지는 '그' 물건, 바로 국정원 시계다. 모 커뮤니티 사이트에서는 '절대 시계'라고 도 불렸다. 왜 국정원 시계를 가졌는지도 밝혀야겠지. 그렇다. 나는 애국 보수 청년이었다. 탈조선을 시도해 프랑스에서 공부하는 내가! 그것도 고등학교 1학년 때 국가 안보 백일장에서 받은 2등 상이었다. 국정원에 초청받아 시상식과 오찬을 가지기도 했다. 부모님을 모시고 처음 상경한 계기였달까. 진보 성향의 아빠지만 상 받은 딸이 초대하는 자리는 싫지 않았나 보다. 종종 백일장에 참가해 타온 상금으로 용돈을 충당하곤 했으니. 나는 의기양양했다. 가죽과 메탈, 두 개의 시계를 번갈아 차며 민주주의의 수호자가 된 기분을 느끼기도 했다. '나는 공산당이 싫어요!'라고 외칠 준비가 언제든 되어 있었다. 그런데 여전히 미심쩍다. 나는 어쩌다 17세의 애국 보수가 되었을까? 국정원에서 주는 상까지 받았던 '북괴를 척결하자'는 취지의 글이라니. 대체 무슨 생각으로 썼는지 궁금하다. 그건 과연 내 신념이었을까?

자주 드나들던 인터넷 사이트에 국정원 백일장 공모가 떴더랬다. 상금과 절대 시계를 준다는 말에 혹했다. 그래서 젊은 학생들이 왜 공산주의를 적대하고 대한민국의 민주주의를 지켜나가야 하는지 구구절절 썼다. 솔직히 말해서 부유하지도 않은 집의 자식이 보수를 자처한다는 게 어처구니없다. 뭐 좋은 게 있다고. 부동산도 없는데. 게다가 청소년에게 안보정신을 강요하는 세대도 아니었다. 사실 신념을 가질 이유가 없을 때 신념을 가지기는 쉽다. 액세서리 같은 거랄까. 없으면 밋밋하니까 껴주는 것. 당시 내가 취하기에 가장 고매해 보였던 신념이 애국 보수였을지도 모른다. 게다가 용돈을 벌기 위한 목적으로 백일장 사냥꾼의 경력을 쌓던 차였다. 그래서 글을 심사하는 사람들이 높게 쳐주는 능력을 잘 알고 있었다. 그들이 원하는 글을 써주면 되는 일이었다. 국정원 공모전이라고 다를 건 없었다. 청소년들이 간과하는 국가 안보를 부르짖으며 자유민주주의 정신에 대해 찬사를 늘어놓으면 입상은 따놓은 당상이다. 반대로 진보당의 집권이라도 다를 건 없었을 테다. 액세서리를 바꿔 끼듯 권력의 입맛에 맞는 글을 쓰면 되니까. 분명히 상도 탔을 것이다. 물론 국정원 시계를 줄 리는 없겠지만. 그런 생각을 했던 내게 신념은 없었던 것 같다. 그저 굳은 신념이 있다고 믿고 싶었을 뿐. 글은 진심일 때 나오니까. 진심을 필요에 따라 선택하는 건 별개의 문제로.

그러니까 '왜 보수 성향을 가졌냐'고 물으면 안 됐다. 오히려 '절대 시계가 갖고 싶었던 것 아니냐'고 매섭게 추궁해야 한다. 부끄럽지만 정확하다. 과거의 나는 시계에 눈이 멀어 프로파간다가 짙게 묻은 글을 썼다. '나는 아무것도 몰랐고 글만 썼을 뿐이에요!'라고 눈물을 머금은 자기변호를 하고 싶은 기분이다. 하지만 재판은 아직 끝나지 않았다. '왜 국정원 시계가 갖고 싶었냐'고 피고에게 다시 물어보라.

　당시는 보수정당이 정권을 잡고 있었다. 게다가 웬만한 인터넷 사이트에선 국정원 시계가 선망의 대상이었다. 지금 생각하면 좀 이상한 일이다. 이름도 '절대' 시계이지 않나. 모두가 그 명예로운 희귀템을 갖고 싶어 했다. 때마침 국정원 백일장 공모가 떴다. 누가 제일 애국 보수인지를 겨루는 대회였다. 마치 왕의 눈에 들기 위해 아첨을 아끼지 않는 대신들처럼. 나는 이승복 어린이의 후계자로 간택 받고 마침내 시계를 손에 넣었다. 물론 지금은 상황이 바뀌었다. 그래서 일개 기념품이 선망의 절대 시계가 된 사회, 그 판은 누가 깔아 놓았던 거냐고 묻고 싶다. 국정원 상이 명예롭다는 믿음 말이다. 지금은 없으나 과거엔 나를 사로잡았던 신념. 사라진 줄 알았던 믿음이 또 살아 돌아올 수도 있는 일이다.

　눈에 보이는 폭력으로 시민을 짓누르는 이데올로기는 촌스럽다. 그런 식의 권력은 오래갈 수 없다는 걸 똑똑한 지도자들은 알고 있다. 그래서 지배 권력은 사회 구성원에게 믿음을 불어넣는다. 이후엔 그다지 손이 가지 않는다. 사람은 믿음을 기반으로 생각을 전개할 뿐 믿음이 어떻게 생겨났는지 되묻지 않으니까. 가끔씩 지배 권력에 충실한 신앙인에게 포상을 내리면 될 일이다. 마치 내가 백일장을 통해 절대 시계를 손에 넣었듯이. 하지만 민주주의의 다행스러운 허점이란, 집권 세력이 바뀔 때마다 이 믿음의 형태가 달라진다는 사실이다. 예전과 같이 북괴 척결을 외치는 글을 쓸 수 없는 것처럼. 그렇다면 우리는 시대마다 달라지는 믿음 중 어떤 걸 취해야 하는 걸까?

　우파나 좌파, 자본주의 같은 모든 믿음으로부터 자유로 워지기란 쉽지 않다. 그러니 의견을 낼 때 주저하게 될 수밖에. 숙고해보지 않은 남의 의견을 내 것이라 믿고 있는지도 모를 일이니 말이다. 애국 보수의 이름으로 썼던 글이 수치 스러웠던 이유다. 절대 시계를 떠받들었던 과거는 더 부끄러 웠다. 그래서 우습지만, 시계를 계속 차기로 했다. 왼팔을 얽 매는 국정원 시계를 의식하며 의견을 내뱉기 전에 생각을 가다듬는다. 똑같은 실수를 반복하지 않기 위해서. 내 생각 은 진짜 내 것이 아닌 경우가 대부분이니까. 그런 속죄의 의 미로 오늘도 절대 시계를 손목에 감는다.

　대신 이제부터는 직접 숙고한 생각과 행동을 고르고 싶 었다. 그래서 철학을 선택한 건지도. 하지만 왜 굳이 프랑스 여야만 했을까? 알고 보니 서양철학은 종교, 정치, 경제를 초 월한 학문이 아니었다. 여전히 고민하는 과정 속에 있는 사 유라고 생각한다. 외국인 학생인 나 또한 과거 프랑스의 종 교와 정치, 생산 양식의 중요성을 성실히 배워야만 했다. 과 거의 믿음이 얼마나 견고했는지 알아야만 다음 단계로 넘어 갈 수 있기 때문이다. 종교적 미신을 깨부수는 계몽주의, 민주주의의 기반이 된 인권선언, 자본주의 비판에 따른 사회 혁명처럼. 그러니 내가 사는 시대를 이해하기 위해서 다른 땅의 오래된 믿음에 공감해 볼 이유가 있다. 더군다나 서구가 고민했던 정치 형태와 종교, 자본의 논리를 고스란히 이어받은 동양도 예외는 아니다. 우리는 연도조차 기독교에서 신의 아들이 태어난 해를 기준으로 세지 않나. 한국에서 예수님이 얼마나 유명한지 모두가 알게 된 건 그리 오래된 일이 아님에도 불구하고.

시대와 지역에 구애받지 않고 스스로 생각하려면 역설적이게도 역사를 꿰뚫어야 했다. 그것도 유럽 땅의 역사를. 불교 집안에서 자란데다 해외여행도 가본 적 없었던 내가 그들의 역사에 공감하기란 쉽지 않았다. 그런데 나만 어려운 건 아니더라. 교회와 왕권의 오랜 다툼 끝에 종교를 교육 지침에서 분리한 오늘날 프랑스는 대부분의 동기가 무신론자였다. 엘리트 가톨릭 학교를 나온 애가 아니라면 다들 종교에 치를 떠는 수준이었다. 그런 철학과 동기들에게 데카르트와 안셀무스의 신 증명을 설명한다고 생각해보라. 교수님도 학생들이 귀를 닫는 걸 눈치챘는지 '왜 다들 신 얘기만 나오면 이렇게 민감하게 반응하는지 모르겠네요'라고 했을 정도다. 하지만 무신론자건 아니건, 중세, 고전 시대 맹목적 신앙인들의 생각을 들어줄 필요가 있다. 미신과 편견을 깨부수는 계몽주의의 통쾌함을 기다리며.

'스스로 생각하기'라는 계몽주의의 구호가 내게 유독 매력적으로 느껴졌던 이유다. 200년도 넘은 철학이지만 시대착오적인 현대인은 나였기 때문에. 나의 편협한 프로파간다글, 그런 경험이 다시 반복될까 봐 두려웠다. 그래서 스스로 사유하는 법을 배우고 싶었다. 게다가 모든 선입관과 미신에서 벗어나기 위해 철학자들의 말을 섬기려 했다. 그런데 이걸 어쩌나. 그들은 내가 기다리던 가르침을 주지 않았다. 오히려 18세기 철학자들은 모순덩어리에 가까웠다. 총대를 메고 종교적 선입견을 공격했던 볼테르는 무신론자가 아니었다. 심지어는 《백과전서》에서 종교를 '보편적이고, 필수적이며, 미덕이기까지'하다고 정의했을 정도다. 게다가 루소는 '깨어있는 시민'에 대한 나의 환상을 와장창 깨트려버렸다. 자기애를 같은 공동체까지 뻗어내면 좋은 시민이 되는데, 철학자는 모든 인류에까지 애정을 펼쳐야 하니 좋은 시민이 될 수 없다는 요지였다. 사랑의 대상이 늘어날수록 열정은 미미해지니까. 이렇게 계몽주의를 한 꺼풀 벗겨보니 '모든 편견이 나쁜 것은 아니다'라는 주장을 발견한 것 같았다. 사실 인간이 내는 의견이란 모두 선입견에서 비롯되기 마련이다. 그저 좋은 선입견과 나쁜 선입견이 있을 뿐이다. 나쁜 편견을 버리고 옳아 보이는 쪽을 취한다고 해서 편견에서 자유로워지는 것은 아니었다.

편견과 미신을 없앨 목적으로 계몽주의 철학자들이 펴

낸 18세기의 《백과전서》. 그 정의에 따르면 편견이란 '판단 없는 의견'이라고 한다. 유신론자든 무신론자든, 보수당이든 진보당이든, 화폐의 가치를 믿든 아니든 양쪽 모두 절대적 진리 없이 인간 입장에서 본 의견에 불과할 테다. 게다가 상대방의 질 나쁜 편견을 지적한다고 해서 나의 입장이 진리일 수는 없다. 내 편견이 인류 전체에 이롭다고 하더라도 의견은 의견일 뿐이니. 좀 못마땅한 얘기인가? 서로 자신이 맞다고 주장하는 사회에서 한쪽에 편승해야 그나마 마음이 편할 텐데. 물론 의견에도 등급은 있다. 좋은 편견과 나쁜 편견을 가를 기준이 있어야 한다. 그래서 계몽주의 철학자들은 판단의 중요성을 내세웠다. 판단은 생각을 비교하는 이성의 능력이다. 그러니 액세서리처럼 남의 생각을 걸치듯 믿지 말고 스스로 판단하라는 권고다. 공부도 하면 더 좋고. 편견에 갑옷을 씌워줄 공부가 아니라 자신의 의견이 어떻게 만들어졌는지, 지켜나가도 될지를 판단하는 공부 말이다. 신념이란 건 건드리기만 해도 무너지는 모래성임을 모르는 사람이 너무도 많기에.

예를 들어, 중·근세 시대 유럽 사람들은 국가와 사회가 존속하기 위해 종교가 없어선 안 된다고 생각했다. 다른 종교의 이방인은 받아들여도 무신론자는 인정할 수 없었던 서양의 역사다. 그에 반해 동양에서는 통치 이념으로써의 종교면 충분했다. 이렇게 신념이란 살아가는 시대와 땅에 따라 달라질 따름이다. 그렇다면 패자를 짓밟고 올라서야 승자가 되는 경쟁 사회가 한국에 정말 필요한지도 생각해봐야 하지 않을까. 두려움을 부추기는 경쟁 없이도 돌아가는 나라가 꽤 많으니까.

그래서 내 말이 맞다고 자신 있게 주장하는 사람이 되고 싶지 않다. 오히려 편견 중에서도 되도록 좋은 결과를 낳는 편견을 고르고 싶다. 주로 개인의 이익보다 전체를 대변하는 의견을. 이는 나에게만 좋은 상황이 결코 지속되지 않으리란 믿음 때문이다. 일찍 문을 닫는 관공서 때문에 열이 받지만 그들의 퇴근 시간이 자신의 근로조건을 지킨다고 생각하는 프랑스인들처럼. 물론 개인보다 전체를 생각하기가 쉽지는 않다. 희생이 필요하기 때문만은 아니다. 내가 주장하는 의견이 하늘이 정해준 절대 선이 아님을 인정해야 하기 때문에 그렇다. 그래도 수없이 자신에게 되물어 만들어진 생각의 가치를 믿는다. 내가 옳다고 생각하는 이유를 들 수 있으니까. 숙고한 의견이 준비된 걸 보니, 이제는 내게 새 시계를 사줄 때가 온 모양이다.

"나는 다음과 같이 묻는다. "어떤 관념 또는 신념이 참이라고 하자. 그 관념이 참이라는 것이 누군가의 실제 삶에서 어떤 구체적 차이를 만들어 내는가? 진리는 어떻게 실현되는가? 그로 인한 경험은 그 신념이 거짓이었다면 얻어졌을 경험들과 다른가? 요컨대 경험적 견지에서 볼 때 진리의 현금가치는 무엇인가?""

_ 윌리엄 제임스, 《실용주의》

썩지 않을 청춘

청춘靑春이라. 분명 청춘을 떠나보낸 사람이 붙여준 이름일 겁니다. 영어의 'youth'나 불어의 'la jeunesse'처럼 '젊음'이라는 뜻만 겸손하게 가리키면 될 텐데, 괜히 오버한 단어 같아요. 새싹이 돋아나는 봄철처럼 혈기왕성한 에너지, 좌절이라곤 모르는 도전 정신, 일생일대의 로맨스까지! 젊음의 충분조건일 뿐 필요조건도 아니면서. 마치 그렇지 않은 젊음은 청춘의 자격이 없다는 것처럼 말이죠. 짧은 방학에 버거운 숙제가 주어진 기분이었답니다. 자기계발에 힘쓸 것, 아파볼 것, 사랑해볼 것 그리고 삼창할 것 : 청춘은 아름답다!

하지만 똑똑히 기억해요. 자주 소비되었던 청춘을. 젊은 몸과 세상 물정 모르는 미숙함의 냄새를 맡고 달려온 놈들을 기억합니다. 마치 벌레가 꼬이듯이 말이에요. 젊음은 날

고기였던 셈이죠. 윤기가 흐르고 신선해 보이지만 금방 썩어버리고 말 것. 고기가 썩기 전에 섭취해 살과 피로 만들어야 할 텐데요. 그래야 청춘이 아닌 시간도 견딜 수 있을 거라고 생각했어요. 그래서 썩지 않는 것을 동경했답니다. 오히려 시간이 지나며 가치가 올라가는 사람이 될 수는 없는 걸까요. 와인이나 치즈처럼요. 그래야만 할 어른들이 청춘에 찬사를 보낼 때 나는 배신당한 기분이었어요. 나이를 먹으면 더 멋져질 수 있다고 말해줘도 믿기 힘든데, 내가 노력 없이 가진 젊음을 칭송하는 꼴이라니! 그들이 옅은 미소를 띠며 건네는 '좋을 때지'라는 말에 염증이 났어요. 게다가 여자는 스물다섯 살을 기점으로 팔리지 않을 '크리스마스 케이크'라나 뭐라나. 비웃고서도 돌아서면 생각나는 저급한 농담이었죠. 육체의 아름다움과 무해함만이 젊음의 가치는 아닌데. 그러니 다시 정의해볼래요. 청춘의 속성은 '썩지 않는 가치를 만들 가능성'이라고.

젊음에 주어진 특권이 가능성이라면, 그 동기는 바로 희망이 아닐까요? 희망이라, 그런데 한국에 있는 내 친구들이 그런 걸 갖고 살던가? 고등학교 때는 좋은 대학에 갈 수 있다는 희망, 번듯한 직장을 가지리란 대학생의 희망, 그리고 사회인이 목표로 하는 더 높은 연봉과 경력. 꿈에 겸손한 청년이 늘어나는 한국이지만 다들 한 번쯤 꿈을 가진 적이 있

을 거예요. 그런 한국의 희망은 수직적 희망이 아닐까요. 남
들보다 더 나은 조건을 누리겠단 목표를 부추기는. 물론 옆
의 짝을 짓밟겠다는 다짐을 할 정도로 잔인하진 않겠죠. 그
렇지만 모두 같은 게임에 뛰어들 수밖에요. 수직적인 구조
만이 희망을 허락하는 사회니까요. 좋은 대학에 가서 좋은
직장을 구할 수 있다는 희망이 사다리에 오르도록 부추기
곤 해요. 제일 높이 올라가는 사람이 승자가 됩니다. 그리고
남은 패자들은 '그래도 내 밑의 쟤보단 낫지'라고 생각하며
안도의 한숨을 내쉬죠. 하지만 상황이 달라졌어요. 90년대
생인 내 친구들은 수직적 희망조차 품지 않아요. 잘될 수 있
다는 확신보다 남들 만큼도 하지 않으면 뒤처진다는 압박으
로 청춘을 스펙쌓기에 바치죠. 우리는 본전치기라도 하려는
애처로운 발버둥을 희망이라 부르진 않아요. 스무 살 때 한
국을 떠난 나보다 당신이 더 잘 알지 않나요? 한국에 아직
희망이 남아 있는지.

　　그래서 프랑스에는 청춘의 희망이 있느냐고요? 그런 질
문엔 대답해줄 수 없어요. 어떤 희망을 말하는 건가요? 수
직 상승의 희망, 더 나은 개인의 삶이 가능한지 알고 싶은가
요? 글쎄요. 국립대학이 평준화된 프랑스이긴 하죠. 하지만
사회의 주요직을 꿰차는 엘리트들은 죄다 고등사범학교 출
신이랍니다. 1950년대에 전쟁으로 나라가 뒤엎어진 한국보
다 더 긴 부르주아의 역사를 가진 나라가 바로 프랑스인걸

요. 이런 곳에선 계급 상승을 꿈도 꿀 수 없지요. 단순히 돈을 많이 벌거나 명예로운 직업을 가져서 편입할 수 있는 사회가 아니니까요. 예를 들어, 프랑스 부르주아들과 저녁 식사를 하는 상상을 해볼까요? 당신이 남부러운 것 없는 직업과 재산을 가졌다고 쳐요. 끝날 기미가 보이지 않는 긴 식사의 메인 코스는 대화입니다. 정치, 경제, 사회를 아우르는 그들의 얘기를 따라가려 애쓰는 당신. 그 순간 진지한 얼굴로 누군가 한마디를 던져요.

"그렇죠. 하지만 우리 정원을 가꿔야지요."

그 순간 자리에 있던 모든 이들이 웃는 거예요. 자판기에서 쏟아지는 잔돈 같은 기계적 웃음. 이해하지 못한 당신만 빼고요. '정원을 가꿔야 한다'니. 볼테르의 《캉디드》에 나오는 마지막 문장이에요. 현학적 얘기에 물린 주인공 캉디드가 현세의 일에 집중하자는 의미로 한 말이랍니다. 물론 그 문장이 어디서 나왔는지 알지 못하면 혼자 어리둥절한 얼굴로 눈치를 봐야겠죠. 그러다 식사가 끝나고 이어진 술자리에 당신도 함께하게 됩니다. 부유하든 가난하든 술이 들어가면 으레 나오기 마련인 행복을 주제로 대화를 한다고 쳐요. 침묵을 만회하고자 이번엔 당신이 얘기를 시작합니다. 요즘 영 행복하지 않다며 투정하는 거죠. 그러자 듣고 있던 누군가가 동정이 묻어나는 말을 해줍니다.

"그게 당신이 혼자 조용히 집에 있질 못해서 그래요."

　이게 무슨 소리야? 무슨 말이냐고 되묻기도 부끄러운
데. 결국 대답할 타이밍을 놓친 당신을 빼고 그들끼리 대화
하겠죠. 당신은 그 말이 교양 있는 집 자제라면 한 번쯤 읽
어봤을 파스칼의 《팡세》에 나오는 한 구절이라는 사실을 뒤
늦게 알게 될 거예요. '위락'이라는 제목의 텍스트에서 '인간
의 모든 불행은 (오락을 찾아 나서며) 혼자 조용히 집에 있을
수 없기 때문에 생긴다'고 얘기하는 프랑스 철학자 파스칼.
이 정도 교양은 기본인 셈이죠. 물론 지식을 뽐내는 건 위반
입니다. 조그만 지식에도 흥분해서 떠든다는 인상을 주니까
요. 그러니 재치로 승화할 것! 부르주아의 교양, 그들이 가진
코드에 복종한다면 웃기지 않은 농담에도 구긴 얼굴을 펴는
사람들을 볼 수 있어요.

　그들이 가진 취향과 교양은 오랜 역사를 통해 갈고닦아
후대에 물려준 생활 방식입니다. 말하는 방식과 코드가 갖
취지지 않은 평범한 사람은 알아채지 못하는 구분 짓기예
요. 무의식적 사회화의 산물인 '아비투스'라는 단어가 생긴
이유가 여기에 있죠. 대물림되는 삶의 방식을 지적했던 프랑
스 학자 부르디외가 주장했듯이요. 그런 프랑스엔 수직적 계
급 상승의 희망이 없습니다. 희망이 없는 나머지 삶의 목표
로 삼지조차 않아요. 너도나도 좋은 대학에 가고 싶어 하는
한국의 논리대로라면 모든 프랑스인이 고등사범학교를 가고
싶어해야 하지 않겠어요? 하지만 대부분의 제 또래 프랑스

학생들은 일반 국립대학교나 직업 전문 과정에 지원합니다. 그렇게 젊음을 꾸려나가도 미래에 굶고 살지 않으리란 걸 알기 때문이죠. 의무교육을 받고 전문 학위를 따면 패자가 될 일이 없어요. 패자라는 개념이 존재하는지도 의심스럽습니다. 누구도 '이번 생은 진 삶이다'라고 생각하지 않는 듯해요. 반대로 승자가 과연 승자인지도 모르겠어요. 부자나 유서 깊은 가문을 경멸하는 시선이 깔려 있거든요. '나 비행기 퍼스트 클래스 탔어'라는 말에 동경보다는 혐오를 느끼는 프랑스 사람들. 물론 부유해지고 싶은 마음은 모두 마찬가지긴 하죠. 그렇지만 욕심보다 경멸이 앞서는 나라에선 부자로 살기도 좀 고달픈 것 같습니다. 은행가 출신 대통령 마크롱을 프랑스 사람들이 아니꼽게 보는 이유랄까요?

개천에서 용이 날 리 없는 프랑스. 한국보다 희망 없는 사회 같기도 하지만 섣불리 판단하긴 일러요. 우리는 다른 형태의 희망을 생각해보지 않았잖아요. 수직적 희망이 아닌 수평적 희망 말이에요. 그게 무슨 말이냐고요? 프랑스의 잦은 파업과 시위를 지켜보며 깨달았어요. 이 사람들은 사회를 바꿀 수 있다는 희망을 버리지 않는다고. 나 하나 잘되긴 힘들지만, 함께 싸운다면 권리를 찾을 수 있다는 믿음 말이죠. 연금 개혁에 반대하는 시위나 노동법 악화에 맞서는 사회운동 등 프랑스 사람들은 불합리한 상황을 한 번도 조용히 넘긴 적이 없어요. 심지어는 지난여름이 너무 더웠다는 이유로 지구 온난화 반대 시위가 열리기도 했죠. 일단 길에 나오고 보는 거예요. 이미 먼저 나와서 행진하는 시위대가 있기도 하고요. 그들의 기저엔 내가 부당하다고 느낀다면 타인도 참지 못하리란 확신이 깔려있답니다. 시민들끼리 '이대로는 못 살겠다'라는 텔레파시가 흐르는 나라. 혼자서 삶을 바꿀 수 없다는 절망적 사실은 절망한 개인들이 한자리에 모일 이유를 제공합니다. 나약한 개인들이 모여 뭔가 바꿀 수 있다는 단단한 믿음. 자기 일이 아니더라도요.

물론 거리로 나온다고 해서 희망이 실현되리란 보장은 없지요. 프랑스도 요즘 약간 지친 듯합니다. 상황이 많이 달라졌어요. 사실 2000년대 시라크 대통령 집권 당시만 해도 고용법 개혁에 반대하는 시위대가 승리하곤 했답니다. 하지만 시위대의 힘이 강력해질수록 정부도 달라진 대응책을 보여주기 시작했어요. 덕분에 개인을 때려잡는 억압보다 강력한 진압은 무관심이란 걸 알게 됐죠. 대답을 주지 않는 정부 앞에선 시위대도 무력해지니까요. 혁명을 이룬 프랑스 사람들이 기대하는 수평적 희망도 이젠 옛말이 된 걸까요. 그렇다면 이곳이 한국보다 더 끔찍할지도 몰라요. 신분 상승이란 수직적 희망도, 너와 내가 살 만한 사회를 만들겠단 수평적 희망도 사라진 셈이니까요.

그런데 수직적 희망이 좌절된 프랑스엔 복병이 있답니

다. 노력으로 개인의 삶을 구제할 수 없다면 이념으로 사회를 바꾸겠다는 젊은 세대! 야자도, 학원도 없으니 에너지는 시위와 토론에서 쏟아내면 되지요. 게다가 시험이 절대 평가인데다 추첨으로 합격자를 뽑는 국립대학에선 승자와 패자의 구분이 모호해집니다. 나를 뺀 모두가 잠재적 경쟁자라는 논리가 이들에게는 어색할 수밖에요. 부모님이 파리 부촌에 살지 않는 이상 연대만이 살길이니까요. 대입 시험 개선에 반대하기 위해 쓰레기통을 쌓아 올리며 학교 문을 막는 고등학생들, 교육이 자본의 논리에 휘청거릴 때마다 거리로 쏟아져 나오는 대학생들, 비정규직 시간 강사의 어려운 노동 환경을 호소하기 위한 무기한 파업까지. 함께 목소리를 높일 때만 진짜 적을 긴장시킬 수 있더라고요. 내 옆의 짝이 아니라. 그래서 학생 총회에서 마이크 잡을 용기를 또 한 번 냈어요.

"저는 이기적 논리가 지배하는 나라에서 왔습니다. 경쟁 사회의 끔찍함을 당신들보다 잘 알고 있어요. 그래서 프랑스가 두려워하는 미래가 오지 않기를 바라요. 함께할 때만 지킬 수 있는 권리를 지지합니다. 외국인으로서 당신들의 학생운동을 응원해요. 잘해보기를 빌어요. 아니, 우리 같이 잘해봅시다."

썩지 않는 가치를 만드는 시기가 젊음이라고 생각합니다. 물론 한국의 명문대 학생증도 노력의 가치지요. 그러나

제가 본 프랑스 청년들이 생각하는 가치는 나눠야만 빛나는 것인가 봅니다. 이름난 대학, 높은 연봉의 직업 등 개인적인 성취에 힘쓰기 바쁜 한국인의 입장에선 좀 어색한 이야기인가요? 살 만한 사회가 어떻게 나의 가치가 되느냐 말이죠. 그렇다면 다른 가정을 해볼까요? 성공한 삶을 꾸려내고 나니 자기만 빼고 모두 살기 어려워 보이는 거예요. 그런 사회에서 쌓아 올린 개인의 가치가 과연 영원할까요? 자신도 모르게 패자를 만들며 살아온 길을 존경할 수 있을까요? '나만 잘살면 그만'이라는 비겁한 마음에 갖다 붙이기엔 '희망'이라는 단어가 너무 아름다운걸요.

　　나부터 잘되겠다는 욕심, 혹은 모두가 함께 승리해야 한다는 이상, 그 둘을 희망이라고 부른다면 사실 중요한 건 희망의 존재가 아닌지도 몰라요. 신분 상승이 가능한 사회인지, 이상이 실현되는 사회인지는 상관이 없다는 거지요. '희망이 있는 사회냐'라는 질문은 살아가는 사회를 분석할수록 '어떤 것을 희망이라 부르냐'로 탈바꿈하니까요. 그렇다면 꿈꾸기 나름이지 않나요? 수직을 꿈꿀지 수평을 꿈꿀지. 하지만 겁이 날 수도 있겠죠. 실패한 취업은 개인의 절망이지만, 연대하고도 바꾸지 못한 시스템은 단체의 절망일 테니까요. 그래서 더욱 희망에 겁을 먹지 않는 배짱이 필요한 것 같습니다. 불가능한 꿈을 꿀 용기 말이에요. 잠깐, 겁 없는 용기라. 그거 청춘이 가지는 특권이 아니던가요?

한국이나 프랑스 사회에 희망이 있는지는 중요하지 않다고 했죠. 왜냐하면 우리가 생각하는 희망은 사회마다 다른 데다 각자가 생각하기 나름이니까요. 그렇다면 경쟁 사회에서 나 하나 구제하겠단 확률 낮은 도박은 다시 고민해봐야 할 문제입니다. 생각해보지 못했던 다른 선택지가 있으니까요. 대물림되는 부와 기회, 즉 공정하지 못한 게임을 갈아엎을 수평적 희망 말이죠. 준비해야 할 건 없어요. 겁만 없으면 되니까요. 제가 본 프랑스 젊은이들처럼요. 게다가 나이 지긋한 사회인들도 시위에 참여하는 걸 보니 그것이 프랑스 사회가 청춘을 갈망하는 방식 같기도 합니다. 그들이 희망에 회의적이라도 길거리에 나오는 이유는 겁이 없기 때문이겠지요. 그러니 겁 없는 청춘이 되어보는 건 어때요? 지속 가능한 가치를 만들어나가는 청춘 말이에요. 젊음을 양보해야 하는 일이 될 수도 있겠지만 우리 다음 세대는 당신이 싸워서 만들어낸 사회에서 살아가겠죠. 이건 시간이 지나도 썩지 않는 가치일 거예요. 그런 가능성을 지녔다면, 다가올 청춘의 사라짐에 대한 애도는 필요 없겠죠.

(정의 12) 희망이란 우리들이 그 결과에 대하여 어느 정도 의심하는 미래 또는 과거의 사물의 관념에서 생기는 비연속적인 기쁨이다.

(정의 13) 공포란 우리들이 그 결과에 대하여 어느 정도 의심하는 미래 또는 과거의 사물의 관념에서 생기는 비연속적인 슬픔이다.

이 정의에서 공포 없는 희망은 없으며 희망 없는 공포도 없다는 결론이 나온다.

_ B. 스피노자, 《에티카》

울기엔 좀 구린 슬픔

아이는 하굣길 문방구를 그냥 지나치지 못했다. 달고나 기계 때문이었다. 주머니의 동전을 확인하곤 해를 등지고 목욕탕 의자를 끌어다 앉는다. 2002년도 월드컵 주제가와 함께 설탕 덩어리가 쏟아져 나온다. 오레 오레 오레 오레 위아더 챔…. 그러고는 베이킹소다를 살짝 집어 녹은 설탕을 부풀린다. 마침내 입에 물린 식은 달고나 사탕. 입에서 바스러질 즈음이면 집에 도착할 터였다. 그 문방구에서부터 집으로 가는 골목엔 햇빛이 들지 않았다. 초등학교 2학년의 하교 시간은 이른 오후인데도. 그곳은 일하러 간 어른들이 자리를 비운 산동네였다. 사탕을 물고 대낮의 어둡고 서늘한 골목을 걸었다. 자박 자박 자박…. 어라, 뒤에서 발소리가 들리는 일은 흔치 않은데. 확인차 뒤를 돌아본다. 아이의 부모님보다 나이가 많을 중년 남성이었다. 그가 미소 띤 얼굴로 물었다. 맛있니? 아이는 수상한 미소를 알지 못하는 나이었다. 고개를 끄덕이곤 경계를 늦췄다. 가는 길이 같나 보지 뭐. 산언저리에 위치한 집에 다다랐다. 그러자 뒤따라오던 발소리도 멈췄다. 늘 그랬듯 우체통에서 꺼낸 열쇠로 대문을 열었다. 그 순간, 문턱을 넘어온 초대받지 않은 손님.

　　처음 본 남성의 성기였다. 9살의 아이는 그게 어디다 쓰이는 살덩어리인지 알 턱이 없었다. 학교에선 뭐라고 가르쳤더라? 안돼요? 싫어요? 그러나 빈집에는 소리를 질러도 들을 이가 없었기에 살고 싶어 저항하지 않았다. 그는 아이의 손에 성기를 쥐여줬다. 달고나 반죽을 휘젓는 것처럼 흔들어 보라고 했다. 자신이 만족하고 떠날 때까지. 그는 새파랗게 질린 아이를 두고 떠나며 여유로운 한마디까지 남겼다.

　　"음마 아빠한테 빠구리가 뭔지 물어봐라잉!"

　　손을 오래 씻었다. 입도 오래 헹궜다. 그렇게 해야만 씻겨나갈 기억 같아서. 지은 죄가 없는데 죄를 씻어내야 한다니. 아무 일도 없었다며 시치미를 떼고 사는 일은 그리 쉽지 않았다. 읽다 멈춘 책의 책갈피처럼 시간이 흘렀다.

　　나는 이런 얘기를 할 필요가 없다. 고백하는 나는 물론 읽는 사람도 부담스러우니까. 불러오기에도 구차한 기억이다. 일찍이 뒤틀린 삶을 책임지기로 작정한 이상은. 그런데도 먼지 쌓인 기억에 꽂힌 책갈피를 꺼내드는 건, 이제는 세상이 바뀌기 때문일 테다. 타인의 사소한 기억도 누군가에겐 애타게 기다렸던 동아줄일지 모른다. 비슷한 기억을 가진 사람들의 소리 없는 연대. 마피아 게임 같은 것 말이다. 자, 당사자들은 조용히 고개를 듭니다. 그리고 서로의 얼굴을 확인합니다…. 그런 안도감이 있다. 물론, 이미 벌어진 일은 어쩔 수 없다. 그래서 어쩔 수 없는 사람들끼리 서로를 확인할 필요가 있다. 이 순간 산동네 하굣길을 오를 또 다른 9살 아이의 미래를 굽어살펴야 하니까. 비극이 대물림되지 않도록.

　아이는 자라서 이성과의 관계가 쉽지 않은 성인으로 자랐다. 얼마만큼 쉽지 않았냐고? 딱 남들만큼만! 연애가 잘 풀리지 않을 타당한 사유를 가졌다고 남성 성기에 겁을 먹기엔 내 삶이 너무 귀중하다. 내가 워낙 잡초같이 강한 탓에. 하지만 진짜 문제는 생각지도 못한 지점에서 발생했다. 그놈의 억양까지 생생하게 기억하는 탓이다. '빠구리가 뭔지 물어봐라잉!' 윽, 구린내…. 내가 세상에 태어나 처음 목격한 천박함이었다. 인간의 상상력을 뛰어넘는 추함. 곱씹자니 웬걸, 허탈한 웃음까지 난다. 그래서 도무지 울 수가 없는 비극이었다. 비장한 슬픔에는 한 톨의 웃음거리도 없어야 하는데. 웃지도 울지도 못하는 싸구려 비극. 그래서 나의 비극은 잘 쳐줘야 B급이다. 아닌가? B급 작품은 소수의 마니아가 인정하는 예술성이라도 있는데. 이토록 천박한 말이 내 슬픔을 헤집어 놨다는 게 화가 나 견딜 수가 없었다. 미의 기준이 없었던 9살의 나는 그때부터 가장 추한 것들의 냄새를 맡기 시작했다. 그러자 주변을 둘러싼 모든 것이 못생겨 보였다. 설탕이 덕지덕지 낀 달고나 기계와 인위적 녹색을 칠한 옥상의 파란 물탱크, 눌린 자국이 남는 노란 장판과 빗소리를 그대로 튕겨내는 슬레이트 지붕까지. 구역질이 났다. 추한 것에 화가 치밀어 견딜 수가 없었다. 같은 반 친구처럼 반듯한 아파트 단지에 살았더라면 성범죄도, 추함도 모르고 자랐을지 모른다. 뒤늦게나마 예쁜 것을 찾고 싶었다. 내 슬픔은 너무 우스꽝스러워서.

그래서 기대를 품고 파리에 왔다. 미美의 도시라 했다. 하지만 추醜에 익숙한 동양인 소녀는 금세 깨달았다. 여기서도 아름답지 못한 것을 떠안고 살아야 한다는 사실을. 물론 내가 머리로 아는 파리는 변함없이 아름다웠다. 16구의 휘황찬란한 오스만식 건물처럼. 게다가 슬픔을 아름답게 포장하는 예술이 사는 곳이지 않나. 시인 보들레르의 우울은 《악의 꽃》이라고도 불렸다. 절망도 꽃이긴 한 셈이다. 하지만 아름답지 않은 절망을 못 본 척하는 오늘날에는? 미를 찬양하는 만큼 눈앞의 추를 인정하지 않는 사람들. 파리 지하철에서 맨발로 떨며 구걸하는 난민과 게토ghetto나 다름없는 북쪽 동네 분위기는 모르기로 작정한 듯하다. 그리고 보이지 않는 것들 속에 내가 있었다. 매춘부로 오해를 사는 동양인 여성의 삶, 인종차별을 호소해도 되바라지게 짖는 강아지 취급을 받는 일상. 지구 반 바퀴를 돌아와서야 깨달았다. 파리에서의 삶도 내게는 아름답지 않다는 사실을.

그렇다면 애초부터 미가 존재하는 곳은 없는지도 모른다. 미가 대상 안에 머무는 속성이 아니라면 주관적 판단만이 있을 뿐. 결국 아름다운지 아닌지 판단하는 건 내 몫이었다. 하지만 그렇다고 해서 성범죄자가 내뱉은 그 말을 아름답다고 생각할 수는 없지 않은가. 적어도 당신과 내가 동의할 만한 기준이 있어야 한다. 모두가 보편적으로 내릴 수 있는 미의 판단 기준을. 그러면 아름다운 삶을 피워내는 법을 배울 수 있을지도 모른다. 철학과에서 유독 미학 공부에 마음이 갔던 이유다. 아름다움이 대체 뭐길래 이토록 욕망하게 만드는지 궁금해서. 그렇지만 내 경험은 예술 작품이 아닌데. 그래도 글이 된 경험이라면 미를 논해볼 수 있지 않을까? '나는 아름답다고 생각하는데 넌 어때?' 혹은 '나만 추하다고 생각하는 거 아니지?'라는 의견을 낼 수 있도록.

우리는 미에 관해 옥신각신할 뿐 시시비비를 가리지 않는다. 누군가 아름답다고 여기는 작품을 내가 동의하지 않는다고 해서 옳고 그른 게 아니지 않은가. '이 책은 전진이 썼다'는 옳고 그름의 판단이 가능한 명제이지만, '전진의 책은 최고다'라는 취향 판단은 사람마다 (안타깝게도) 다를 것이다. 자기 취향에 동의하지 않는 상대와 말다툼을 벌이는 이유다. 이는 미적 판단을 분석했던 철학자, 칸트의 주장이다. 3번째 비판서인 《판단력 비판》에서 칸트는 미는 논쟁streiten할 수 있을 뿐 논의disputieren할 수 없다고 했다. 하지만 옳고 그름의 인식 기준이 없더라도 미는 보편적 공감을 자아낸다. 그렇다면 보편타당한 미적 공통감각을 규정할 수 있지 않을까? 독일 철학에 낯을 가리는 내가 칸트의 저서를 반복해서 읽은 이유였다. 단순히 아름다움을 규정하는 미학이 아니라, 미적 판단의 근원과 기능을 찾아내기 위해서.

　내 경험이 아름답지 않은 것은 다들 공감할 테다. 하지만 그 사건 자체에 아름다움이나 추함이 머물지는 않는다. 그렇다면 판단은 대체 어디서 오는 걸까? 답을 알아내기 위해 아름답다고 공공연히 말해지는 대상을 찾아 나섰다. 리서치가 목적이라면 파리에 온 보람이 있었다. 미술관이라는 미적 판단의 전당이 있으니까. 사실 대부분의 그림은 척 봐서는 이뻐 보이지 않았다. 단언컨대, 오르세 미술관에 가서 세잔의 사과 연작을 처음 보고 미적 카타르시스에 빠지는 사람은 없을 거다. 정물화의 섬세함을 따지자면 미대 입시생의 사과 묘사가 더 생생할 테니. 그런데도 세잔의 투박한 사과가 세상을 바꿨다는 평가를 듣는다면, 분명 문외한은 모르는 룰이 있을 것이다. 따라서 미술사 공부를 할 필요가 있었다. 어떤 작품이 추앙받는 이유를 안다면 데이터를 끌어모아 공통 척도를 만들 수 있지 않을까? 시대에 따라 손에 꼽는 명작이 우리의 미적 판단을 새롭게 구성할 테니.

아니, 이미 아름답기 때문에 명작인 것이 아니냐고? 이 해가 힘들다면 예를 하나 들어보자. 발자크의 소설 《미지의 걸작》은 프랑스 고전주의 회화의 거장 푸생과 그의 허구적 스승 프렌호퍼의 이야기이다. 제자였던 푸생은 스승이 10년간 예술혼을 바쳐 '완벽한 여성'을 그린 작품을 마주한다. 그런데 이게 웬걸, 완벽한 여성을 재현한 그림은 안개 같은 색채의 혼돈이나 다름없었다. 삐죽 튀어나온 발만이 사람의 흔적을 암시했다. 인물과 사물의 상징적 배치가 회화라고 불리던 고전주의 시대에는 그야말로 이해 불가능한 그림이었다. 그로부터 400년이 지난 세상에 사는 우리들 입장에선 그리 낯설지 않지만. 표상 없는 색채의 범벅이라면 추상화가 아닌가? 안타깝게도 시대를 앞섰던 푸생의 스승은 제자들의 실망한 기색에 낙심한 나머지 아틀리에를 태우고 숨을 거둔다. 하지만 우리는 안다. 책의 제목처럼 그 시대에는 미지의 예술이었겠지. 발자크는 오지 않은 시대의 미를 예견했던 걸까? 이처럼 우리가 가진 미적 감각은 역사성을 띤다. 추상 미술을 모르는 푸생 시대의 사람들을 한심해할 필요는 없다. 후대의 인류가 받아들일 예술을 아름답지 않다며 비난하는 현대인지도 모르는 일이다. 받아들일 수 없는 표현 방식이 어느 순간 당연해지고 그 또한 넘어설 대상이 되

는 역사. 이 모든 과정을 통해 만들어지는 미적 판단이라면
그 원리를 조금 더 넓게 적용해보자.

　현재의 예술이 과거의 것을 뛰어넘었기 때문에 위대하
고 아름답다면, 과거의 경험을 극복하는 현재의 삶도 아름
다울 수는 없을까? 나는 추하다고 여겼던 9살의 기억에 사
로잡히기도, 이를 부정하기도 했다. 이후의 삶은 완전히 없
애지 못한 기억의 변주나 마찬가지였다. 성관계를 혐오하며
수도승 생활을 하든, 양적 경험을 쌓기 위한 쿨걸 행세를 하
든 뭐가 됐든 과거의 반작용인 셈이다. 절단할 수 없는 기억
이라면, 몇 번이고 뛰어넘을 수밖에. 이제는 '그럼에도 불구
하고'라는 말이 붙기 때문에 긍정할 수 있다. 그런 연속성에
서 읽힌다면, 그래서 추한 기억조차 더는 부정할 수 없다면,
이는 예술의 역사와 닮아있지 않을까. 과거와 싸워냈기에
마주하는 자기 초월의 현재 말이다. 지금의 자신이 마음이
든다면 쌓아온 과거의 블록이 거슬린다며 빼낼 필요가 없
다. 그리고 앞으로 준비할 미래는 얼마나 더 찬란할지 기대
해도 좋다. 지금이라면 내 삶이 아름답다고 판단할 수 있으
니까. 9살 아이에게 찾아왔던 우스꽝스러운 비극마저도.

　내 삶이 추하지 않다고 판단하자 예상치 못한 전환이
찾아왔다. 아름다움이 내게 더는 중요하지 않았다. 손에 넣
자마자 시시해졌다는 말이 아니다. 추와 미라는 이분법이
아름다움을 달성하는 동시에 해체되었다. 그래서 남은 나의

삶 또한 지난날처럼 추를 피하거나 아름다움을 갈구할 것 같진 않다. 그러고 보니 예술의 역사도 마찬가지다. 20세기의 예술이 반드시 미를 추구하지는 않게 된 것처럼. 솔직히 작품이 꼭 아름다워야 한다는 생각도 꽤 고루해졌다. 100년도 더 지난 뒤샹의 〈샘〉만 봐도 알 수 있다. 미적 쾌감을 느끼라고 미술관에 변기를 갖다 놓았을 리가. 결국 뒤샹이 불을 붙인 다다이즘의 목표는 '직접 생각하게 만들기'였다. 미가 아닌 생각을 호출하며 관객을 괴롭히는 예술이랄까. 추와 미의 이분법을 넘어 내가 마주할 단계인지도 모른다. 이미 시도하고 있는지도 모르고. 어차피 우리는 미래의 예술도 아직 모르지 않나.

"예술 작품의 의미를 이해하기 위해서는 잠시 작품을 잊고 눈을 돌려 우리가 보통 미적인 것으로 간주하지 않는 경험의 평상적인 힘과 조건들을 살펴보지 않으면 안 된다. 우리는 어떤 회로를 통해 예술론에 도달해야 한다. 이론이란 이해, 통찰력과 관련된 것이지 경탄, 그리고 보통 감상이라 불리는 감정 자극과 관련된 것이 아니기 때문이다."

_ 존 듀이, 《경험으로서의 예술》

악령이 되어버린 여동생

"쟤네 좀 봐! 내일 죽을 텐데 날고 있어!"

O가 횟집 수족관을 가리키며 말했다. 그러게, 오징어의 날갯짓이네. 그는 덧니를 드러내며 웃고 있었다. 덥수룩한 수염 사이 허연 이가 솟아나면 그곳에 기적이 있다는 신호였다. O가 나를 처음 만났을 땐 어떤 얼굴이었더라? 이가 보이진 않았던 것 같다. 나는 오징어만큼도 그를 웃게 만들진 못했던 셈이다. 가까이서 보는 인간의 날갯짓은 기적보다는….

부산에는 호탕한 예술가들이 많았다. 나는 집 가까이에 있는 독립문화공간에 자주 들락거렸다. 그러다 O를 만난 건 순전히 우연이었다. 한국에서 산 지 10년쯤 됐다던 모로코 출신 뮤지션. 그날 처음 외국인과 술을 마셔본 나는 아주 보편적인 스무 살이었다. 수더분한 수염의 O는 친구들의 대화에 집중하지 않았다. 대신 맞은편에 앉아 팔짱을 낀 채 나를 노려봤다. 이러다 내 얼굴에 구멍 나는 거 아냐? 이해할 수 없는 상황을 추궁하는 듯한 눈빛. 무서워서 모른 척했다. 내가 신기하게 생겼나? 그 자리에서 제일 신기하게 생긴 건 자긴데. 정말 이상한 외국인이었다. 말 한마디 없이 가장 날것의 언어를 눈으로 쏟아내던 사람. 소주잔을 비울 때조차 시선을 내게 고정했던 O는 취기가 돌았는지 젓가락을 떨어트렸다. 나는 수저통에서 한 짝을 꺼내주고서 다시 고개를 돌렸다. 그러자 외국인은 한마디 인사도 없이 떠나버렸다.

　　2주쯤 지나 문화공간으로부터 연락을 받았다. O가 너를 찾고 있다고. 나를? 왜? 오는 4월에 모로코에서 온 뮤지션 친구들과 전국 투어를 할 계획이란다. 그러니 내가 매니저 겸 통역 일을 맡아줬으면 좋겠다나. 그 여자애는 프랑스에 갈 계획이니 불어도 연습하고 좋지 않겠냐며. 어리둥절한 나는 거절을 하러 갈 심산이었다. 내가 노는 사람으로 보여? 그렇다면 아주 제대로 봤군. 아무튼, 공연을 앞두고 연습 중이던 O와 그의 밴드를 만났다. 기왕 온 거 들어나 보자. 모로코 전통 악기와 O의 목소리가 빚어내는 소리는 노래라기보단 굿 같았다. 한번도 접해본 적 없는 다른 대륙의 굿. 밴드 이름은 'Majdub', 초자연적 힘에 사로잡힌 사람을 일컫는 아랍어였다. 아주 따끈한 음악이구나. 마음이 따뜻하다고 할 때의 그 온도가 아니라, 사막의 열기가 주는 후덥지근함. 나는 더위를 잘 타는 사람이 아니었다. 그래서 그 굿판에 합류했다.

부산, 광주, 서울 그리고 제주까지. 2달간 밴드 매니저를 자처하며 수상한 모로코인들을 따라다녔다. 물론 나는 책임감이 전혀 없는 밴드 매니저였다. 그저 음악과 술이 있어 즐거울 뿐. 신이 나면 춤을 춰야 한다는 사실도 그때 배웠다. 클럽과 갤러리 공연 전후로 소주 탄 맥주를 피쳐로 돌려 마셨다. 어쩐지 그들도 '쏘맥'은 5년이 지난 지금도 잊지 않더라. 사실 짧은 불어 실력은 전혀 걱정할 필요가 없었다. 취한 그들이 아랍어로 '비헤르bekhair?'라고 물으면 나도 '비헤르, 함↗둘↘라↗'라고 대답하며 웃고 말았다. '괜찮아, 신의 가호가 있기를' 정도 되려나. 딱 그만큼만 형성되는 유대감이 좋았다. 6명의 모로코 남자와 한국 여자애라니. 아주 이상한 조합이었다. 그리고 하룻밤 사건을 찾기에 딱 좋은 환경이랄까. 매일 일어나는 짜릿한 사건들. 밤에는 놀고, 낮에는 기억을 복기하며 일기를 썼다. 그러면 증명하는 기분이 들었다. 밀도 높은 삶을 살고 있다는 사실을.

하루는 공연 영상을 담당하던 미국인이 나를 붙잡고 얘기했다. 너, 시간 낭비하고 있는 거야. 저 아프리카 애들이랑 놀러 다니지 마. 너는 생각과 에너지를 머리로 가게 만들 사람이라며. You can't run away from yourself. 나 자신으로부터 도망칠 수 없다고? 그거 밥 말리 노랜데. 근데 네가 뭔데

훈장질이야? 나는 즐기고 싶은 거지 인생 조언을 듣고 싶은 게 아니라고. 그러면 넌, 도망치지 않아서 지금 나랑 여기 있는 거야? 도망치는 게 뭐가 나빠서. 도망친 곳에서 나를 받아주는 일도 흔치 않다고. 이런 건 처음이란 말이야. 도망칠 수 있다는 사실을 알게 된 것조차도.

5년이 지나고 보니 일리 있는 말이었다. 그 미국인 말고 내가. 그만큼 잘 도망칠 기회는 없었다. 그래서 나의 스무 살은 평생에 걸쳐 기억할 단물 빠지지 않는 껌으로 남을 테다. 그런 고밀도의 삶은 다시 찾아오지 않았기 때문에. 게다가 모로코인들의 굿판에 참가한 이후의 삶도 도망인 건 마찬가지였던 듯하다. 프랑스에 오고 철학과에 진학한 것도 말이 좋아 '목표'지 어느 정도는 도망이 아니었나? 살기 위해 튀었으니까. 물론 '좋아서 선택했는데요'라는 대답은 쉬웠다. 공연이 끝나고 좋아서 췄던 춤처럼. 하지만 춤을 추면서도 궁극적으로 원했던 건 O의 시선이었다. 그가 바라보리란 확신에 등을 내보였다. 그러고도 시선을 확인할 용기는 내지 못했다. 감은 눈조차 뜨지 못했다. 정신분석학자 라캉식으로 말하자면, O의 욕망으로 나를 바라본 셈이었다. 바라봄을 유도하니 노출증이고, 그의 시선에 이입해 만족하니 관음증이었다. 시선이 가닿는 곳에 주체로서의 나는 없었다. O가 물어왔을 때도 그랬다. 민지, 네가 원하는 걸 말해. Tell me what you want. 내가 원하는 것? 몰라⋯. 묻지 마. 난 프랑스에 갈 거고, 바라던 공부를 할 거고⋯. 아무튼 질문을 미룰 수 있는 곳으로 갈 거야.

출국을 앞둔 내게 가족과 친구들은 잘 다녀오라고 그랬다. 잘 다녀'오라'니. 몇 번 귀국해보고 나서야 깨달았다. 다시 온 자리에 그 사람들은 이미 없다는 사실을. 떠난 이는 난데 바라는 것도 많았던 셈이다. 어쩐지 O는 다른 얘기를 했더랬다. 다시는 돌아오지 말라고. 분명 나를 위해서 해준 말이었다. 한국에서 이방인으로 10년 넘게 살았던 짬밥이면 내가 떠나고 싶은 이유도 잘 알았을 테다. 그래서 프랑스에선 답을 찾을지도 모른다고 생각했나 보지. 그런데 떠난 곳에도 답이 없으면 어떡하지? 더는 내게서도 도망을 칠 수 없다면. 그것도 물어보고 올 걸 그랬다. 하긴, 그 또한 알았던 것 같지는 않다. 그래서 O는 노래를 불렀나.

그렇게 고밀도의 일상에 마침표를 찍고 파리로 건너왔다. 나는 투어를 함께 다녔던 O의 오랜 친구 M과 붙어먹었다. 파리의 직장인인 M은 저밀도의 삶 또한 착실하게 꾸릴 수 있는 사람이었다. 밴드의 드러머도 같은 도시에 살았기에 우리는 종종 회동했다. 그러자 그와 모로코 출신 주변인들이 안은 고민이 고스란히 드러났다. 불법체류, 이혼, 마약, 불확실성, 무기력 등등. 그 무리에 꼈던 스무 살의 한국인 여자애는 눈만 도르륵 굴렸다. 누구도 내가 왜 거기 있는지 묻지 않았다. 무관심이었을까, 배려였을까. 확실한 건 그들은 한국에 가버린 O의 과거를 알고 있었다. 나름대로의 유대감이라고 생각했다. 나는 O가 없는 곳에서 O를 찾아다녔다.

모로코를 다녀온 이유도 같았다. M이 나를 데리고 다니며 보여준 마라케시, 에사이우이라 그리고 그들의 고향 카사블랑카. 태어나서 처음 보는 사막적 색채였다. 채도가 낮았고 그 어떤 요소도 자신을 뽐내지 않았다. 그래서 아주 어른스러운 도시라고 생각했다. 어리광조차 부릴 수 없는. 보여주고 싶은 게 확고한 파리를 떠나와서 그랬던 것일지도. 파리는 자신을 찬양할 이방인들의 반응까지 예상해둔 도시였다. 그 예상도 뻔히 보여서 처신도 쉬웠다. 반면에 카사블랑카에선 어떤 반응을 보여야 할지 알 수 없었다. 애초부터 타인의 판단을 염두에 둔 것 같지 않았다. 나의 입발린 소리따위 개의치 않을 권위적인 중년 남성같은 도시. 그래서 조용히 모로코 친구들의 과거를 상상했다. 도망만 치던 내가 시도할 수 있는 뒤늦은 이해였다.

파리에서 나만의 밀도 낮은 일상에 적응할수록 모로코 친구들과도 멀어졌다. 남의 출구 없는 고통을 들여다보기엔 내 코가 석 자였기에. 내 시선이 그들에게 아무짝에도 도움이 안 된다는 걸 알아버렸다. 그래서 내 정원부터 일구다 보니 대학 입학도 자연스레 찾아왔다. 전공 외에도 언어 수업을 필수로 들어야 했는데, 불어의 뒷전이 되어버린 영어를 다시 시작하기로 했다. 곤두박질친 영어 실력을 고려해 1부터 6까지 나뉜 단계 중 왕초보 다음 반을 골랐다. 쉬엄쉬엄 가고 싶어서. 1학년 1학기 때 들어갔던 5단계 영어 수업. 첫 시간에 알아차렸다. 뭔가 이상하다. 문화인류학을 영어로 읽고 수업하는 것도 그랬지만, 죄다 대학원생뿐이었다. 설마 5단계는 초급반이 아니라 최고급 다음 반이었나? 망했다⋯. 그래도 희망은 있었다. 내 영어는 프랑스인 같지 않으니까. H가 묵음인 탓에 '햄버거'를 '암바가'로 발음하는 애들보단 승산이 있을 터였다.

마침 과제는 한 시간 동안 예술가를 인터뷰하고 문서화하기, 그리고 대본 없는 15분 분량의 파워포인트를 만들어 발표하는 것이었다. 인터뷰할 예술가라. 대본 없이도 떠들 수 있는 대상은 단 하나. 그래서 프랑스에 온 이래 처음으로 한국에 있는 O에게 전화를 걸었다. 8시간의 시차를 둔 그는 아침 식사를 준비하고 있었다. 나는 밴드에 대해, 그때의 밀도에 관해 물었다. 착실히 대답해주던 O는 전화를 끊기 전에 덧붙였다. 철학 공부를 통해 인생의 답을 얻게 되면 알려달라고. 글쎄. 나는 도망쳐서 끝내 답을 얻었나? 그로부터, 나로부터. 유튜브에서 O의 노래를 찾아 듣기만 했던 지난날인데. 내 공부는 그의 노래보다 쓸모 있었나? '알게 된다면'이라는 곡. '수리수리마하수리'라는 밴드의.

한국에 잠시 돌아갔을 때 O를 다시 만난 적이 있다. 매번 그랬듯 공연 뒷풀이 현장이었다. 동반자와 함께 왔길래 긴 얘기를 나누진 못했다. 그래서 다행이라고 생각했다. 내가 할 수 있는 얘기는 별것 없었다. 인터뷰했던 영어 수업에서 좋은 점수를 받았다고. 다 네 덕분이라고. 실없는 소리만 한 게 천만다행이다. 솔직해졌으면 어쩔 뻔했어. 그가 내게 원하는 것이 뭔지 물었을 때 하지 못했던 대답은 이제 중요하지 않으니까. O가 없는 곳에서 O를 찾아다녔던 시간도 이젠 다 지났으니까. 적어도 과거를 고쳐먹을 수 있다고 생각했던 개츠비만큼 순진하지는 않으니까. 납득하고서도 벌개진 눈은 값진 교훈이었다. 질문으로부터, 아니, 나로부터 도망친 대가다. 대답이 '좋아'건 '싫어'건 입으로 뱉었다면 덜 고통스러웠을 텐데. 하지만 나의 결정은 '아무 대답도 하지 않기'였다. 그게 진짜 도망이었다. 대답하지 않기를 선택한 거니까. 상대에게 책임을 미루고 싶다는 선택. 그에 비하면 나의 다른 도망은 '그게 싫어서'라는 이유가 있는 정당한 선택의 결과였다. 원하는 걸 말할 줄이나 알면 도망가면서 무기를 발견하기도 하기에 그리 사무치는 후회는 없는데 말이다. 하지만 선택을 포기한 선택은 변명할 여지도 없다. 헤엄치지 않는 오징어인 셈이다. 그저 가라앉아서 호흡이 멈추길 기다릴 뿐. 그렇다면 O가 오징어의 부단한 날갯짓을 보고 미소지을 만도 했다. 어떤 상황에서든 살고자 하는 의지, 본능대로 선택하고자 하는 의지는 아름다우니까. 체념한 채 회쳐주길

270

기다리는 것보다야….

　그러니 모든 도망이 다 지리멸렬한 것은 아니다. 주관이 확고해야 제대로 튈 수 있으니. 타인과 사회의 욕망에 반발해 이를 악문 도망은 견딜 만하다. 하지만 타인의 욕망으로 형성된 나라면 '와장창'을 마주할 수밖에 없다. 누군가 질문을 해오는데 자신은 거기 없을 테니. 그러니 '나, 어떻게 살아온 거지?'라는 의문이 든다면 한 가지만 생각하자. 주체가 될 수 없었지만 그런 사람이 나 혼자만은 아니라는 사실. 도망치는 사람들이 원체 흔적을 남기지 않아 길이 어둑어둑할 뿐이다. 돈 잘 벌고 사회적으로 성공한 사람일수록 길이 번쩍이는 데 반해서. 대신 O의 노래를 좇아 어둠 속에서 손을 휘저으며 걸었다. 회중시계를 든 토끼를 본 것 같았다. 물론 O는 토끼치곤 털이 억세고 우람하긴 했지만. 이곳이 이상한 나라인가? 아니, 내가 떠나온 곳이 이상한 나라였던가?

　프랑스에 오기 직전의 2015년 여름도 그랬다. 토끼 O를 다시 만나기 위해 제주도에 갔다. 밴드 베이스 주자도 한국에 남아 있었기에 셋이서 놀았다. 서귀포시 시내에서 버스킹 공연을 하다 쉬는 참이었다. 취한 베이시스트가 내게 물었다. 민지, 너 혹시 O 좋아해? 윽, 이런 돌직구는 반칙인데. 물론 O도 곁에 있었다. 어쩌지. 대답하는 데 시간이 걸릴수록 빼도 박도 못 하는데…. 굳어버린 얼굴의 나 대신 O가 대답했다. 민지는 나를 'big brother'로 좋아하는 거야. 그러게. 큰 오빠구나. 그것도 맞는 말이었다. 이십 년 평생 가져본 적 없는 빅 브라더라 생각하니 안심이 됐다. 곧 O가 노래를 몇 곡 더 불렀다. 그러자 맥락 없는 질문 공세가 다시 시작되었다. 민지, 너 그러고 보니 이름 바꿨더라? '진'인가? 어, 맞아. 이젠 진이야. 그러자 O와 베이시스트가 시시덕댔다. 뭔데! 왜 웃는 거야! 나도 가르쳐줘! 그러자 웃음기가 채 가시지 않은 O가 대답했다.

"아랍어로 '진'은 악령이란 뜻이야. 알라딘에 나오는 '지니'처럼."

그렇구나. 악령이 되어버렸구나. 어쩐지 밴드 이름 Majdub도 신들린 사람을 일컫더니. 염병할. 하여간 빅브라더건 악령이건 O와 잘 될 일은 추호도 없겠구나. 그럼 됐다. 딱 그 정도면 좋겠다. 좋은 영인지 나쁜 영인지 알 수 없는 곳에 왔으니. '크다'는 무엇보다 크단 뜻인지, '나쁘다'는 어째서 나쁜 건지 모호한 원더랜드. 급기야는 악령이 되어버린 여동생. 직접 선택했다면야 뭔들.

"인간은 우선 자신이 욕망하는 존재로서 묶여 있는 한계를 답파한 이후에만 비로소 재발견된 인식connaissance에 해당될 듯한 어떤 장 속에서 자신의 상황을 그려낼 수 있다는 사실을 깨닫게 됩니다. (…) 사랑은 무엇보다 사랑의 대상이 포기되는 저편에만 자리 잡을 수 있습니다."

_ 자크 라캉, 《자크 라캉 세미나 11-
정신분석의 네 가지 근본 개념》

혼자 떠난 촌년의 그리스 여행

오래된 동경에 선물을 줄 때가 왔다. 졸업을 몇 달 앞두고 떠나는 그리스 여행. 유럽 대부분의 관광 도시는 한 번씩 기웃거려본 터였다. 하지만 철학의 근원지 아테네는 어쩐지 아껴두고 싶은 마음이었다. 여태 왜 망설였더라? 아주 오래된 동경이라서. 내 것이 아닌 문화에 사로잡힌 첫 기억. 또래 한국인이라면 올림포스 신들의 이름은 줄줄 꿸 테다. 당시 베스트셀러 만화책이었던 어린이를 위한 《그리스 로마 신화》 덕이다. 난봉꾼 제우스, 신들의 여왕 헤라, 태양의 빛으로 이성의 미를 밝히는 아폴론, 트로이 전쟁의 아름다운 원흉 아프로디테….

　인간처럼 사랑하고 분노하고 실수하는 신이라니, 이렇게 매혹적일 수가! 없던 신앙심도 솟아오른다. 고대 그리스인들은 흉작이 오면 곡물의 여신 데메테르가 슬픔에 잠겼다고, 누군가에게 첫눈에 반할 땐 큐피드가 장난을 쳤다고 믿었겠지. 그로부터 3,000년은 지나 동아시아 반도의 어린이가 접한 신화적 이야기는 비유가 충만한 시적인 삶에 대한 욕구를 간질였다. 파리에 와서도 일상의 소금과 후추 같은 비유는 여전하다. 언니, 내겐 어떤 그리스 신이 어울려요? 진아, 널 보면 하데스의 납치로 명계의 여왕이 된 페르세포네가 생각나. 그녀가 삼킨 석류 몇 알은 지하세계에 남기 위한 선택이었다고도 하는구나. 나는 페르세포네가 자신의 행복을 찾았을 거라 믿어. 내가 사랑하는 파리의 아테나, 큐피드가 말했다.

지중해를 꿈꿨던 이유는 이뿐만이 아니다. 신화의 끝을 맺는 시도조차 그리스에서 시작되었기 때문이다. 철학과 학생으로서 그리스와 두 번 사랑에 빠져버린 이유랄까. 탈레스의 제자였던 아낙시만드로스는 만물의 근본 재료가 무한, 즉 아페이론apeiron이라고 했다. 한계가 없는 혼돈에서 국경선을 긋듯 규정되어 만들어진 것이 우리가 보는 세상인 셈이다. 하지만 경계를 그으며 만들어진 페라스peras는 영원하지 못하고 문드러져 사라진다. 유한은 무한으로 돌아가고 무한에서 다시 유한이 생기고… 동양인인 우리 입장에서 그리 낯설지 않다. 주자의 이기론이 떠오르기도 하고. 세상 만물의 근원arche을 설명하려는 시도, 형이상학의 시작! 뜬구름 잡는

소리라고? 그렇다면 앞선 신화 이야기의 연장선상에서 살펴
보자. 복작복작 머릿수 많은 신을 통해 설명하던 세상은 끝
났다. 근본 원리를 설명하려는 철학의 시대가 도래한 것이
다. 이제는 흉작이 찾아와도 신의 노여움을 달래려 애꿎은
제물을 바칠 필요가 없어졌다. 신성을 대변한답시고 폭정을
일삼는 왕에게 복종할 이유도 사라졌다. 질투는 헤라의 심
술, 폭풍은 포세이돈의 노여움이라는 등 신을 통해 설명하
지 않고 이성의 힘을 빌려 풀어내는 세계가 도래한 것이다.
그리스에서 만들어진 신화는 이처럼 철학을 통해 그리스에
서 끝을 맺었다. 두 가지 상반된 시도가 일어났던 놀라운 땅,
그곳에 가고 싶었던 이유다. 하나의 세계를 찬란하게 열고
닫은 고대 그리스의 흔적을 보고 싶었다.

　　니체의《비극의 탄생》을 쥐고 의자에 몸을 구겨 누우니
공항 노숙도 견딜 만했다. 시작부터 낭만으로 똘똘 뭉친 여
행이었다. 졸며 도착한 아테네에서 눈을 감고 모든 감각을
열었다. 좀 어수선한 도시의 움직임과 인색하지 않게 내리쬐
는 햇빛. 그리고 코를 간질이는 이 짠 내는 분명 바다가 근처
에 있다는 신호였다. 숙소로 향하며 눈에 담은 것은 당당한
촌스러움이었다. 건물과 사람들, 어딘가 나사가 빠진 듯 우
스꽝스럽지만 그걸 비웃는 사람이 잘못했다는 인상을 주는
도시. 자유롭지만 어딘가 사람을 재는 시선이 느껴지는 파

리에 살기 때문일까. 스무 살을 채울 때까지는 관광지라곤 절밖에 없는 동네에서 자랐던 나인데. 촌년인 줄 몰랐던 촌년. 파리가 내게 준 변화란 '촌년인 줄 아는 촌년'으로의 진화뿐. 그래서일까? 아테네에서 더없이 편안했다. 여행 뽕에 차올라 아직 모르는 도시를 찬양한다고 생각한다면 섭하다. 촌년의 촉을 얕보면 안 된다. 접해보지 않은 문화는 몰라도 자신의 정서는 기가 막히게 냄새를 맡기 때문이다. 파리에서 움츠러들었던 마음이 지중해의 바람에 쓸려갔다. 경제 위기를 겪고 있는 그리스는 촌스럽되 당당할 만도 하다. 선진 유럽 국가에 비웃음을 살 일이 없기 때문이다. 예나 지금이나 유럽 문화의 근원이란 점은 바뀌지 않으니까. 까탈스러운 선진국 여행객에게 혀를 끌끌 찰 자격이 있는 나라였다. 나는 5년 묵은 파리의 닭달을 걷어차고 그리스를 등에 업었다. 간만에 느끼는 자유였다. 한 발짝 떨어져 한국과 프랑스를 동시에 돌아볼 수 있을 것 같은 예감이 들었다. 아주 엉뚱한 나라에 와서.

그리스에 도착한 다음 날, 파르테논 신전이 있는 아크로폴리스로 몸을 이끌었다. 유행이라고는 찾아볼 수 없는 거리에서 내가 아는 모던한 상가는 딱 하나, 스포츠 경기에 배팅을 할 수 있는 복권 판매 체인점뿐이었다. 별다른 소일거리가 없어 보이는 그리스 노인들이 긴 오후를 견디는 장소였다. 텅 빈 시선으로 나를 잡아 세운 그곳의 할아버지. 앗, 영

양가 없는 절망을 봐버렸다. 내가 찾는 건 응시하기 버거운 그리스의 현주소가 아니었다. 그래서 쫓기는 듯한 발걸음으로 아크로폴리스 언덕길을 올랐다. 비수기에 간 덕인지 꽤 한산했다. 예상대로 유적지 보수 공사는 진전이 없어 보였다. 생명유지장치에 기댄 거대한 돌덩이. 그게 파르테논 신전이었다. 미학 시간에 뭘 배웠더라? 그리스 건축물의 쭉 뻗은 돌기둥은 일직선이 아니라고 했다. 정말 수직일 경우 기둥이 밖으로 휘는 듯한 착시를 주기 때문에 안쪽으로 살짝 기울여놨다고. 배웠던 지식을 그러모아 시선에 담았다. 이게 도리아 양식 건축물이구나. 이오니아, 코린토스 양식까지 머릿속에 그려졌다. 그런데 내가 이걸 왜 기억하고 있더라?

미학 수업 때 당황했던 기억 때문이다. 교수님께서 그리스 건축 양식을 언급하실 때 나는 아무것도 연상되는 것이 없었다. 프랑스 동기들은 '굳이 설명 안 하셔도 알지요'라는 듯 고개를 끄덕였다. 헉, 나만 바본가 보다. 파워포인트는커녕 수업 자료도 드문 프랑스 철학과. 세 시간 동안 교수님 입에서만 쏟아지는 내용에 자주 길을 잃었다. 미리 알고 있어야 할 텍스트, 역사적 사실, 명화, 건축양식 등 나만 모르는 교양이 쏟아졌다. 《고독한 산책자의 몽상》의 두 번째 산책에서 루소가 묘사한 죽다 살아난 경험이 몽테뉴의 낙마 사고 오마주라는 사실, 교수님들의 말버릇인 'in fine, in concreto' 같은 라틴어 연결 어구의 뜻, 1688년 영국에서 제임스 2세를 퇴위시킨 사건이 '명예혁명'이라 불리는 이유, 고전 회화의 대가 푸생과 플랑드르의 루벤스가 불러일으킨 색채 논쟁에서 떠올려야 하는 명화들. 왜 나만 빼고 다 알고 있는 거야! 아니, 내가 어떻게 다 알고 자랐겠냐고! 아무리 내가 프랑스에 철학을 배우러 왔다지만 깔고 가야 하는 지식이 이렇게 많은 줄은 몰랐다. 프랑스에서 나고 자란 동기들한테는 낯설지 않을 서양의 교양. 내가 그들과 같은 출발선에서 겨룰 수 있을 리가 없다. 그런데 나의 모자람이 왜 그리도 속상하고 부끄러웠을까. 솔직히 까놓고 말해서, 너희는 동양에 대해 아무것도 모르잖아. 인의예지라고 들어는 봤냐, 무식한 놈들아?

이렇게 멋진 곳에 와서 학교 생각은 하고 싶지 않았는데. 어릴 적 그리스 신화에 대한 동경은 그에 비하면 순수할 따름이었다. 인상을 찌푸리며 일어나 뒤로 돌아 걸었다. 파르테논을 등졌더니 건물들이 빼곡히 들어찬 아테네가 내려다보였다. 유서 깊은 문화고 뭐고 잘 모르겠지만 왜 여기다 신전을 세웠는지는 알 것 같았다. 내가 보는 것은 달을 가리키는 스승의 손가락도, 달도 아니었다. 분명 달에서 바라보는 풍경이었다. 햇빛이 드리워진 면적과 구름의 그늘에 머무는 면적. 더 높아도, 낮아도 안 될 높이에 지어진 신전이구나. 나의 몽상이 무색하게 바쁜 일상을 살아갈 아테네 사람들을 상상했다. 뜨거웠던 정수리가 식었다. 왔던 길을 돌아가자. 오랜만의 재촉 없는 발걸음이었다.

　다음 날엔 오후 9시에 크레타섬으로 출발하는 페리를 타러 피레우스 항구에 가야 했다. 하지만 다른 땅에 왔다고 사람이 쉽게 바뀌진 않는다. 나답게 출발 시각을 넘기고서야 항구에 도착했다. 희망 없이 뛰어간 항구의 끝엔 크레타행 페리의 차고가 입을 닫을 준비를 하고 있었다. 바싹 마른 목으로 '나 티켓 있어요오'를 외치며 배로 들어가는 차를 따라 뛰어들었다. 동양인 여성의 나라 잃은 울상에 익숙하지 않은 듯한 페리 직원들. 오히려 내게 괜찮냐고, 진정하라며 미소지었다. 울상이 먹힐까 말까인 파리 생활이 새삼 민망해지게. 뛰어오느라 힘들지 않았냐고 묻는 직원을 따라 쪽잠을 잘 침대로 안내받았다. 짐을 풀고 몰린 숨을 가다듬었다. 그리고 대합실에 들어가 쓰던 원고를 이어나갔다. 이번 여행에 관해 쓴다면 그리스 사람들의 너그러움을 칭찬해야겠다고 다짐하며.

　오전 6시, 잠에서 덜 깬 크레타가 푸르스름한 아침을 열었다. 사실 이 섬에 온 이유는 딱 하나였다. 《그리스인 조르바》의 저자 니코스 카잔차키스의 묘지를 방문하기 위해서. 소설을 요약하자면, 책만 읽던 주인공이 탄광 사업을 핑계로 고향인 크레타에 돌아간다. 거기서 인부를 자처하는 조르바를 만나 '욜로'적 삶을 지켜보는 이야기다. 사랑할 때, 춤춰야 할 때를 놓치지 않는 야생적 인간. 그를 묘사하는 주인공에게는 20세기 초반 파리에서 철학 공부를 했던 작가의 시선이 겹쳐 있다. '책 많이 읽은 양반이 그것도 모르냐'는 조르바의 핀잔에 머쓱해지는 주인공이 작가 자신이었던 셈이다. 그로부터 100년이 지나 나도 카잔차키스처럼 파리의 외국인 철학과 학생이 되었다. 그래서 한국에서도 인기를 끌었던 이 소설을 잊을 수 없었다. 나는 조르바처럼 살 수 없음을 알면서도. 어찌 보면 단순한데다 성차별적 말을 고민 없이 내뱉는 야생의 인간이니까. 하지만 작가가 어떤 태도로 조르바를 대했는지는 알 것 같다. 지성이 꿰뚫어 보려는 것과 가장 본질적인 인간의 삶은 그리 다르지 않을지도. 그저 방식의 차이랄까? 나는, 아니 카잔차키스는 왜 이리도 구차한 언어가 필요해서… 말 덕분에 올라간 사다리는 언젠가 걷어찰 줄도 알아야 하는데. 하지만 신발을 벗어 던지고 춤을 추는 것만큼 자신의 해방이 글쓰기에 달렸음을 알았던 카잔차키스. 묘지나마 꼭 가보고 싶었던 이유다. 홀로 마주한 비석에는 이렇게 쓰여 있었다. '나는 아무것도 바라지 않는다. 나는 아무것도 두렵지 않다. 나는 자유다.'

찔끔찔끔 내리는 비를 바닷바람이 흩트려놓았다. 아니나 다를까, 지중해를 배경으로 무지개가 떴다. 며칠 뒤면 파리로 돌아가 불어로 철학 강의를 듣고 있겠지. 가장 익숙할 일상이 새삼 비현실적으로 느껴졌다. 하지만 기왕 하는 공

부라면 이제부터라도 덜 괴롭게 할 수는 없을까. 프랑스 학
생들이 갖춘 지식을 따라잡으려 애쓰던 3년의 피로가 몰려
왔다. 그들이 중·고등학교에서 배웠을 지식을 머릿속에 급히
구겨 넣기 위해 바칼로레아 준비 서적을 몰래 읽곤 했다. 한
국으로 치면 외국인이 수능특강을 찾아 읽는 셈이다. 한발
더 나아가 교수님들께 당연한 교양을 익히고 싶었다. 그래서
그들에게 익숙할 60년대 논술 시험 준비 서적을 참고했다.
외국인 유학생에게 기대하기 힘든 지식을 펼쳐내면 칭찬을
들을 수 있을 것 같아서. 의외의 실력을 보여주고 높은 점수
를 받고 싶었다. '나 잘하죠?'라며 재롱을 부리고 싶었다. 능
숙한 불어로 기발하되 기본에 충실한 글을 쓰면 좋은 점수
와 코멘트를 받을 수 있으니. 하지만 인정받고 난 후에도 미
묘한 쓴 맛이 남았다.

　　가끔 내 실력을 '언어적 핸디캡'이라며 기를 꺾었던 사람
들도 있었다. 그러면 더 오기가 생겼다. 제1세계 백인들이 인
정할 만한 언어 실력을 갖추겠다, 철학적 사유로 사로잡아
주겠다고 다짐을 했더랬지. 하지만 그 끝엔 뭐가 있을까? 물
론 나는 열정형 노력파니까 인정받을 만큼 해내고 말테다.
그러나 딱 거기까지인 걸까? 이 사람들이 나를 인정해줄 때
까지? 하지만 그런 성취는 내가 한국에서 벗어나고 싶었던
시스템과 별반 다르지 않은데. 더 큰 권력이 만들어놓은 기
준에 몸과 정신을 구겨놓고 포상을 기다리는 일. 나는 서구

숭배를 하려고 프랑스 대학의 철학과에 온 게 아니었다. 하지만 생각의 지평을 넓히고자 했던 노력이 역으로 정신을 잡아먹은 꼴이었다. 프랑스의 기준에 일희일비하며 자발적으로 복종했으니까.

내 것이 아닌 문화에 대한 동경. 유용했으면 그만이다. 자기 학대를 하면서까지 그들의 인정에 집착할 필요는 없지 않을까. 인정 욕구를 버리지 않으면 값싼 인정을 주고 더 큰 것을 빼앗으려는 사람에게 휘둘리게 된다. 그러니 프랑스가 흡족하게 보지 않을 노력을 해보고 싶다. 서양 철학이 나를 길러줬기에 언젠가 보은을 할 셈이다. 그들조차 반기지 않을 보은을. 왜, 철학과에서 가르친 게 딱 그거였다. 스승을 넘어뜨리는 하극상의 사유. 질문에 질문을 던지는 방법 말이다. 하지만 '질문에 질문 던지기'같이 아주 불온한 정신을 교육하는 나라이기에 더욱 어려운 시도이기도 하다. 당연한 지식에 품을 의문조차 평가 범위에 한정시키는 교육이기 때문에. 웬만한 물음으로는 쉽게 흔들리지 않을 관대한 프랑스다. 성과 광기를 통제하던 역사를 고발한 20세기 철학자 미셸 푸코마저 끌어안을 수 있는 나라니까. 반대로 한국은 나의 불온함을 허락하지 않는 나라기에 떠난 터였다. 그런 나를 품은 프랑스는 소름 끼치도록 고단수였다. 시스템 안에서 허락된 불온함, 백신에 들어가는 허약한 바이러스가 되는 태도를 이곳에서 배웠다. 딱 위험하지 않을 정도로만.

하지만 평가 기준을 잘 아는 동시에 이를 뛰어넘는 반역자가 될 순 없을까? 이는 가장 통쾌한 철학적 시도가 되리라 예상해본다. 동경했던 서구 문화와 내가 자라온 동양 정서를 온전히 몸에 녹여낸다면 가능할지도 모른다. 더는 한국으로부터 도망칠 필요가 없다면, 그리고 프랑스에 인정을 구걸할 마음조차 사라진다면. 카잔차키스가 말했던 바로 그 자유를 만날지도 모른다. 수치심, 왜곡된 동경, 인정 욕구 심지어는 도망쳤던 이유까지 사라지는 지점일 거라고. 오래된 동경을 넘어 온전히 내 것이 될 공부를 한국과 프랑스를 떠나 머나먼 그리스에서 다짐하다니, 별일이다.

"그 때문에 나는 내 스승들의 구속에서 해방될 수 있는 나이가 되자마자 글공부를 완전히 떠났다. 그리고 나 자신에서(en moi-meme) 혹은 세상이라는 커다란 책에서(dans le grand livre du monde) 발견될지도 모를 학문 외에는 다른 것은 더 이상 찾지 말자고 결단하고는 [⋯] 그리고 내게 나타난 것들에 대해, 이것들에게서 어떤 이익(quelque profit)을 끌어낼 수 있는지를 어디에서나 반성하면서 내 남은 청춘을 보냈다."

_ 르네 데카르트, 《방법서설: 정신지도규칙》

친구 관광시켜주기

가정을 하나 해보자. 당신에게 살가운 외국인 친구가 있다. 이번에 처음으로 한국 여행을 온단다. 여행 오는 당사자보다 들뜬 당신은 새삼스러운 고민에 빠진다. 뭘 보여주면 좋을까? 아쉽게도 둘 다 바쁜 사람이라 여러 군데를 다니지는 못할 것 같다. 당신의 부담을 덜어주기 위해서인지 친구가 기특한 말을 덧붙인다. 웬만한 관광지는 혼자 둘러볼 테니 걱정 말라고. 대신 너에게 가장 특별한 장소를 보여달라고. 그래도 당신은 특별하되 가장 한국다운 장소를 보여주고 싶다. 그 친구는 당신이 보여주는 대로 여행용 안경을 쓸 준비가 되어 있으니까. 유행하는 카페가 들어찬 거리나 고층 건물들이 기를 죽이는 동네는 어쩐지 좀 피하고 싶다. 아무리 한국의 힙한 면을 보여주고 싶어도 양심에 어긋나는 일이다.

정제되지 않은 힘이 느껴지는 재래시장이나 유행에 뒤처진 복고풍 매력도 분명 한국이니까. 기왕이면 그 친구가 여행을 다니며 볼 정서를 모두 그러모은 장소를 소개해주자. 요즘 세계적으로 인기를 끄는 K팝은 물론, 근대 역사가 묻어나는 그런 곳. 혹시 괜찮은 아이디어가 있는지? 나는 생각해둔 장소가 하나 있다.

별거 없어서 말하기도 민망하다. 내 마음에 들진 않지만 특별한 곳. 여전히 한국적인 장소로 기억한다. 바로 서울 고속버스 터미널이다. 정작 부산 출신인 내가 강남 서초구의 고속버스 터미널을 꼽는 이유라…. 첫 번째로, 한국의 80년 대 내음이 강렬하게 풍기는 기념비적 건물 외관을 들 수 있다. 심지어는 세로로 죽 쓰인 글씨체까지. 그 앞에 도착해보면 무슨 말인지 알 거다. 발전에 속도를 가하는 국가의 포부가 고스란히 드러나는데, 오늘날 한국이라면 취하지 않을 건물 디자인이라서 더욱 두드러져 보인다. 그에 비하면 대도시의 기차역은 너무 현대적이라 정붙일 껀덕지가 없다. 쾌적하고 미끈한 공항이 내게 아무 의미를 띄지 않는 것처럼. 버스 터미널이어야만 가능한 애틋한 뒤처짐이 있다. 마치 기차나 비행기보다 현저히 떨어지는 속도처럼.

두 번째로 놀라운 점은 건물 내부에 있다. 수많은 체인점이 유행을 주도하진 못하더라도 뒤처지진 말자는 느낌의 간판을 달고 있다. 패스트푸드점, 카페, 분식집, 편의점, 드러그스토어까지 상호는 다르지만 디자인에서 통일성이 보인다. 그리고 하나같이 '멜론 차트 100'을 무한 재생하는 듯한 가요가 나온다. 시대의 흐름에 따라 응당 그래야만 하는 요소들이 변화하지만 제 자리를 지키는 한 가지, 동시대적이어야 한다는 룰이다. 딱 거슬리지 않을 정도로만.

　세 번째 이유는 다분히 개인적이다. 스무 살이 되고 서울 소재의 대학교에 간 친구들도 볼 겸 서울에서 일을 구하고 자취를 시작했던 차였다. 4시간 반 거리인 부산-서울을 버스로 수십번 왕복했다. 사실 용무가 있어서 가는 장소와 사랑에 빠지긴 힘들다. 아무리 멋진 건물이라도 직장이 되면 금새 장소의 미에 무감각해지는 것처럼. 그곳을 떠나고 난 후라면 모를까. 파리에 온 지금 기억 속의 서울 고속버스터미널을 다시 불러내는 이유다. 활기라고는 부를 수 없었던 웅성거림. 기차를 탔다면 더 일찍 도착할 수 있다는 걸 다들 알 터였다. 하지만 돈보단 시간을 지불하기로 마음먹은 사람들. 목이 편한 우등버스를 포기하고 고속버스에 올라타자 탁한 공기에 속이 울렁거렸다. 하지만 굳이 한탄할 필요 없는 패배감에 잘 듣는 특효약을 안다. 도착할 때까지 기절한 듯 자면 될 일이다.

　이곳이 부산 출신의 20대 초반 여성에게 살가운 장소는 결코 아니었다. 한때 꽤 인기 있었을 세련된 서울 토박이 아주머니의 까칠함이 묻어나는 곳이랄까. 하지만 그녀에게 악의란 없었다. 상대를 긴장시키는 예민함은 바스러지기 쉬운 자존감의 표현일 뿐이다. 그래서 버스에서 내릴 때마다 잘 모르는 아줌마가 나를 미워한다는 느낌을 받았다. 떠나온 부산 노포동 버스 터미널의 느낌은 전혀 달랐다. 등산용 캡 모자 아래 비뚤어진 입이 보이는 경상도 할아버지 같은 장소. 인사를 드리면 내적 댄스를 추실 것 같은. 서울깍쟁이 아주머니든 부산의 과묵한 할아버지든 실제로 만나봐서 하는 얘기는 아니다. 그저 공간이 주는 인상이었다. 요즘엔 창구에 가서 사람에게 말 붙일 일도 없지 않나. 버스표도 인터넷이나 무인기계로 예매하는 시대니까. 스마트폰으로 티켓의 QR코드를 찍고 타는 고속버스라니. 도로를 성실하게 달리는 버스의 속도는 더 빨라질 리 없겠지만, 발전하는 기술은 꼬박꼬박 수용한다는 점이 재미있다. 마치 선풍기 바람이 주는 시원함의 한계를 알면서도 USB로 충전이 가능한 휴대용으로 만들어 대박을 쳤던 것처럼. 그리고 일찍이 인터넷의 발달과 동시에 구세대적 사고방식도 전산화되어 버린 나라. 나는 그게 진짜 'K'라고 생각한다.

버스 터미널뿐 아니라 한국의 보여주기 민망한 고터들에는 괴롭힘 당한 민족의 역사와 인정 욕구가 고스란히 묻어 있는 것 같다. 자의로 다른 나라를 침략한 적은 없지만 식민 지배와 전쟁을 거친 나라의 정서가 사실 꼭 황폐함일 필요는 없다. 과거의 패배감은 상황만 나아지면 촌스러운 국뽕으로 탈바꿈하기도 한다. '나, 이만큼 해냈어요! 어때요?' 랄까. 그렇지 않고서야 '해외 반응'에 민감할 이유가 없다. 반면에 서양 문물을 먼저 받아들였던 일본은 전략이 달랐다. 재수 없을 만큼 영리하다. 서양의 것과 조화를 이룬 동양의 이미지를 과시하며 인기를 끌었다. 게다가 패배감마저 댄디즘으로 잘 포장하면 빈틈조차 없으니. 일본과 사랑에 빠진 프랑스에 머물며 한국인으로서 질투마저 느꼈다. '너넨 일본이 어떤 앤지 모르지?'라며 씩씩대는 조연의 기분. 한국은 이미지 셀링을 할 새도 없이 20세기 중후반을 바쁘게 보냈으니까. 하지만 영화 〈기생충〉에서 반지하 화장실에 쭈그려 앉아 와이파이를 잡는 주인공의 모습에 세계가 열광했던 이유가 분명 있을 텐데.

　　드러내기 민망한 한국의 정서까지 사랑할 순 없을까? 민주주의, 자본주의 등 서구 국가의 개념이 갑작스레 자리 잡은 나라. 과거의 군부독재나 물질 만능주의는 급격히 바뀐 사회의 삐걱댐을 드러내는 것 같다. 하지만 놀라운 점은, 한국의 사회 문제를 고발하고 고쳐나가는 과정이 서구도 일본도 불가능한 방식이란 사실이다. 아시아의 유럽이라고 뗑떙대다 유럽 선진국의 모순을 그대로 끌어안은 일본은 부작용이 심해 보인다. 각국이 코로나바이러스에 대처했던 모습만 봐도 알 만하다. 그 와중에 순진할 만큼 솔직하게 고군분투하다 앞서가버린 내 나라. 가장 한국적인 것이란 뒷걸음쳐서 밟히는 수치마저 끌어안을 때 온전해진다. 내가 한국의 구린 요소마저 미화한다며 비난할 수 있다. 첨단적 구림을 그리워하고 애틋해하는 마음이 아니꼽게 보일 수도. 그렇다면 이해한다. 나도 프랑스적 구림을 발견하기 전에는 도망치고 싶었으니까. 프랑스를 대표하는 장소에 대한 묘사를 읽고 나면 내 태도를 이해할지도 모른다. 왜 한국을 애틋하게 기억하는지를.

안 가본 사람도 아는 에펠탑, 옛 궁전이었던 루브르, 몽마르트르의 사크레쾨르 성당, 라탱지구의 팡테옹, 재건축 중인 노트르담 등 랜드마크를 꼽자면 손가락이 모자란 파리. 하지만 단지 파리적인 것이 아닌 프랑스의 정서를 찾고 싶다면 이 도시를 조금 벗어날 필요가 있다. RER C 선 열차를 타고 도심을 벗어나면 관광객들의 발길을 끌어당기는 그곳. 바로 베르사유 궁전이다. 바로크식 건축물의 절정과도 같은 베르사유 궁전이 혁명의 나라 프랑스의 상징이라고? 정확히 말하자면, 나는 절대왕정의 현현과도 같은 이 건물이 오늘날 공화국인 프랑스에 띄는 의미에 관심이 많다. 대혁명으로 왕의 목을 쳐버린 국민. 그러나 아름다운 베르사유는 결코 버릴 수 없는 국민. 이 상충 불가능한 양면성이 프랑스의 특이점이 아닐까?

아직 다녀오지 않은 이들을 위해 상상력에 불을 지펴 주자면, 당신이 상상할 수 있는 모든 화려함 그 이상의 것을 만들어내야 할 테다. 그것이 베르사유로 천도를 하면서까지 왕의 권력을 모아쥐려던 태양왕 루이 14세의 의도였기 때문이다. 귀족과 일반인의 출입을 허가하면서 궁전의 화려함으로 눈을 멀게 만들 것. 그래서 아름다움을 숭배하지 않고서는 못 배기게 만들려는 속셈이었다. 난방과 하수구 시설을 포기하면서까지! 왕권을 전시하는 천장화와 샹들리에, 빛을 받아 숨이 막힐 것 같이 번쩍거리는 금장식. 그중에서도 거울의 방은 가히 정점이다. 그쯤 가면 좀 물린다. 왜, 너무 단 걸 입에 넣으면 뱉어내고 싶듯이. 농담이 아니고 이 지점이 바로 프랑스 고전주의 미학의 정신이다.

그래서 데카르트의 마지막 저작 《정념론》의 94번째 항목이 의미심장하게 읽혔다. 쾌락과 고통의 상관관계를 연구하며 '간지럼'을 분석하기 때문이다. 고매한 철학자들이 이런 얘기를 하는 경우는 흔치 않으니 한번 들어보자. 간지럼을 탔던 기억을 되살려보라. 처음엔 깔깔 웃으며 받아들이다 어느 순간 그만하라고 소리 지르고 싶을 만큼 고통스러워진다. 마치 쾌락이 차츰차츰 상승하다가 문턱을 넘자마자 아픔으로 탈바꿈하듯이. 데카르트는 '신경이 자신에게 해를 입힐 순간을 알면서도 자극을 받아들이는 상태'라고 묘사한다. 쾌락과 고통이 연장선상에 있다면, 아픔을 예고하는 문턱을 넘지 않을 때 가장 황홀하지 않을까? 물려서 토하기 직전까지의 단맛 말이다. 그 지점이 프랑스 고전주의 미학이 꾀했던 문턱 직전의 화려함이다. 한 치만 더 나갔다면 기괴할 정도로 번잡했을지도 모를 일이다. 강박적이라는 느낌을 줄 정도의 대칭성과 엄격한 기하학을 적용한 베르사유 궁전의 정원도 마찬가지다. 보기 힘든 고통이 되기 직전까지 끌고 가는 화려함. 그래서 수많은 관광객이 드나들며 동경하고 찬사를 아끼지 않는다. 대혁명 때 태어났으면 귀족들 목 깨나 땄겠다 싶은 프랑스 사회주의자 친구들도 마찬가지로 베르사유 궁전의 아름다움은 인정할 수밖에 없다. 예쁜 걸 어쩌겠어. 그런데 어우, 나는 좀 물리더라. 간지러운 건 별로 안 좋아해서.

내가 베르사유 궁전에 처음 갔을 때 매혹적인 화려함보다 충격적이었던 광경을 기억한다. 관광객들이 쪼르륵 줄 서서 들어가는 코스에는 왕의 침실도 있었다. 모든 일상을 전시했던 태양왕 루이 14세가 유일하게 정신의 전원을 껐을 방. 그리고 대혁명 때 처형당한 루이 16세가 마리 앙투아네트와 밤을 보냈을지도 모를 그곳 말이다. 하지만 오늘날 그곳은 세계 각국에서 온 관광객들에게 사진을 찍히는 신세가 되어버렸다. 물론 공화국 프랑스 입장에서 보자면 그래도 싸다. 하지만 혁명을 일군 국민의 복수라기엔 어째 좀 잔인하다. 목 잘린 국왕의 침대 앞에서 낄낄대는 관광객 무리를 흐뭇하게 바라보는 프랑스. 물론 시민 계급에 권력을 쥐여주기 위해 점령했던 궁전이니 관광지로 만드는 건 이해할 수 있다. 아무렴 아름다운 세계 유산임은 변치 않으니. 그치만 마리 앙투아네트의 얼굴이 박힌 기념품은 좀…. 이미 죽은 왕비를 변호하는 건 아니지만, 혐오했던 왕권을 장사 수단으로 팔아보겠단 의도가 구리다. 내가 만약 루이 16세와 마리 앙투아네트라면 목이 잘린 것쯤은 받아들일 수 있을 것 같다. 시기도 영 흉흉했고 자신들이 누린 것들의 죗값이니까. 그러나 관광지가 된 궁전에서 매일같이 조롱받고 심지어는 기념품으로 팔린다면 끔찍하다. 그만한 복수가 또 없다. 마음만 먹으면 죽인 왕의 무덤까지 파낼 수 있는 국민. 그게 프랑스라고 느껴졌다.

요즘도 대통령 담화나 국가적으로 중요한 일이 있을 때면 베르사유 궁전을 찾는다고 한다. 왜 굳이? 구체제가 그리도 혐오스럽다면 거기서 연설을 할 필요는 없지 않은가. 차라리 관광용으로 팔 거면 팔고 대통령 연설 장소로 쓰지나 말지. 대혁명을 하고도 프랑스 왕권의 화려함을 잃기 싫다는 뜻인가. 순전히 모순이다. 할 거면 하나만 하라고. 시민혁명으로 얻은 공화국임을 자랑스러워함과 동시에 봉건주의의 흔적을 판타지로 소비하다니. 이쯤 되면 혼란스럽다. 내가 너무 순진한 건가 프랑스가 약은 건가?

　양면성을 지닌 것을 좋아하는 나지만 프랑스의 이런 태도에는 영 적응이 안 된다. 모순을 띈 두 요소가 자기 극복을 미룬 채 결합할 때, 번지르르한 가면을 쓴 위선이 보인다. 파리의 지하철 플랫폼에 서서 건너편만 바라봐도 알 수 있다. 시선이 닿지 않는 곳에는 고급 백화점 봉마르셰의 광고가 커다랗게 붙어 있다. 여유 넘치는 얼굴과 차림새의 모델들이 빨간 봉마르셰 글자에 기대어 '너도 이 무리에 낄 수 있어'라고 말하는 듯 나를 응시한다. 하지만 광고의 발치에는 진짜 사람이 누워 있다. 옷가지로 몸을 동여매고 지하철 소음을 등지며 잠을 청하는 노숙자가. 이 모순적 광경을 무시한다면 나도 프랑스와 한 패가 될 테다. 백화점 광고와 노숙자 속에서 부대끼니 구역질이 났다. 이런 울렁거림에 프랑스 친구들은 잘만 버티던데… 기득권층 백인 걱정은 굳이 사서 해줄 필요가 없다. 대신 월드컵 때 대표팀만 봐도 알듯이 프랑스는 유색인종을 끌어안고 가는 대표적인 다문화 국가다. 심지어는 아프리카 구식민지 출신 친구들도 모순을 감당하며 살아간다. 프랑스에서 받은 교육과 불어 구사 능력을 자랑스럽게 여기는 그들. 식민 지배를 혐오하면서도 자신이 취한 프랑스를 차마 내려놓지는 못한다. 아무렴, 고급문화니까. 프랑스 국적과 정신을 갖추며 3세계 국민들과 차별화되는 자신을 어찌 포기할 수 있겠나. 자신 안의 프랑스를 부정하는 순간 안전장치 없이 굴러떨어질 텐데. 그러니 모순을 끌어안고 사는 수밖에 없다. 자기부정을 감행하고도 살아남은 프랑스인이 보기 드물었던 이유다.

아, 다행이다. 한국은 적어도 프랑스같이 제국주의에 물든 역사가 없다. 남의 땅을 지배할 야망을 품은 적이나 있어야 말이지. 게다가 학벌주의, 여성 혐오, 경쟁 사회, 소수자 배제, 천민 자본주의, 획일화 교육 등 한국의 문제는 프랑스처럼 끌어안을 모순이 되기엔 너무도 선명한 적이다. 아직 적의 논리에서 깨어날 여지가 있다면 렘수면이 아닌 선잠인 셈. 프랑스적 렘수면은 자는 사람을 깨웠을 때 제정신으로 일어날지가 의심스럽다. 시위대의 힘이 왕성하지만, 그들이 지켜내려는 것 또한 '위대한 프랑스적 가치'이기에 자아도취적 모순을 깨려면 갈 길이 멀다. 하지만 한국의 경우 선잠에서 일어나도, 자기부정을 거쳐도 깨어난 자신이 남는다. 자각하지 못한 가능성을 지닌 한국이 내게 애틋하게 다가오는 이유다. 이상적 희망이라며 비난해도 좋다. 하지만 아직 오지 않은 미래를 누가 안다고. 가능성을 믿고 움직이는 편이 극복 가능한 미래를 비춰줄 테다. 나는 오늘보다 나은 내일에 걸어보련다. 혹시 모르지, 영문도 모른 채 가장 앞서나가는 나라가 될지도.

"이 연결(스콜라철학과 고딕건축)은 단순한 평행 parallelism과는 다른 본래적 의미의 원인-결과 관계이다. 그런데 이 원인-결과 관계는 직접적 충격보다는 오히려 확산에 의해 생겨난다는 점에서 개별적 영향과 대비된다. 이런 관계는, (…) 일종의 심적 습성mental habit이라 일컬을 수 있는 어떤 것이 퍼져나감으로써 생겨난다."

_에르빈 파노프스키,《고딕건축과 스콜라철학》

아가씨의 속죄

수현 언니가 말했다. 그녀의 진짜 이름은 모른다. 새벽 5시의 퇴근길이었다.

"이제 아빠 얼굴 못 보겠어."

그 방에서 일어난 일은 묻지 않았다. 그녀의 날숨에 취기조차 되지 못한 싼마이 양주 냄새가 쏟아졌다. 우리 룸보도 사무실에서 술 버리는 기술이 가장 탁월했던 언니인데도. 세 시간 전 초이스를 보러 퇴폐업소에 함께 내려갔을 때, 나만 선택받지 못했다는 사실에 내심 안도했다. 얼핏 봐도 돼지기름 냄새가 나는 개진상 테이블이었다. 사무실 실장 오빠가 들었다면 네가 가릴 처지냐고 구박했겠지만. 선택받은 언니는 그 방으로 들어가기 전 감사의 기도를 읊조렸다. '씨발…' 두 시간의 술자리와 한 시간의 잠자리를 앞둔 그녀가 나를 돌아보았다. 혼자 초이스돼서 미안한 건지 다행이라 여기는지 알 수 없는 미소였다. 12cm의 굽에 올라탄 결연한 발걸음. 자기 발로 들어가는 거라 생각하는 편이 나았다. 혼자 남은 나는 급히 운동화로 갈아 신었다. 선택받지 못한 채 가게를 빠져나올 땐 고개를 푹 숙이곤 했다. 분주히 계단을 오르는 내 발도 그리 자유로워 보이진 않았다.

'아빠 얼굴 더는 못 보겠다'에 대한 반응은 두 부류로 나뉜다. '부끄러워서 못보겠지'라고 생각하는 쪽과 '역해서 못보겠다'는 쪽으로. 전자는 아가씨들이 응당 짊어져야 할 수치심을 상정하는 시선이다. 하지만 몸을 판다는 부끄러움보다 더 본질적인 감정이 바로 후자의 두려움이다. 허벅지를 더듬는 손님의 끈적한 손이 가까운 사람의 것일 수도 있다는 알고 싶지 않은 가능성 말이다. 내 가족과 남자 직장 동료, 친구들은 안 그럴 거라 생각하는 순진한 아가씨는 없다. 그래서 언니들의 낮은 출근한 밤과 다를 바 없을지도 모른다. 손님들의 시선을 알아버린 이상은. 내면화된 자신의 가격표와 낮은 자존감은 평생 가지고 가야 할 빚이다. 그에 비해 벌어들이는 돈은 생각보다 빨리 거덜 난다. 성매매에 뛰어들 각자의 필사적 이유가 있었다고 생각하는 편이 차라리 위로가 된다. 나는 선택으로 인한 죗값이라고 굳게 믿었다. 직접 고른 죄라면 적어도 납득할 수는 있을 거라고.

가난한 프랑스 유학생 이야기를 곧이곧대로 읽었던 순
진한 당신들. 하지만 애석하게도 가장 순진했던 사람은 다
름 아닌 나였다. 세상 물정을 몰랐던 나머지 견적도 모르는
꿈을 꾸다니. 돈이 없으면 유학 갈 생각을 말았어야 했나. 하
지만 그 와중에도 부모님은 없는 소까지 팔 듯한 기세로 나
를 지원했다. 그래서 차마 충분하지 않다고 말할 수 없었다.
스무 살이 되고 주제를 몰랐던 꿈을 수습할 수밖에. 당시 고
졸의 어린 여성이 빨리 많은 돈을 벌 수 있는 업종은 딱 한
가지였다. 내가 가진 유일한 가치를 환전해주는 장소로 가
자. 하지만 돌이킬 수 없을 만큼 발이 묶이고서야 알았다. 그
들이 사고 싶었던 것은 젊음도, 여성도 아닌 인간성이었음
을. 나는 헐값에 거래되었다. 싱싱하고 고분고분한 상품이
되었다. 고등학교 교장 선생님의 '명품 인간' 연설에 고개를
세차게 흔들어놓고서도.

　나는 그곳 말로 '싸이즈가 안 나오는' 아가씨였다. 내 외
모가 처음 보는 상대에게 분노를 살 수 있단 걸 그때 처음
알았다. 퇴폐업소 구인 공고엔 그리 예쁘지 않아도 잘 놀면
된댔는데. 실장 오빠는 나 태우고 다니면 기름값이 더 나온
다며 투덜댔다. 하지만 유학이라는 배수진을 쳤기에 일을 그
만둘 수 없었다. 프랑스에서 한국에 돌아오는 방학도 마찬
가지였다. 긴 비행을 마치자마자 홀복으로 갈아입고 서울의
밤에 뛰어들었다. 내가 비워둔 파리의 스튜디오 월세를 누

군가는 감당해야 했으니까. 혹자는 아가씨들이 쉽게 돈을 번다고 했다. 하지만 이건 아무나 할 수 있는 일이 아니다. 자신을 전혀 사랑하지 않는 나머지 인간성마저 포기할 수 있는 인재들을 위한 직업이다. 스무 살이었던 나는 여성이 으레 그렇듯 대상화되는 시선에 익숙한 편이었다. 그 시선에 나를 내맡겨버리면 유학 비용을 빨리 벌 순 있을 거라고 생각했다. 첫날엔 그런 각오로 출근했다. 어떤 사건을 마주할지는 모르지만 현금다발을 쥐고 돌아올 테니까. 아무것도 모르면서 담담한 내게 실장 오빠가 물었다. 예명을 뭐로 할 거냐고. 민지, 민지라고 해주세요. 나는 개명 전 이름을 골랐다.

싸이즈가 안 나오는 민지는 다리 힘이 튼튼해야 했다. 지하이거나 2층인 가게에 내렸다가 금세 올라오는 일이 다반사였기 때문이다. 다행히 실장 오빠는 초이스 안 되는 언니를 잘 꽂아 넣는 편이었다. '민지 걔 영어랑 일본어도 하고…. 왠진 모르겠지만 프랑스어도 해'라며 가게에 전화를 돌렸다. 덕분에 외국인을 접대하는 비즈니스 테이블의 통역원을 맡곤 했다. 나는 접대의 긴장감과 자리의 천박함 사이에서 자주 길을 잃었다. 아가씨들이 들어왔을 때 한국인 파트너가 상석에 앉은 외국인에게 물었다. 저거 2차 가는 년인데 마음에 드세요? 나는 '저것'과 '년'을 정당한 인칭 명사로 바꾸는 일을 맡았다. 한국식 접대의 인격 모독에 익숙한 외국인 손님도 있었다. '부모님은 너 여기서 일하는 거 아시니?'

라는 말을 전하라 그랬다. 그리고 그는 통역하는 나와 물음
이 걸린 아가씨의 표정을 주시했다. 찰나의 수치조차 놓치고
싶지 않은 듯이.

　　민지는 진상 손님 전문이었다. 예쁜 언니의 까칠함도, 노
련한 언니의 선 긋기도 몰랐기 때문에. 내가 오기 전 아가씨
여럿이 씩씩대면서 나갔을 '땁방'에 주로 내렸다. 문외한을
위한 전문 용어를 해석해주자면, 혼자 온 손님 방이란 뜻이
다. 돈을 주고 인간성을 사는 곳에서 지켜보는 시선까지 사
라진다면 무슨 일이 벌어질까? 나는 차라리 맞고 싶었다. 몸
의 상처는 기억보다 빠르게 사라지기에. 고등학교 때 친구
는 내가 서울에 출근하러 갈 때마다 재워주었다. 유학을 가
려면 어쩔 수 없다고 둘러댔던 내게 일찍이 얘기했던 친구.
그만하라고. 미리미리 말 좀 알아들을걸. 민지가 되는 꿈속
에서 허우적대다 이불에 오줌까지 싸는 나를 달래줬던 앤
데. 물론 염치가 없어 이불은 직접 빨았다. 하여간 연락할 길
이 끊긴 후에야 일을 그만두다니… 뒷북치는 내 버릇은 여전
하다. 당시 친구에게는 그 일을 계속할 수밖에 없는 이유를
전시하곤 했다. 돈이 없어서. 돈이 있어야 지속 가능한 꿈을
꿀 수 있기에. 하지만 걔가 말했던 것처럼 생활고에 시달리
는 모든 이가 인간성을 팔진 않는다. 건강한 노동으로 성실
히 돈을 모아 유학을 오는 사람도 많은데. 학자금 대출을 갚
기 위해 내가 퇴근할 시간에 카페로 출근할 준비를 하던 그

친구처럼. 오히려 그런 선택은 내게 불가능한 것처럼 보였다. 질문이 이미 잘못된 터였다. 그러니 답을 찾을 수 있을 리가 없었다. '왜 그 일을 포기할 수 없나'가 아니라 '왜 그 일을 시작했을까'를 추궁했어야 했는데. 어째서 퇴폐업소 아가씨가 되어도 괜찮았던 걸까. '내가 왜 그랬지!'라는 탄식이 아닌 '내가 왜 그랬지?'를.

　민지는 선택한 죄가 낫다고 여겼다. 시도 때도 없이 찾아오는 불행이 죗값처럼 느껴졌기 때문일까. 하지만 삶에 난데없이 찾아오는 불행은 죄의 결과가 아니다. 보통 잘못한 것도 없는데 고통스럽다. 누가 태어난 조건에 이유를 물을 수 있겠는가. 누구는 남자아이로 부유하게 태어나 학생회장도 하는데 나는, 나는…. 아차, 애초부터 불공평한 환경을 원망할 생각은 없었다. 그저 짓지 않은 죄, 설명되지 않는 고통을 견딜 수가 없었다. '고통이 아니라 고통의 무의미함이 지금까지 인간에게 만연되어 있던 저주다'라는《도덕의 계보학》중 니체의 말처럼. 그래서 돌파구를 찾았다. 죄를 직접 지어버리면 어떨까? 그렇다면 값은 응당 치를 마음이 생길 텐데. 죗값이 허구이더라도 고통보다는 거짓이 낫다고 생각했다. 고통의 무의미함에 의미를 만들어버리고 싶은 욕구 말이다. 하지만 민지는 천성상 타인에게 죄를 지을 사람이 못됐다. 이처럼 남을 해칠 수조차 없는 사람은 자신을 해

치곤 한다. 나에게 죄를 짓자. 그러면 미래의 속죄도 견딜 수 있겠지. 이런 논리를 '자기 학대'라고 부른다는 사실을 최근에서야 알았다. '어떻게 나한테 이럴 수가 있어?'라고 타인에게 따지지도 못하는 자존감 낮은 영혼들의 자기혐오. 이처럼 고통을 더 큰 고통으로 치유하려는 행위는 니체의 말마따나 데카당스였다. 《우상의 황혼》에 나오는 그의 표현을 빌리자면, '치아의 통증을 없애기 위해 치아를 뽑아버리는 치과의사'인 셈이다. 씹을 수 없는 환자가 미래의 나인 줄도 모르고 이를 다 뽑아버렸다. 그래서 그랬나. 출근 첫날 민지라고 불러 달라고 했던 이유가.

하지만 '왜 그랬지?'에 대한 답을 얻는 데 그친다면 내 삶이 본질적으로 달라지진 않을 테다. 퇴폐업소를 그만둬도 고통에 납득할 만한 이유를 갖다 붙이는 데카당스적 본능이 바뀌지 않는다면. 그리고 죄 있다고 여기길 원한다면. 성추행을 당했을 때 내가 짧은 치마를 입었기 때문이라고 자책하겠지. 그리고 데이트 폭력을 일삼는 이에게서 벗어날 용기도 내지 못한 채 이런 취급을 당해도 싸다고 체념하겠지. 하지만 대부분의 경우 고통을 감내해야 하는 이유는 허상이다. 상대방의 의도가 다분한 허상 말이다. 성폭행 피해자에게 '행실이 나빠서'라는 이유를 갖다 붙인다면 '행실이 나쁜 여성은 자기 죄를 스스로 번 것이다'라는 논리에 빠지고 마는 셈이다. 하지만 행실의 좋고 나쁨은 누가 정의해줬을까?

이미 도망친 가해자의 죄는 묻지 않으면서. 보편적 교육을 받고 자란 여성이 생각하는 선과 악이란 가부장 사회가 만들어둔 가장 고약한 거짓말이다. 선과 악을 정의할 수 있다고 믿었던 오만한 거짓말. 이때 순결을 지키든 창녀가 되든 똑같은 적의 함정에 걸려든다. 어느 쪽을 택하건 쭉 가보라. 양쪽에서 입을 쩍 벌리고 당신이 발을 헛디디기만을 기다릴 테다. 이때 양쪽의 악어는 똑같은 놈들이다. 물론 자책은 여성의 몫이겠지만.

성녀와 창녀의 이분법에 금이 간 사회가 바로 내가 본 프랑스였다. 단지 페미니즘이 한국보다 일찍 자리 잡았기 때문만은 아니다. '매도되어 유죄 판결을 받은 그녀들의 삶'조차 일찍이 끌어안았던 문화는 확실히 다르다. 한번은 프랑스 바칼로레아 문학 시험 준비 서적을 들여다본 적이 있다. 기욤 아폴리네르, 폴 발레리 등 저명한 20세기 프랑스 시인들 사이에서 모르는 이름이 눈에 들어왔다. 알베르틴 사라쟁 Albertine Sarrazin이라는 여성 문인의 옥중시였다. 흥미가 생겨 선이 곱고 발칙한 얼굴을 한 여자의 삶을 들여다보니 아주 가관이었다. 탈옥은 물론 매춘의 기억까지 고스란히 글로 남겼던 자전적 소설 작가였기 때문에. 그러고도 프랑스 문단에 받아들여진 건 그렇다 치고 오늘날 프랑스 고등학교 문학 시험 예시문으로 읽히다니! 한국이라면 과연 창녀의 글이 수

능 언어영역에 나올 수 있으려나? 아니지, 그래도 희망을 걸어보자. 프랑스도 하루아침에 바뀐 사회는 아닐 테니까.

예를 들어 19세기 자연주의 작가 에밀 졸라의 《나나》만 봐도 창녀 서사가 그리 낯설지 않다. 하지만 나나는 아주 의외의 매춘부다. 남자를 몰락시키려는 의도와 미모를 갖춘 팜므파탈은 아니기 때문이다. 눈물 나는 팔자의 《목로주점》 주인공인 가난한 제르비주의 딸 나나. 조잡한 싸구려 물건이 익숙했던 여자에게는 악의도, 체면도, 갈고닦은 취향도 없었다. 정작 천박하고 비참한 사람들은 그녀 주변의 부르주아 남성들이었다. 그래서 그들은 악을 위해 악을 행하지 않았던 나나에게 빠져 허우적댔던 걸까. 이런 더러운 여자는 마음대로 할 수 있을 거란 추악한 의도를 가진 손님이 자기 자신을 마주하도록 거울을 비췄으니까. 그래서 그녀는 상류 사회의 적, 트로이 목마일 수밖에 없다. 나나 자신도 의도하지 않았던 대물림된 가난의 복수랄까. 비슷한 시기에 미술계의 지탄을 받았던 마네의 〈올랭피아〉가 떠오른다. 교태라곤 없는 자세로 누워 관객을 응시하는 매춘부 올랭피아. 서양 미술사에서 주구장창 그려진 여성의 누드가 왜 새삼 관객의 분노를 샀을까? 내 눈엔 아무 문제 없어 보이는데. 이 그림이 싫었던 사람은 켕기는 게 있었던 모양이지. 올랭피아의 시선에 비친 관객 자신의 모습에서 돼지기름 냄새를 맡았나 보다. 그러고는 고개를 돌리며 중얼거렸겠지. '감히, 어

디서 창녀가 눈을 똑바로 치켜뜨고 미소도 없이…. 몸을 드러내며 수치도 모르는 여자라니 말세다, 말세!'

나 또한 성녀의 역할을 수행하지 못한 게 죄라면 좀 얄궂다. 시대와 국가마다 다른 죄질이란 건 그렇다 치고, 특정 사회에서 요구하는 여성성을 따르지 않은 게 죄라니. 나는 배운 대로 했을 뿐인데. 외모에 신경 쓸 것, 노골적으로 거부하지 말 것, 닿는 시선을 모르는 척하고 순진할 것. 이런 것 따위가 남성이 정의한 여성의 힘이라면 힘을 알고 쓰고 싶었을 뿐이다. 아, 그게 죄였나? 올랭피아처럼 쳐다보면 안 되는 거였구나. 그래봤자 여성의 힘을 알고 쓰건 모르고 흘리던 범죄의 위험이 도사리는 건 마찬가진데. 따라서 가부장 사회에서 요구하는 여성성을 힘으로 여기지 않을 필요가 있다. 더는 약점 잡히지 않기 위해. 여성으로서의 선과 악을 거부할 때 비로소 '모든 가치의 전도'가 일어날 테다. 성범죄 가해자가 아닌 피해자가 당당할 사회를 위한 첫걸음이다.

그래서 창녀도 성녀도 되고 싶지 않은 민지의 죄는 사라진 걸까? 안타깝게도 여전히 딱 한 가지 중대한 잘못이 남아 있다. 바로 인간이기를 포기했던 과거다. 나를 소중히 여기지 못했다는 점. 그래서 고통에 이유를 만들기 위해 퇴폐 업소 아가씨의 죄를 찾아 나섰다는 점. 돈도 없는 나는 그래도 싸다고 생각했으니까. 반면에 자신을 아낄 줄 아는 사람은 절대 그런 선택을 하지 않는다. 죄를 찾아다니는 어리석은 짓 따위는 하지 않는단 얘기다. 그래서 자신을 사랑할 줄 아는 것조차도 자라난 환경의 혜택에 가깝지 않을까. 벼랑 끝에 서있는 이들에게 '나는 이런 취급을 받아선 안된다'는 읊조림은 과분하게 느껴질 테니까.

이렇게 먼 길을 돌아와 드디어 자기기만에서 벗어났더니 웬걸, 어마무시한 게 기다린다. 이제는 인간이기를 포기했던 죗값을 치러야 한다 : 살아가기 때문에 고통받을 것이다. 사실 인간이길 포기하지 않았더라도 똑같은 결과가 나온다 : 살아가기 때문에 고통받을 것이다. 부처가 말했듯 인생은 괴로움이니까. 이유도 모르고. 그렇다면 숙명처럼 받아들일 수밖에. 죗값을 찾는 나약한 겁쟁이가 되기 싫다면. 더는 고통조차 피하지 않고 사랑할 순 없을까. 아모르 파티^{Amor}^{fati}, 운명을 사랑하자고 외친 니체처럼. 고통까지 사랑하자니! 철학자 본인도 인정했다. 자신의 진리는 끔찍하다고. 왜냐하면 지금까지는 거짓이 진리라고 불렸기 때문에. 그래서 삶에 보복하기를 멈춘 민지는 다른 꿈을 꾼다. 여성에게 강요된 선과 악의 저편에서 허위 도덕을 고발하기로. 또 다른 민지와 수현은 없어야 하니까.

"판결하고 처벌될 수 있기 위해─죄지을 수 있기 위해, 인간은 '자유롭다'고 생각되었다 : 따라서 개개의 행위는 원해진 것이어야만했고, 개개의 행위의 기원은 의식 안에 있다고 생각되어야만 했다."

_프리드리히 니체, 《바그녀의 경우·우상의 황혼·
안티크리스트·이 사람을 보라·디오니소스 찬가·
니체 대 바그녀》

지구인의 게임 공략법

중학교 때는 온라인 게임에 새벽을 헌납하곤 했다. 만렙을 찍기보다 어려웠던 건 새 캐릭터 만들기였다. 초보자 마을에 들어서자마자 원하는 대로 진행되지 않으면 캐릭터를 지워버렸으니까. 내 공격보다 몬스터가 먼저 데미지를 입힌다던가, 아이템이 나오는 확률이 마음에 들지 않을 경우엔 게임을 다시 시작했다. 캐릭터를 지우고 닉네임도 똑같은 녀석을 다시 내보내는 식이다. 완벽한 첫 순간이 나머지 여정도 수월하게 이끌었는지는 기억나지 않는다. 어느 순간부터는 퀘스트가 망하는 것에도 익숙해졌던 것 같다. 어쨌든 만들어진 게임에서 완전히 빗나가진 않을 테니까. 그렇게 프로그래밍되었으니.

그에 비하면 실제 삶은 좀 허술하게 짜인 게임같다. 아니, 변수마저 끌어안는 촘촘함인가? 캐릭터를 다시 만들 기회가 없는 건 확실하다. 마음 같아선 몇 번이고 다시 시작하고 싶은데. 돌이켜보니 내 삶은 만족하지 못한 게임에 부리는 꼼수 같다. 치트키랄까? 닉네임이 마음에 안 든다고 바꾸고, 플레이하는 지역도 바꾸고, 심지어는 전직이 불투명한 비인기 직업군까지 골라버렸다. 현생에서도 개명하고 프랑스에 온 철학과 학생이니까. 한 가지 확실한 건 이 게임에 휘둘리고 싶지 않은 욕망이었다. 포기하고 싶은 게 아니라 벗어나고 싶다. 허접한 플레이어인 나는 초월이 정말 있는지도, 도달할 가능성은 얼마나 되는지도 모른다. 하지만 꼼수를 부리면서까지 기웃댔다. 그래서 고3 때 프랑스 대학 진학에 필요한 한국 대학교 합격증을 받았다. 물론 다닐 생각은 없었던 불교 대학이었다. '동양의 지혜를 탐구하다 서양 철학을 배우러 왔습니다'라고 하면 프랑스 대학 지원에 유리할 것 같아서. 기왕 합격한 김에 불교 대학에 얼굴을 내비친 적이 있다. 속세의 대학생 MT에서 술과 설교만 넘겨주고 떠난 스님께 여쭈어보았다.

"제가 찾는 게 있는데… 어떡해야 할까요?"

그러자 스님 왈,

"출가하는 건 어떤가요?"

고삐 풀린 새내기의 장래 희망이 비구니일 리가. 그래서 머리를 밀고 절에 들어가는 대신 퇴폐업소에서 일했다. 속세 중에서도 맛집에 간 셈이다. 물론 나는 손님이 아니라 노동자였지만. 하긴 예나 지금이나 게임 속의 중생임은 바뀌지 않았다. 어렵게 프랑스에 와서 배운 서양 철학은 열반을 말하진 않아도 세상이 짜인 원리를 배우는 것 같긴 하다. 그렇지 않고서야 이성으로 읽는 세계, 경험으로 마주하는 세계, 혹은 담백하게 현상만 보자는 입장이 나왔을 리 없다. 형이상학과 논리학 혹은 어떻게 살아야 하는지에 대한 윤리학까지. 얄궂게도 삶이라는 게임의 가이드북은 없다. 대신 철학사를 배운다. 세계가 모델링 된 방식에 대해서 한 철학자가 펼치는 세상 원리에 반대되는 이론도 배우는 식이다. 서로 상충하는 의견마저 끌고 가는 학문을 뭐하러 배우냐고? 그러게. 그래봤자 세계는 하나인데 말이다. 난 아직 쪼랩이라 잘 모르겠지만, 상충하는 이론까지 세계에 포섭할 수 있을 정도로 굉장한 프로그래머를 두었다고 생각하자.

　　오래 이고 왔던 질문에 대한 해답은 결국 찾지 못했다. 인간이 던질 수 있는 가장 쓸모없는 질문 말이다. '왜 살지?' 쓸모없다는 것은 가성비적 시선에 가깝다. 보통 고민하지 않고 그냥 사는 편이 이롭기 때문에. 나 또한 누가 '왜 살지…'라고 한탄하면 '그러게…' 말고는 줄 수 있는 답이 없다. 도대체 왜 이렇게 아등바등 사는 걸까. 그럴 만한 가치가 있는 게임인가? 철학을 가이드북 삼았더니 웬걸, 정작 삶보다 어려운 게 철학 같다. 누가 딱 한마디로 정의해주면 안 되나? 간결한 하나의 대답을 얻기 위해 이런 고생을 하는 것 같은데. 물론 살아야 할 이유를 꼽는다면 수없이 많다. 기똥차게 맛있는 음식을 먹거나 운명 같은 상대와 연애를 하는 등 '살아 있길 잘했다'고 생각하게 될 계기들이 분명 있다. 하지만 죄다 강렬한 찰나였을 뿐이다. 음식은 끝내기도 전에 질리고 사랑했던 사람은 일기를 썼던 원동력으로만 남았다. 게다가 내 캐릭터가 워낙 타고난 자본이나 능력치가 없는지라 그 찰나조차 수지타산이 맞지 않았다. 행복에 비해 고통이 더 크다는 얘기다.

그런 생각을 한 날엔 꿈자리가 사납다. 게다가 무의식의 놀이터에서 폭주한 뒤엔 영 개운하질 못하다. 부주의해진 나는 또 생각의 브레이크를 까먹고 집을 나섰다. 살 이유는 몰라도 일할 이유는 있으니 움직이자. 파리 지하철의 소음 앞에선 정신이 혼미해진다. 문이 닫힐 때마다 귓전을 때리는 사이렌 소리. 빠-악! 덕분에 생각을 멈춘다. '왜 살지'라는 한탄에서 벗어나 주변을 둘러봤더니 '그냥 이렇게 사는 거지'라는 얼굴의 승객들이 보인다. 촌스러운 사람은 바로 미간 사이의 긴장을 풀지 못했던 나일까? 잠들기 전에 숨 쉬는 걸 의식한 사람처럼 어떤 표정을 지어야 할지 모른 채 환승 구간을 걷는다. 미로처럼 얽힌 레퓌블릭 역이었다. 지하철에서 찾기 힘든 조화로운 멜로디가 귀에 걸린다. 비발디인가? 통로를 가로지르며 음악 소리가 점점 가까워진다. 지하철 악사치고는 환상의 퀄리티다. 마주하고 보니 작은 규모의 관현악기 협주단이었다.

분명 그날도 바쁜 걸음을 걷던 길이었을 테다. 하지만 멈추어 설 수밖에 없었다. 평소엔 지하철 악사에게 굉장히 야박한 나인데. 파리에서 5년쯤 살다보면 아코디언 버전 'Quizas Quizas Quizas'에 아무 감흥이 없어진다. 그래서 부탁하지도 않은 기계적 연주가 시작되면 고개를 돌리곤 했다. 너무 흔한 경험이라 등하굣길에 한 번이라도 마주치지 않는다면 서운할 정도다. 하지만 환승 통로에서 관현악단을 만난 그 순간은 달랐다. 가던 길을 멈추지 않으면 들을 수 없는 음악이기에. 흐르는 시간 없이는 불가능한 환희. 한순간의 깨침이 아니라 연속하는 질적 시간이 안겨주는 황홀말이다. 우리는 소금을 물에 넣으면 녹는다는 사실을 안다. 하지만 소금이 물에 녹는 시간을 간과하곤 한다. 철학자 베르그손이 들었던 예시처럼. 하긴, 소금이 물에 녹는 시간에 누가 관심을 가진다고. 나는 객관식 시험문제에서 '소금+물=소금물'이라는 기호 3번에 체크하려고 벼르고 있었던 셈이다. 하지만 살아가는 시간이 하나의 답으로 요약될 리가 없는데. '왜 살지'라는 질문을 붙잡고 헤맸던 까닭일까. 무언가를 위해 산다는 답을 외부에서 찾고 싶었기 때문이다. 그러나 삶이란 우선 시간에 몸을 맡긴다는 것. 살아 있는 모든 생명이 시간의 흐름에 구애를 받는다면, 이 게임에서 꼼수를 부릴 수 있는 작동 원리 또한 질적인 시간 체험에 있지 않을까? 영생 뭐 그런 거 말고, 숨이 붙어 있는 동안 진짜 시간을 사는 법이 있다면.

    60초가 1분이 되고 24시간이 하루가 되는 게 시간인데 무슨 뚱딴지같은 소리냐는 비난은 달게 받겠다. 하지만 '시간을 효율적으로, 가성비 높게 쓰는 법 말씀하시는 거군요! 동감이에요!'와 같은 살가운 오해는 사양한다. 내 목표는 남들보다 '빨리빨리'가 아니니까. 한국인의 빨리빨리 정신은 모두가 동일한 일, 월, 년 단위의 공간화된 시간을 살고 있다는 가정에서만 기능한다. 나이 스물 즈음 대학을 갈 것, 너무 늦기 전에 취직할 것, 적당한 나이에 결혼할 것. 때가 돼도 사회로부터 요구되는 역할을 수행하지 않으면 잔소리 세례를 받는다. 아무리 줏대 있는 사람이라도 가끔은 자신이 낙오자가 아닐까 의심하게 된다. 하지만 구성원 모두가 입학도, 졸업도, 근무도 할 수 없는 마비 상태가 온다면 어떨까? 이해를 돕기 위해 글을 쓰는 순간으로 독자들을 초대하자면, 파리는 코로나바이러스로 인한 외출 금지 기간이 몇 달째 이어지는 중이다. 카페나 식당 등 상점은 물론 공공기관까지 닫은 상태. 오늘이 며칠이더라? 모두가 정신과 시간의 방에서 각자의 시련을 겪는다. 한 달 전과 한 달 후의 차이점이 모호해지고 매일같이 바쁘게 돌아가던 사회에 제동이 걸렸다. 그런 상황 속에서도 시간은 흐른다. 남들보다 빠르게 갈 수도, 심지어는 뒤처질 수도 없는 이런 잉여 시간을 뭐라고 불러야 하나. 외부적 기준 없이 몸으로 선명히 체감되는 이 순간이 진짜 시간의 흐름에 가깝지 않을까? 똑딱똑딱 흐르는 기계적 시간이 아니라.

　프랑스는 한국보다 기계적 시간의 영향을 덜 받는다. 예상 시간에 맞춰 도착할 리 없는 지하철은 그렇다 치고, 개개인이 체감하는 시간부터가 다르달까. 솔직히 말해서, 동년배 프랑스 친구들은 시간을 막 쓰는 것 같다. 저렇게 막 쓰면 안 될 것 같은데…. 해 좋은 날이면 세느 강변이나 운하에 바글대는 젊은이들. 하라는 공부는 안 하고! 술을 마실 때도 느긋하긴 마찬가지다. 그래서인지 신기하게도 파리의 술집 골목엔 취객의 토사물 자국이 별로 없다. 급하게 취하고 시간에 쫓기며 놀 필요가 없으니까. 나는 폭탄주를 마는 나라에서 왔는데. 윽, 인텐스하게 노는 버릇 탓에 나만 훅 갔던 기억이 떠오른다. 그에 반해 여유에 인색하지 않은 프랑스 친구들. 나이에 상응하게 요구되는 성취가 희미한 탓이다. 그래서 취업 전선에 뛰어든 한국 친구들의 눈물겨운 부지런함에 비하면 얘네들의 투정은 엄살처럼 느껴진다. 프랑스에 독서실이 있을 리도 없고 파리에서 가장 늦게 문을 닫는 도서관만 해도 저녁 10시가 되면 학생들을 내쫓는다. 물론 각자 공부는 집에 가서 하겠지만. 음…. 얘네가? 난 좀 회의적이다. 그렇다고 프랑스 학생들이 덜 똑똑할 리도 없지 않은가. 따라서 한국의 양적 노력에 대한 집착은 의심해볼 여지가 있다. 효율도 없는데 책상 앞에 앉아 있는 이유가 단지 불안해서라면.

프랑스 사회는 노력하는 개인에 집착하지 않는다. 단편적인 예를 들자면, 프랑스 베스트셀러 목록에는 자기계발서가 없다. 진짜 출간되는지도 의심스럽다. 47번째쯤에서야 미셸 오바마의 자서전이 눈에 띈다. '어떻게 살아야 하는지 네가 뭔데 날 가르쳐'라는 오만한 성깔도 한몫하지만 이들에게 책이란 역시 문학이다. 사실 프랑스인들은 '자기' 계발로는 근본적인 문제가 해결되지 않음을 잘 알고 있다. 노력해도 살기가 힘들다면 그건 자신의 문제가 아니라 사회의 문제니까. 대물림되는 엘리트주의가 공공연히 자리 잡은 프랑스에서 양적 노력으로 계급 상승을 꿈꾼다면 비웃음을 사기 쉽다. 사는 법을 모른다고. 세상에 아름다운 게 얼마나 많은데. 이런 태도가 노력의 좌절과 체념에서 비롯되었다고 하기엔 적당히 노력해도 살 만한 사회인 것도 사실이다. 일요일 오후의 공원 산책이 불안하지 않은 사회 말이다. 그렇게 아등바등 애를 썼는데도 앞길이 막막하다면 자기계발서를 찾기보단 길에 나선다. 그곳엔 이미 먼저 나온 시위대가 있다. 개인의 좌절이 사회의 목소리가 될 때 위로도 함께 받는다. 프랑스에 힐링 서적도 없는 이유다.

그래서 몸에 밴 강박적 노력이 거추장스러워졌다. 이제는 질적인 시간을 살아보려 한다. 초, 분, 시로 흐르는 기계적 시간le temps이 아니라 베르그손이 제안하는 지속la durée으로써의 시간을. 그런데 얄궂게도 지속이 뭔지 딱 잘라 얘기하기는 어렵다. 소금이 물에 녹는 시간이라고 얘기하면 도움이 되려나? 혹은 창고에 쌓인 감자를 생각해보자. 빛이 가느다랗게 새어드는 창고에서 감자가 싹을 틔운다. 놀랍게도 가냘픈 줄기가 빛이 스며드는 방향으로 점점 자란다. 생명이 갖는 방향성, 생의 약동! 이때 인간의 기계적 시간을 갖다 붙이는 건 싹 튼 감자에게 못할 짓이다. 그렇다면 우리는? 10대, 20대, 30대 등 때마다 요구되는 성취에 얽매여 사는 건 할 짓인가? 감자까지 가지 않아도, 프랑스만 해도 훨씬 자유로운데….

비실재적 시간에 의심의 눈길을 보내기 시작했다면 유용한 사상가가 있다. 생성의 철학자 베르그손에게 생, 즉 삶이란 지속을 통한 창조다. 마치 감자가 빛을 향해 싹을 틔우고 부산 출신 민지가 파리에 철학을 배우러 왔듯이. 모든 생물은 무의식중에라도 살 수 있는 방향을 모색하는 셈이다. 하지만 인간에게 방향성이란 감자처럼 그리 단순하지 않다. 의식적 활동은 과거의 영향에서 자유롭지 못하기 때문이다.

마침 베르그손은 《정신적 에너지》에서 '사실의 선들'에 관해 이야기한다. 어떤 목적으로 향하는지 인식을 찾을 수 있는 방향 말이다. 사실의 선을 개인의 삶에 접목시켜 본다면 '개연성의 축적은 우리가 확실성으로 향하고 있음을 느끼게' 해줄 것이다. 그러니 각자의 삶을 떠맡았다면 과거에 물어보기를. 나의 경향성은 어디서 왔을까? 눈앞의 선택에 대해 쥐고 말고를 결정할 수 있더라도 그 선택까지 몰고 간 건 과거의 당신이니까.

내가 진짜 시간을 살고 싶은 까닭은 과거로부터 이어지는 창조를 한순간도 놓치고 싶지 않기 때문이다. 프랑스에 와서 철학을 공부하면서까지 바랬던 게 뭘까. 탈주라는 숙원적 과제가 나의 창조일지도. 지난 탈주를 마침내 이해했다면 이제는 현재가 지닌 잠재성에 집중하고 싶다. 실재적 시간으로써의 지속을 정의하진 못하더라도 묘사할 순 있지 않을까? 여전히 방향성을 고수하고 있다면 가는 길에 보이는 들꽃을 묘사하는 셈이다. 내가 혹시나 잘돼서 누군가에게 '전진 씨는 어떻게 창조하는 삶을 살아왔나요?'라는 질문을 받는다면 회고적 시선은 별 도움이 안 될 테다. 대신 꾸준한 묘사의 기록을 볼 수 있다면 좋겠다. 초등학생 때 블로그에 남긴 주저리로부터 이어지는 기록. 혹시나 잘 안 풀려도 어쩔 수 없지 뭐. '저렇게 하면 안되겠다'라는 생생한 반면교사를 볼 기록도 드무니까. 그래서 전진의 탈주는 어디까지일까? 혹시 운이 좋으면 게임 밖까지? 생각해보니 나로서 즐기는 게임도 그리 나쁘진 않은 것 같다. 굳이 새 캐릭터를 만들지 않고 이대로 쭉 가볼까 싶기도.

"과거가 현재 속에 흔적을 남긴다는 것이 사실이라 해도, 이 흔적은 그것을 지각하면서 지각한 바를 상기한 바에 비추어 해석하는 의식에게만 과거의 흔적이 될 것이다. 의식은 이 과거를 붙들어, 시간이 흘러감déroule에 따라 과거를 자신 위에 되감으며enroule, 과거를 가지고 자신이 창조해 낼 미래를 준비한다."

- 앙리 베르그손,《정신적 에너지》

걸려온 전화

여보세요? 어, 지금 통화돼?

　글 쓰다가 연락해봤어. 좀 막히길래… 응. 지금 마지막 에세이 쓰는 중이야. 그 저번에 말했던 원고 있잖아. 자신에게 가장 멀리 떨어진 것만을 선택하는 여자애 이야기. 뭐? 꼭 내 얘기 아닌 것처럼 말한다고? 알게 뭐람. 진짜 픽션일 수도 있잖아. 너도 나중에 읽어보면 네가 알던 친구의 얘기 같진 않을걸? 너한테도 차마 말하지 못한 게 많으니까. 서운해하진 마. 우린 터놓은 비밀의 양으로 쌓아온 우정이 아니잖아. 거짓말을 털어놓는 방식까지 알기 때문에 좋아하는 거야. 각자가 겪어온 개별적 사건은 이제 중요하지 않으니까. 경험의 연속이 만들어온 현재만 생각하자.

네 말대로 이 이야기는 픽션일 수도 있겠다. 에세이의 화자는 5년 전 파리에 가기 위해 모스크바를 경유하지 않고 직항을 탔을지도 모르지. '왜 철학을 공부하나요'라고 물었던 교수님 A는 사실 허구적 인물일 수도. 고등학교 학생회장 선거에 떨어지기는커녕 입후보조차 하지 않았을 수도 있고. 오늘날 부산의 연산역 2번 출구엔 붕어빵 할머니가 없으니 믿거나 말거나일 테지. 그리스 여행도 지어낸 거라면? 빵 오 혜장을 사실 좋아하지 않는다면? 심지어는 파리 제1대학에서 정말 철학과를 다녔는지 누가 알겠어? 머릿속으로 상상해낸 프랑스일 수도 있잖아. 아주 디테일한 픽션이라고 해서 달라질 게 있나? 어차피 독자들은 내 얼굴을 본 적도 없을 텐데. 이런 경험을 겪어낸 개인이 어딘가에 살아 있다는 믿음이 중요한 걸까. 하지만 '실화를 바탕으로 한'이라는 보증을 소설이나 영화에서 발견할 때도 아무 감흥이 없던걸. 그렇다면 내가 쓴 책엔 과연 어떤 의미가 있을까. 실화임을 자부하는 작가가 사라지는 경우에 말이야. 일련의 사건들을 빼더라도 남는 게 있을까? 이 모든 게 한낱 보증서 없는 이야기라면.

흔히 트라우마라고 불리는 삶의 지뢰들. '그' 사건들을 지워낸다면 우린 모두 행복해질 수 있을까. 없던 일로 한다면 지금의 나는 덜 아프지 않을까. 그런 생각이 들어. 마침

돌이킬 수 없었던 사건 하나가 떠올라. 파리 북쪽에 있는 라 빌레뜨la Villette 공원의 야외 클럽 파티에 놀러 간 적이 있었지. 학생회에선 학기 말마다 그런 이벤트를 열곤 하거든. 한국에서 누려보지 못한 대학생 라이프를 한껏 누릴 기대를 품었어. 괜찮은 애 만나면 꼬셔볼 작정으로 반쯤 벗었다? 아니 근데 클럽 물이 영 말이 아니더라고. 조명에 비치는 애들마다 얼굴의 솜털이 고스란히 다 보이는 거 있지. 아…. 천년의 욕정도 식는다. 그래도 억지로 버텨봤는데 발도 아프고 도저히 안되겠다 싶어서 새벽 4시쯤 나왔나? 공원 중심에서 심야 버스 정류장까지 나오려면 꽤 많이 걸어야 했어. 인적이 없는 숲길을 걷자니 좀 으스스하더라. 아니나 다를까 들리는 건 내 숨소리뿐만이 아니었어. 누군가 내 뒤를 밟네. 옷소매가 바람을 가르는 소리가 나더니 그대로 고꾸라지고 말았어. 성인 남성이 뒤에서 옥죄는 힘엔 끔찍하게도 무력하던걸. 그래서 비명을 질렀지. 이런 일이 처음은 아니었거든. 큰소리를 내는 게 아니라 돌고래 비명을 질렀어. 인간이 아니라 동물로써 낼 수 있는 야생의 소리를. 그랬더니 그놈도 나를 놓아주더라. 우리는 잠시 몸에 묻은 흙을 털어내는 시간을 가졌어. 그리고 각자 갈 길을 갔지. 그놈은 길을 되돌아가고 나는 가던 방향으로. 우리 둘 중 누구도 뛰지 않았어. 아무 일도 없었던 것처럼 그냥 걷는 거야. 방금 잡아먹힐 뻔한 토끼가 겁먹은 얼굴을 하지는 않듯이. 왜냐하면 나나 그놈이나 놀라지 않았거든. 서로 '아님 말고'와 '다행이군' 말고는 다른 감상이 없었던 거야. 그저 있을 법한 일이 벌어진 것뿐이니까.

비합리적인 사건에 화가 나진 않았어. 한두 번도 아니고. 문제는 나와 그놈의 반응이 비합리적이었던 거야. 위험에서 벗어나곤 아무 일 없었단 듯이 느릿하게 걸었던 나니까. 눈물의 기미도 없는 고요한 얼굴을 했거든. 혹시 뛰거나 도움을 청했으면 또 몰라. 그놈도 실패한 범죄를 여럿 겪어본 논리에서 나온 태도일 테지. 파리에 오고도 이성적이면 지는 일들을 잔뜩 겪고 나니까 알겠더라고. '세상이 왜 이래요?'라고 울부짖기엔 세상이 이렇지 않을 이유가 없었다는 걸. 그래서 일어난 사건에 이유를 묻지 않기로 했어. 하지만 그런 사건을 겪은 사람의 논리는 있을 거야. 비합리적 사건을 마주한 생의 인과적 논리. 그게 내가 설명할 수 있는 유일한 지점이 아닐까? 그저 일어나버린 사건을 해석하기보단 내게 미친 영향을 분석하는 것. 폭력에 대처하는 의연함이라던가, 9살 때 성범죄 피해자가 되고서도 퇴폐업소에 두 발로 걸어 들어가는 등 설명이 안 되는 사건의 연속에서 논리를 찾아내는 건 적어도 내 이성의 작용이니까. 철학을 공부하고 싶었던 이유였을까. 비합리의 논리를 이성으로 탐구하는 일 말이야.

하지만 이건 굳이 내 삶을 펼쳐 보이지 않아도 가능한 과제가 아니었을까? 합리적 논리를 탐구한 문학 작품이 이미 얼마나 많니. 카프카의 《판결》만 해도 게오르그는 침대에서 떨어지는 아버지를 무시하고 강물에 몸을 던지잖아? 하지만 독자 입장에서도 주인공의 논리적 개연성이 생경하진 않아. 익사하라는 아버지의 저주를 듣고서 고스란히 수행하는 주인공이 왠지 모르게 이해돼. 그렇게 픽션으로써도 할 수 있는 이야기일 텐데. 목적이 같다면 어째서 나는 에세이를 쓴 걸까? 굳이 삶을 전시할 필요가 있냐는 거지. 그러고 보니 이 지점도 내 안의 인과성인가…. 우리 집안은 원체 거짓말을 못하는 집이었거든. 거짓말은 누구나 때가 되면 할 수밖에 없지. 근데 부모님이나 나나 너무 투명한 성격인 거야. 그래서 들킨 거짓말에 부정도 못하고 외려 화를 내면서 물음을 종식하는 분위기였어. 거짓이 먹히지 않는다면 진실을 덮거나 이용하기 마련이니까. 하지만 가끔은 진실이 기막힌 한 수가 된다는 사실을 아니?

내가 지금까지 에세이에서 다루어온 건 단지 개별적 사건들이 아닐지도 몰라. 숨길 수조차 없었던 진실은 오히려 사건을 불러내는 방식에 있는지도 모르지. '무엇을 얘기하는가'가 아닌 '무엇을 얘기하고 싶어 하는가'가 진짜 자신을 찾는 데 도움이 될 거야. 보여주고 싶어하는 것과 숨기고 싶어 하는 것은 욕망의 방향을 그대로 보여주니까. 이건 거짓말쟁

이조차도 속절없이 드러내는 진실이겠지. 참과 거짓을 떠나 그 말을 하는 행위가 단서가 될 테니. 예를 들어, 남들이 부러워할 삶을 전시하는 사람이 있다면 '보여지는 것'에 현혹되지 말고 '이 사람은 이걸 보여주고 싶어 하는 사람이구나'를 아는 편이 낫다는 얘기야. 이렇게 언어가 기호를 떠나 행위로써 작용할 때 우리는 의도치 않게 솔직해지지 않을까? 그렇다면 '무엇을 얘기하고 싶어 하는가'가 드러나도 당당한 사람이 될 순 없을까? 더는 밝히기 두려운 욕망이 없어 진실조차 무기로 쓸 수 있는 사람 말이야. 그런 진실은 무서우리만치 강력할 거야. 그래서 꼼수 없이 보여주기로 했어. 거짓말을 못하는 나는 백치처럼 글을 쓸 수밖에. 이런 꽉 찬 직구같은 에세이 하나쯤 있는 것도 나쁘지 않지. 안 그래?

하지만 아무리 백치라도 야망 정도는 있어야 할 거 아냐. 나는 결국 뭘 하고 싶은 걸까? 약은 사람이 아니더라도 삶을 긍정할 수 있다는 말을 하고 싶은가? '그럼에도 불구하고 그녀는 운명을 사랑합니다'라는 결말이라니. 나는 디즈니 공주가 아닌걸. 겨우 스물다섯 먹고 운명을 사랑한다고 외치기엔… 평균 수명이 얼마더라? 내 긍정은 끝맺음이 아닌 다음 단계를 위한 도약이었어. 에세이를 마치고 난 후에도 비합리적 사건을 겪어내며 탐구할 인간이니까. 나는 명품 인간이 못 된다고 일찍이 얘기했잖아. 자기 극복을 멈춘 초긍정 상품이 될 순 없다고. 상품이란 창조의 일시적 마침표니까. 물론 다음 시즌을 준비하는 창작자는 남겠지만 살 수 있는 건 상품뿐이잖아? 그래서 다음 작품을 준비하는 창작자는 명품이 될 수 없어. 명품을 만들 수는 있어도. 왜, 또 모르지. 이후의 나는 출구 없는 절망을 살아낼 수도 있으니까. 절망 또한 상품으로 만들기는 그리 어렵지 않을 테고. 긍정이든 절망이든 창조해낸 사람이 남는다면 명품이란 수식어를 붙이기 어렵지 않겠니? 상품조차 될 수 없는 사람 말이야.

　　S/S, F/W 시즌이 지나도 가격이 떨어질 수 없는 인간. 그 가능성은 대체 어디서 나오는 걸까? 돌이켜보니 나는 항상 대척점만을 선택해온 듯해. 결핍된 것이 뭔지 정확히 알지 못했던 나의 목적은 차이 그 자체였어. 물론 자신의 부족함을 채우려는 욕망은 누구에게나 있지. 그런데 더 나은 것이 뭔지도 몰랐던 백치는 그냥 가장 멀리 떨어진 상태를 추구해온 거야. 가치 판단도 없이. 재미있는 사람이 되려는 욕심에서 유머 영상을 찍는다거나, 신념이라는 갑옷을 둘러보고 싶어서 절대 시계를 타낸 것처럼. 불어가 고급문화로 알아주는 건지도 모르면서 배웠지. 심지어 프랑스 철학은 감으로 찍었던 거거든. 당시에 내가 아는 철학은 이름 지어주는 철학관이 다였는데도. 게다가 태생이 불만 많은 부산 촌년이었던 민지는 풍문으로만 들었던 파리에 가면 뭔가 달라질 줄 알았다? 물론 지금은 천지개벽 수준이긴 하지만, 이

게 과연 과거를 매장하고 새 사람으로 태어났기 때문일까? 글쎄. 이 달라짐을 성장이라 부를 수 있다면 다음 대척점으로 달려가기 전의 흔적과도 같은 과거를 품어내기 때문일 거야. 나는 고약한 고름을 짜내기로 마음먹었지. 어떻게 생긴 상처인지 봐야 치료할 수 있으니까. 그렇게 내 안에 흐르는 비합리적 논리를 탐구해왔어. 나뿐만 아니라 개개인의 논리 또한 자각하든 못하든 미래에 펼쳐질 테야. 그렇다면 각자의 논리를 지탱하는 욕망을 아는 편이 낫지 않겠어? 미래만은 자유롭기를 원한다면.

난데없이 찾아오는 불행에 아파하지 않아도 돼. 또는 기대한 적 없는 행운에 자격을 묻지 않아도 된다고. 그저 우연 같은 잠재적 필연일 테니. 잠깐, 체념하라는 얘기가 아닌 건 알지? 단지 네가 품은 과거의 무의식적 작용 방식을 알아차릴 필요가 있다는 말이야. 무엇을 원할지 결정했던 주체는 사실 너 자신이 아니었을 테니까. 원하는 바를 이루는 일은 그에 비하면 간단할지도. 처음으로 운명을 직접 만들어보고 싶지 않니? 대답이 없네. 하긴. 필연이니 운명이니 좀 웃기지? 이래서 내 인생을 구구절절 털어놓았던 거야. 예시로 들어서 설명하려고. 얼마나 편리해.

음…. 민지가 초등학교 2학년 때 당한 성범죄 기억나니? 좀 더 안전한 곳에서 자랐거나 조금 일찍, 혹은 늦게 하교했다면 그놈을 만나지 않았을지도 모르지. 하지만 어린 민지가 둘러싸인 환경이 불러일으킨 결과라는 건 확실하잖아. 유년 시절까지만 해도 정말 우연적 사건일 확률이 높아. 문제는 그런 경험이 반복된 불행한 아이가 살아낼 시간은 점점 필연에 가까워진다는 거지. 자기 안의 논리가 형식을 잡아간달까. 그래서 이 모든 게 차라리 죗값이라고 여기고 싶었던 소녀는 성인이 되어 선택의 기로에 서는 거야. '죄를 지을까? 어차피 남을 해하는 일도 아니고. 프랑스에 가려면 돈도 필요한데. 앞으로 힘든 건 죗값이라고 여기자'라는 생각으로. 그래서 민지는 퇴폐업소 종사라는 죄를 택했던 걸까. 죄의 개념이 어떻게 생겼는지 알지도 못하면서. 근데 있잖아. 민지는 과연 자유로웠을까? 내가 택하지 않았다는 말이 아니라, 과거에 의해 예정되어 있었을지도 모른다고. 트뤼포의 영화 〈400번의 구타〉에서 앙투안이 마주한 선택의 기로처럼. 소년원 간수는 오른손과 왼손을 내밀며 어느 쪽을 택할지 물어봤지. 왼손을 고른 앙투안은 그대로 따귀를 맞아. 오른손을 택해도 맞았을 상황을 선택이라 부를 수 있을까? 그래서 자신에게 질문을 던지기로 한 거야. 앙투안은, 아니 민지는 어쩌다 그 고민을 하도록 만들어졌을까? 모든 게 차라리 철저한 우연이라면 좋겠어. 하지만 '야망만큼의 돈도 없는데 자신을 아끼지도 못하는 여자애'의 운명은 충분히 예정되어 있었나 봐.

우연의 탈을 쓰고 찾아오는 모든 선택은 잠재적이야. 누구를 만났다거나, 어떤 회사나 학교에 다닌다던가, 심지어는 늦잠을 잤던가. 우연은 이미 겪어낸 과거가 불러내는 거지. 마치 '눈치없이 모터가 크고 차이만을 선택하는' 성향을 가진 내가 머무르는 장소에 따라 우연이 발현되듯이. 내재된 경향성, 필연의 선이 존재하는 이상 선택은 자유의지가 아닌 걸까. 그런 선택을 하도록 만들어졌다면. 좀 절망적인 얘기다, 그치? 하지만 딱 한 가지 남은 진짜 자유로운 선택이 있어.

'내가 오늘날까지 해온, 또는 해나갈 모든 선택을 사랑할 것이냐 아니냐.'

다시 태어나도 같은 사건, 같은 운명을 산다면 그 삶을 사랑할 수 있을까? 니체의 영원 회귀 같은 질문이지. 어머니와 여동생을 그토록 증오했던 니체인데. 다음 생에도 같은 가족을 감당할 각오라니…. 그 인간도 보통은 아니야. 그렇지만 농담이 아니고 이것이 우리에게 딱 하나 남은 자유야. 네 삶을 무한정 반복할 정도로 긍정할 수 있는지. 성범죄를 다시 겪고, 인간이기를 포기하고, 프랑스에 와서도 노력의 좌절과 이방인의 배제를 겪는 삶을 다시 살 자신이 있느냐. 이를 악물 '예스!'가 가능할까? 너도 마찬가지겠지. 반복할 자신이 없는 고된 삶이었겠지. 그러나 겪었던 고통을 줄 세워서 발견하는 필연의 선이 있다면, 경향성을 자각한 채 만드는 미래는 영원 회귀를 납득할 만한 이유가 되지 않을까? 다시 살 각오가 생기는 삶을 만드는 건 지금부터니까. 앞으로는 의지를 반영해 자유를 확보한 미래의 자신이 될 수 있는 거야. 그와 동시에 사건들이 남긴 상처 또한 아물어가겠지. 삶에 조롱당하는 피해자가 아닌 자발적 참여자가 되어보자. 허무주의적인 단순한 긍정을 강요하는 게 아냐. 과거를 통해 예정되었을 미래를 바꾸는 생성 그 자체가 필요한거야. 무언가 '되기'를 긍정하는 존재랄까. 그게 바로 인간일까?

글쓰기 힘들다고 한탄만 할 생각이었는데 말이 너무 길어졌다. 아무튼, 여태 일어난 비합리적 사건들을 이성으로 정리하기. 그리고 욕망의 배치를 인지한 채 미래를 빚어내기. 너무 추상적이라서 자기계발서에도 못 쓰겠다 야. 그래도 무슨 얘긴지 알잖아? 게다가 너만 알 텐데. 개인이 고스란히 간직한 과거와 그려나갈 미래에 또 무슨 조언을 할 수 있겠니. 그래서 내 깨달음은 자기계발도, 힐링도 못 되나 봐. 그저 다들 책임질 운명을 알고 행복하길 빌 뿐이지. 게다가 운명을 알아차린 사람들이 모여 바꾼 미래라면 기대를 해봐도 되지 않을까. 다음 세대에게 같은 아픔을 남기지 않기를 바라는 마음에서. 물질만능주의와 획일화 교육, 성범죄가 난무하던 사회에서 욕망의 선로가 결정된 사람은 나뿐만이 아닐 테니까. 저번에 얘기했잖아. 너는 마치 인간에게 불을 주지 않는 프로메테우스 같다고. 이제 너는 불을 줄 수밖에 없겠지. 네가 프로메테우스임을 알아버렸으니까. 자, 선택에 달린 거야.

네 삶을 영원히 반복할 수 있어?

"당신은 온갖 방법으로 그것을 하나 (또는 여러 개) 가지고 있다. 그러나 그것은 미리 존재하거나 완전히 만들어진 채로 주어지는 것은 아니다. 비록 그것이 어떤 점에서는 미리 존재하기도 하지만 말이다. 어쨌든 당신은 온갖 방법으로 그것을 만들어내며, 그것을 만들어내지 않고서는 그것을 욕망할 수도 없다. 그것은 당신을 기다리고 있다. 그것은 하나의 수련이며, 하나의 불가피한 실험이다."

– 질 들뢰즈/펠릭스 가타리, 《천 개의 고원》

참고문헌

1장 배움의 시간 : 나에게 가장 좋은 삶

◦ 임마누엘 칸트, 《논리학, 강의를 위한 교본Logik, ein Handbuch zu Vorlesungen》, 예쉐Jäsche, 1800년

◦ 앙리 베르그송, 《사유와 운동》, 이광래 역, 문예출판사, 2001년, p.61

◦ 루트비히 비트겐슈타인, 《논리-철학 논고》, 이영철 역, 책세상, 2020년, p.100·102

◦ G. W. 라이프니츠, 《모나드론 외》, 배선복 역, 책세상, 2019년, p.45

◦ 플라톤, 《향연》, 이종훈 역, 지식을만드는지식, 2012년, p.82

◦ A. 보에티우스, 《철학의 위안》, 박병덕 역, 육문사, 2011년, p.70

◦ 콩디약, 《인간지성기원론L'Essai sur l'origine des connaissances》, 1746년

◦ 에드문트 후설/오이겐 핑크, 《데카르트적 성찰》, 이종훈 역, 한길사, 2016년, p.40

◦ 로베르트 무질, 《특성 없는 남자 1》, 안병률 역, 북인더갭, 2013년, p.12

◦ 시몬 베유, 《중력과 은총/철학강의/신을 기다리며》, 이희영 역, 동서문화사, 2017년, p.130(Ebook)

◦ 마르쿠스 아우렐리우스, 《명상록》, 황문수 역, 올재 클래식스, 2013년, p.100

◦ 아리스토텔레스, 《니코마코스 윤리학》, 최명관 역, 도서출판 창, 2011년, p.193(Ebook)

◦ 전혜린, 《그리고 아무 말도 하지 않았다》, 민서출판사, 2004년, p.121

2장 배움의 재구성 : 모두가 덜 불행한 세상

◦ 장 자크 루소, 《사회계약론》, 김영욱 역, 후마니타스, 2018년, p.84
◦ 마르틴 하이데거, 《존재와 시간》, 전양범 역, 동서문화사, 2016년, p.348
◦ 토머스 하디, 《무명의 주드》, 장정희 역, 지식을만드는지식, 2012년, p.148
◦ 조세희, 《난장이가 쏘아올린 작은 공》, 이성과 힘, 2000년, p.110
◦ 시몬 드 보부아르, 《제2의 성(하)》, 조흥식 역, 을유문화사, 2016년, p. 448
◦ 존 로크, 《지성의 안내Conduct of the Understanding》, 1706년
◦ 윌리엄 제임스, 《실용주의》, 정해창 역, 아카넷, 2008년
◦ B. 스피노자, 《에티카(개정판)》, 강영계 역, 서광사, 2007년, p.224
◦ 존 듀이, 《경험으로서의 예술》, 이재언 역, 책세상, 2003년, p.14(Ebook)
◦ 자크 라캉, 《자크 라캉 세미나 11-정신분석의 네 가지 근본 개념》,
  맹정현/이수련 역, 새물결, 2008년, p.415
◦ 르네 데카르트, 《방법서설 : 정신지도규칙》, 이현복 역, 문예출판사,
  2019년, p.153
◦ 에르빈 파노프스키, 《고딕건축과 스콜라철학》, 김율 역, 한길사, 2016년, p.68
◦ 프리드리히 니체, 《바그너의 경우·우상의 황혼·안티크리스트·이 사람을 보라·
  디오니소스 송가·니체 대 바그너》, 백승영 역, 책세상, 2002년, p.146(Ebook)
◦ 앙리 베르그손, 《정신적 에너지》, 엄태연 역, 그린비, 2019년, p.41
◦ 질 들뢰즈/펠릭스 가타리, 《천 개의 고원》, 김재인 역, 새물결, 2001년, p.287

소르본 철학 수업

1판 1쇄 발행 2020년 08월 20일
1판 2쇄 발행 2020년 12월 15일

지은이 전 진
발행인 오영진 김진갑
발행처 나무의철학

책임편집 허재희
기획편집 이다희 박수진 박은화 진송이
디자인팀 안윤민 김현주
표지 및 본문 디자인 형태와내용사이
마케팅 박시현 신하은 박준서 김예은
경영지원 이혜선

출판등록 2006년 1월 11일 제313-2006-15호
주소 서울시 마포구 월드컵북로5가길 12 서교빌딩 2층
전화 02-332-3310 팩스 02-332-7741
블로그 blog.naver.com/midnightbookstore
페이스북 www.facebook.com/tornadobook

ISBN 979-11-5851-183-8 (03810)